愿我们可以被原谅
(下)

MAY WE BE FORGIVEN

〔美〕A.M.赫美斯 著
索析 译

人民文学出版社

回家的路上,我在A&P①停了一下。我并不常逛这家店,只是偶尔光顾而已。有个女人从我进店起就一直跟着我,我走哪儿她就跟到哪儿。

"你在跟踪我?"

"我?"

"是你吗?"

"难说,"她说,"大多数人都在这过道上来来回回,都是成排结队的,除非你有自己的行路规则,否则你必然会撞到同一个人至少两次。"

"不好意思,"我说,"我们之前见过吗?"

她耸耸肩,好像这根本无关紧要。"你要哪一种蛋糕?"她问。我们正走在冷冻食品区,停在了甜品区。"磅蛋糕②,还是加霜糖的?"

"我从没买过蛋糕,"我说,这是事实,"如果我要买蛋糕,我想我会去蛋糕房。但我不太爱吃蛋糕。"

"我觉得年轻人喜欢糖霜蛋糕,老年人喜欢磅蛋糕。"她说完,将一份"莎拉·李"牌的磅蛋糕放进手推车里。

"你看上去并不老啊。"我说。

"我的内在很老。"她说。

"那么,你多大了呢?"我打量了一下,她很瘦,是很健美的那种,几乎可以称得上线条匀称,有一头金棕色的长发。

"你猜。"她说。

---

① A&P 全称为 the Great Atlantic and Pacific Tea Company(大西洋和太平洋食品公司),美国知名连锁超市。
② 一种重糖重油蛋糕。

"二十七。"我说。

"我三十一岁了。"她说,"你对年龄的判断力很糟啊。"

我继续推车往前走,或许我应该感激她的关注,但此时此刻我还没有觉悟到这一点,而是专心地挑选狗饼干和猫砂……

她又打断我,问:"你是动物爱好者吗?"

"我家的猫生了小猫。"我说。

"我一直都很想养宠物,"她说,"但我父母坚决反对,我爸爸会说:'它们在泥巴里翻滚。'我妈妈会说:'我就是这么养大你和你姐姐的。'"

"你已经三十一岁了,"我说,"我想你应该能自己做主了吧?"

"我最近养了只猫,"她说,然后她顿了一下,"我能看看你的小猫吗?可以吗?我去你家一起吃什锦小吃,如何?"她边说边往手推车里扔了些冷冻芝士泡芙。

我真不知道该说什么,或者更准确地说,我不知道该怎么拒绝。

于是,当我推着手推车进入A&P停车场时,她仍在我后面,紧跟着我,几乎快要贴着我撞上来了。她的车和她的人一样莫可名状,那是一辆看不出什么年代的小型车,万里挑一的那种。我开车的时候,忽然意识到,并不是我挑选了她,而是她挑选了我,这更让我紧张了。为什么她偏偏选择跟踪我呢?通常人们作自我介绍总应该有什么理由吧,这也是文明社会被称为"文明"的原因吧?这也是为什么这世上会有盛大的城堡舞会或者会有人介绍信这种东西吧?

我把车停在家门前的车道上,她的车就停在我的车后方。她也跟我一样钻出车,手里拎着一袋速冻食品,问我她能否暂时把她的东西放在我家冰箱里。突然间,这一切都显得尴尬异常。她又不是恰好经过我家门口,问我借一个烤肉盘,真要是那样,我还能顺便教她怎么做葡式蛋挞。

泰茜冲我们大叫。

"这只大坏狗是谁啊?"她假装出幼稚的声音逗泰茜。

"没事儿,泰茜。这个女人是从食品店里跟过来的,她缠着跟我回家。"我说。

"是你邀请我来的。"她弯着腰对泰茜说,"他说,'你想来我家一起逗小猫咪吗?'"

"我可不这么认为。"

"嗯……"她对狗说,而泰茜则摇着尾巴,很享受被关注的感觉。

我把买回来的东西放好,问她想喝咖啡还是茶。

"来杯酒如何?"她问。

"行。"我跑去乔治的酒柜去找酒,翻箱倒柜地只想找一瓶未做特殊标记的,比如,比较廉价的酒。"你知道,"我一边翻找一边说,"这不是我的房子。"

"哦?"她说,"你看起来好像熟悉每样东西的位置。"

"这是我弟弟的房子,我只是在这儿代为看管。"我找到一瓶长岛霞多丽①,看上去像是某人带来参加野炊的礼物,不像是乔治从他的"走私酒贩"那儿弄到的尖货。"你经常这么干吗?"我问

---

① 无甜味白葡萄酒。

她。

"怎么干？"

"在商店遇到个男人，跟他回家？"

"不，"她说，"我只是在打发时间。"

"打发时间干什么？等待五点钟在扬克斯电影院上映的电影吗？"

"小猫在哪儿？"她问。

"楼上，"我说完带她去了主卧室，这里自从成为"小猫幼儿园"之后就没怎么整理过。

"哦，我的天哪！"她惊叫，匍匐在地上，朝那些小猫爬过去，"它们实在太可爱了。"小猫确实很可爱，它们现在已经可以稍微走动、自己玩耍了，猫咪妈妈似乎也很希望我和它们一起玩耍……我为它们的盒子更换了毛巾。

"又要洗一堆东西了。"我说。

她抱起一只小猫，揉搓着她的小脸，猫妈妈看上去有些不太高兴。

"最好别随便抱它们。"我说。

"对不起。"

我看着她双膝双手都伸进了相当难闻的"猫窝"里。

"你有老公吗？"

她摇摇头，没有。

"男朋友呢？"

"之前有过，现在没了。"她说。

我们一起和小猫玩了一会儿，又回到楼下去。我条件反射地打开电视机，好像我需要某些背景画面的支援，需要更多的声音，像模拟鸡尾酒派对似的。我一按下按钮就想到了乔治,他总是让家里的电视机开着。

我看着那个女人。"你妈妈告诉你不要跟陌生人说话是对的。"我说。

"我们能换个台吗?"她问。

我以为她是暗指换个话题。"当然,"我说着,假装自己的肚皮上有个按钮,按了一下——哔哔,换台了,"你饿了吗?"

"不,我是说真的,我们能不能换个电视频道?我需要让大脑清醒一下。我们可以换个不一样的,不要这种'头条新闻',而是真人秀,你知道,比如《好汉两条半》①?你知道,让人振奋的那种?"

一部由可卡因瘾君子外加性滥交者组成的节目,竟然称得上让人振奋?我心里这么想,但嘴上什么也没说。"是的,当然,"我换了个频道,"你知道这大笑声不是真人发出的。"我说。

"以前是的。"她说。然后我们就再无话可说了。"这里有点儿冷。"

"你想加件毛衣吗?"我记得前厅的衣柜里还有简的东西。我找出一件柔软的洋红色毛衣给她。

"这么说,你结婚了?"她说。

"是我弟弟的妻子的衣服,她去世了。你可以留着这毛衣。"

"这可是羊绒的。"她说话的语气好像她有义务让我知道我送的这件衣服价值不菲。

---

① 哥伦比亚公司播出的电视情景喜剧,讲述离婚后被前妻抢走几乎所有财产的艾伦带着儿子杰克突然拜访哥哥查理家,打乱了查理悠然自得的生活。

当她穿上毛衣的时候,我想起了简穿着它时的样子。我想起我曾注视着她的胸部线条,迫不及待地想去触摸,想着触感是不是和看上去一样精致、性感。而现在,毛衣穿在另一个女人身上,感觉完全不一样,但也不差。

"来点儿小吃?"她问。

"你想让我给你做芝士泡芙?"

"你还有什么别的可以吃?"她这么一问,不禁使我猜想,她在超市买那些芝士泡芙是干吗用的?是要留在别的更好的场合吃吗?

我翻了翻冷冻柜,找到些猪肉卷,扔进烤炉里。

"滚烫的。"十一分钟后,插播第三条广告的时候,我一边端上猪肉卷一边说。

"我从不知道这些东西可以在家里做着吃。"她说。

"不好意思。"我不太理解她的意思。

"我以为猪肉卷这种食物只能餐厅里吃到。"

她用热狗沾芥末酱放进嘴巴里,说:"哇哦,我喜欢这味道,很爽。这是什么?"

"你说芥末酱?"其实我在想:"你怎么会连芥末酱都没尝过?"

吃完小食,我们又看了一会儿电视,随后她说她还是很饿。"这附近有什么外卖吗?"

"不知道。"我说。

"我知道一家披萨店。"她说。

"中午吃过了,"我说,"中餐怎么样?"

"他们送外卖吗?"

我给我常光顾的那家中餐馆打电话。"是我,"我说,"半份酸辣蛋花汤先生。你们送外卖吗?"

"你病了?不能自己过来吃?"

"就当我病了。"

"好吧,你想点什么?"

我看着那个女人。"我常点的那种汤,双份。两个鸡蛋卷,一份木须肉,一份糖醋虾。你还要别的吗?"我问那个女人。

"特大的幸运饼。"她说话的声音很响亮,足以让电话那头的点餐员听到。

"要几块?"

"六块。"她说。

我给了他们地址和电话号码,并打开了屋外的灯。之后的几分钟里,我们闲谈了几句,由于担心他们找不着这栋屋子,我建议在外面等。我们弯腰坐在房子前面。在春天的傍晚,坐在屋外看落日逐渐消失在暗下去的天际,看远方古老茂密的树木的轮廓,闪着鲜亮光泽的绿叶,还有意外的微风轻拂着脸,不得不说这感觉有那么一点动人,不禁让人觉得活着真好。

我深呼一口气。

"感觉就像我们小时候,"她说,"那时我们会早早地吃完晚饭,在爸爸回家之前坐在外面,期待冰淇淋卡车的到来。我最喜欢草莓松饼味,还有巧克力泡芙味。"

"我小时候根本不被准许吃那种卡车上卖的冰淇淋,"我突然想起来,说,"我妈妈觉得小孩就是因为吃了那个才得小儿麻痹症的。"

泰茜在院子里辛勤"劳作",这儿闻闻,那儿嗅嗅,灌木丛、水仙花，连刚出土的百合花都不放过，一会儿在这儿尿一尿，一会儿去那儿尿一尿。

"它被训练得真好，"女人说，"它似乎对外面大街上的一切一点儿兴趣也没有。"

"它讨厌大街。"

中餐馆的高老板开着他那辆写着自家饭店名字的本田越野车，停上了马路牙子。

我朝车子跑去。高老板坐在驾驶座上，他的妻子坐在他旁边，手里拿着个看上去挺沉的棕色纸袋，里面装着我们的晚餐。车子里的味道闻起来美味极了。

虽然可以轻松地从车窗把餐包递给我，穿着中式主妇裙的女主人还是从车里下来。"叮咚，快递来了。"她假装我面前有个看不见的门铃，按了一下说。

"最近过得怎么样？"我客气地跟她打招呼。

"很好，"她说，"我们很长时间没见到你了。"

"我最近一直很忙。谁在看店？"

"福先生，餐厅领班。他在我们这儿做了很长时间了。"她说话的时候瞅了一眼房子，赞叹道，"很漂亮的地方。"

"谢谢。"我边说边从钱包里拿出钱。

我付了钱，她把餐包递给我，然后双手插进裙子两侧的口袋里，再两手紧握拳头从口袋里拿出来。

"选一只手。"她对我说。

我指了指她的右手，她将拳头翻转过来，朝上摊开。她的手上塞满了白色的果冻薄荷糖，我记得他们的收银台上摆着很多这种糖。"这是给你的'不给糖就捣蛋'。"她说。

"谢谢，"我拿过一颗糖，剥开放进嘴巴里。她将手里剩下的糖也倒在我手心里。这算是一种甜蜜的小把戏吧！

那个女人躲在后面，站在大门附近的草坪上，似乎不太想被别人看到。

"下次再光临哦。"餐厅老板娘说。

"我会的，谢谢。"

我目送他们的车开走，才转身朝屋里走去。那女人早已经进屋了，正在厨房里找盘子和银餐具。

我们一起吃东西的时候，她突然问我有没有偷过任何东西。

"比如什么？"

"任何东西？"

"没有，但听起来你好像偷过。"

她点头。

"好吧，那你偷过的最大的东西是什么？"

她停顿了一下，想了想，又吃了一口夹着卷心菜的木须肉，喝了口酸辣汤，慢条斯理地说："一台三十七英寸的等离子电视机。"边说边细嚼慢咽。

"藏在你的衣服里偷走的？"

"不，藏在一辆租来的车子里。我必须偷，我已经和一台十三英寸的小破电视机待了很久了，还是没有遥控器的那种。是时候与时俱进了。"

"我是不是该担心一下，或许你来我这里的真正目的是为了踩点，这样你和你男朋友下次就可以租一辆卡车来把我清理了？"

她抬起头惊讶地看着我说："哦，不，我不偷别人家里的东西，只偷商店里的。我绝不会偷我认识的人的东西。"

"你认识我？"

"你懂我意思的，私人的和店里的是两码事。"

吃完饭，她将剩菜整整齐齐地打包，装回那个棕色的餐袋，塞进冰箱。

"吃饼干的时间到了。"她说。

"你想来些茶吗？"我问。

"还要酒。"她掰了块幸运饼干，掰开一个，又掰开另一个，每次都对结果不太满意的样子，直到最后掰开第四块幸运饼干，读到"你的好运从现在开始"才罢手。

我们又回到沙发上，继续看了一会儿电视。我想，我现在终于理解了电视的完美用途——它让那些没有什么共同语言的人有事可做，有话可聊。电视给了我们一个熟悉的空间。我突然对乔治以前所做的事情产生了新的尊敬，电视将我们这些美国人捆绑在了一起，我们是什么，就会看什么。

"我一会儿就要走了。"她说。

我点头。我并没有想到那事儿，但显然那事儿总是两个陌生男女待在一起的一部分，像菜单上的必点菜，在汤饭和幸运饼干之后送上。于是，在我没有任何防备的时候，她的嘴唇突然像炸弹一样俯冲到我嘴巴里，给我一个沉沉的湿吻，吻的时候她的嘴巴还张着，真是一种奇异的天赋：让我情不自禁地予以回应。她的舌头插进我嘴巴里，又抽出来。她把衬衫掀起，从头上脱掉，将她自己作为礼物完全献给我。她的胸部比我期待得更大、更丰满，穿一件深蓝色带蕾丝边的胸罩，衬托出苍白的皮肤，显得尤为性感。她很娴熟地钻到我下面，捣鼓着我隐藏在私处已经变得硬挺的家伙，但当我伸手去碰她牛仔裤的扣子时，她则摇头表示不愿意。我遵从她的意思。接下来的部分,我们狂热而急切地勾在一起,从皮沙发一直滑落到地板上。然后我高潮了,我们就这么结束了。我被遗弃了,喷了出来,我的小弟弟耷拉在我的大腿上,像一团融化了的形状不堪的冰淇淋。而她则坐起身,穿回自己的衬衫,好像一切都已经习以为常。她走进厨房,把她的东西从冰箱里拿出来,回到客厅,我仍站在地板上。"再见。"她以轻松的口吻跟我道别。

"你愿意给我你的电话号码吗?"

"我知道你住哪儿。"她说。

她走了之后,我把自己清洗干净,整了整被弄乱的沙发垫,尽量不去想刚才发生的事情有多奇怪。我甚至不知道她叫什么名字。

第二天早晨,一封挂号信正式告知我,我离婚了。快递员按了门铃,泰茜叫了起来,我签收了快递信。然后,瞧,我就这么离婚了,并没有我以为的那么难。

我记得自己还是个孩子的时候,常偷听大人聊关于婚姻失败的话题,妻子需要如何证明丈夫在外面偷腥,有时候还要"逮他个正着"。一些案例中,夫妻中的一个要去另一个国家生活至少一两年,直至两人关系彻底破裂为止。

而现在,这张离婚证明书妥妥地躺在信封里,除此之外,我还收到了披萨店的打折券和艾希莉发来的感谢函,用的是她的"私人专用"信笺,信纸上刻着"A.S.S."标志。

艾希莉·莎拉·西尔弗[1]。

---

[1] A.S.S 为此英文名(Ashley Sarah Silver)的缩写,而 ass 在英文中的意思为"屁"。

起这个名字的时候，就没有人意识到这个名字用缩写表示的时候很奇怪吗——ASS？

"谢谢你带给我们的威廉斯堡之旅，这趟旅行非常有意思，我学到了很多东西。谢谢你买的裙子、鞋子、羽管笔、墨粉、书写纸、封蜡、《风中奇缘》相关书籍，以及任何我忘记在这里写下的东西。你的朋友——艾希莉·西尔弗。另外，我知道你并不真的适合称为'朋友'，但我不知道还能怎么措辞——'爱'这个字总觉得非常奇怪……"

除此之外，我还找到了一封来自治疗中心的信。

亲爱的家庭成员：

经董事会投票同意，建议将本中心从住院病人的心理健康中心转变成行政会议中心和研讨会会所。这次投票代表了敝组织未来方向上的转变，从治疗性组织机构变成激励和组织性研究机构。

如你们所知，本中心已经为其病人和家属以及我们周围的社区服务了长达五十五年。我们在业务重点上的这一次转变，代表了心理健康和相关卫生保健服务在其前进方向上意义重大的改革。这一转变不仅发生在我们机构内部，也是跨越整个国家的行动。作为治疗领域内的典范，我们会从关注住院病人转向关注更多的门诊病人，成为一个以社区为基础的服务机构。

我们将和我们的病人及其家属密切合作，希望帮助病人更顺利地完成过渡期，无论他们将回到家庭还是为他们安排的某个合适的机构里。我们希望能够在八月底之前完成这一转型。我们也将单独和您联系,为您做出最好的安排。我们很清楚,当您收到这样的信时,会产生一系列的情绪,产生很多疑问。如果您有任何问题,随时可以和我们的医院工作人员或者联络处联系。

由于这个消息比较突然,我们很抱歉地使用了公共邮件方式传达给您,但是我们希望能够在此消息被媒体曝光之前让您知道。

我们怀着深深的感激,感谢您让我们走进您的心、您的家以及您的精神世界。

谨致问候
约翰·特拉维特尼
治疗中心首席执行官

我立马打去电话。

"大概十天前,我们就在试图和您取得联系,"罗森布拉特说,显然,他也是某个被指定的"发言人"——"但是别的人接了电话,他说您去了什么殖民地,还说他得挂了,要帮助小猫咪'出来'什么的。他建议我再打一下,在留言机留下详细的信息。但出于隐私的考虑,我觉得还是过一周再试着联系您。"

"那是宠物志愿者。我出城了,我家的猫生小猫了。"

"哦,"他说,"好吧,反正,我想你应该是收到了信。我们已经和乔治的律师,还有州检察官办公室的一些人联系过了,商量了一下怎样安置乔治才最合适。鉴于他的第一项起诉罪名现在已经被撤销,而他还处于另一项谋杀罪名被预审状态,所以你可以把他转移到另一家'医院'之类的机构里。我听他的律师的口气，他们想尽可能长时间地让他呆在一个非传统意义上的监狱里，或许尝试一些'非传统'的东西吧。但我必须补充一下，我已经和乔治谈过了，而且坦白告诉你，我觉得他已经厌倦住院机构了，我担心他会对参加什么团体治疗活动、临床职业疗法等等产生抵触情绪。如果最终报告反映出来的结果是强烈的不服从，那这对于案子的审判就会非常不利。"

"你是指他会搞砸壶套编织会之类的团体吗？"

"类似的情况。要知道，他对其他项目也不太擅长。"

"他从没有擅长过团体活动。你之前提到过非传统节目？"

"没错，"他说，"我最近一直在跟政府层面的人士谈，看看能否考虑接纳他进入他们正在进行的飞行员项目中。要知道，这很不寻常，没有把握之前，我不能说太多。我们下次或许可以多聊一点。"

"行，我会一直等着。"我说。

"我也是，等到八月份，"男人说，"世事难料啊！"

世事难料——好一句轻描淡写。

现在的我，最渴望的是正常的生活，是日复一日、平庸的生活。我渴望那些在别人看来无聊透顶、在我而言却舒服极了的生活节奏。这么多年来，每个从星期一到星期五的日子，我都吃着一模一样的早餐——两片黑麦吐司，一片抹上黄油，另一片涂上橘子酱；我吃同一个牌子的面包、同一个牌子的果酱和同一个牌子的黄油。到了星期六，我会煎一个鸡蛋配黄油；星期天则要么吃松饼,要么吃法式吐司。

遵从规律让我和克莱尔从中找到兴奋感。我们享受每星期五晚上外出吃晚餐,每个星期六宅在家里,每个星期天看一部日场电影,再从中国餐馆外带一些食物回家,如此一成不变。如果我们要在这其中增加一些新的、不一样的活动,就需要讨论一下了,看看这新增的活动对于我们的常规行程和计划有什么意义和影响。

但是现在呢?我生活得就像是一场无止境的自由降落,只有当我被召唤去为别人做些什么事的时候,我的这种垂直降落才会因被打扰而减速。要不是为了孩子们、狗、猫妈妈、小猫咪和园子里的这些植物,我可能会什么都不做。

出于好奇心,我给社区服务部打了电话,咨询如何成为领养父母。我提出的问题是:只能接受被给予的孩子还是可以自己挑选孩子领养?

"我们对每一个孩子的安置都非常慎重。"电话里的女人说。

"当然,我知道……"所以电视节目里报道的那些领养父母才如此给人以希望,"我要问的是,要是我的一个有孩子的亲戚需要休息,他想要我收养这个孩子一段时间,有没有什么正规的手续?"

"您首先需要成为获得批准的领养父母。"

"这种批准需要什么手续?"

"一封意向书,一张申请书,一张合法的清算单,一封推荐信,家庭内部审查,医疗证明书,免疫证明书,律师和会计师的证明信,证明你不是为了私利才这么做的。"

"你们那儿所有的领养父母都要符合这些要求吗?"

"是的，先生，他们都通过了这些流程，才得到了批准。"

我告诉她，我是退休教授，也是一名作家，正在为前总统尼克松的家庭提供研究咨询服务。

她打断我说："您有孩子吗？"

"我是我弟弟的两个孩子的监护人，我弟弟有点残疾。"

"您应该去看一下精神科医生。"她说。

"不好意思，您刚才说什么？"

"像您这样奇怪的人，应该去看一下精神科医生。这是申请的一部分，精神健康评估。要是您不抗拒，会进行得很快。"

我忍不住想问："我在电视晚间新闻上看到的那些讨人厌的领养父母是不是全都有精神病？"但我忍住了没问。"这当然是需要好好考虑的事情，"我说，"你能给我寄些资料让我研究研究吗？"

"哦，我们不寄任何东西给任何人，这里的预算很吃紧，信息全都挂在网上。"

"好吧，"我说，"我自己去网上看。谢谢你。"

该死！

我给里卡多的小姨打电话，问她是否愿意我个星期天接小男孩出去玩儿。

"你能早点来接吗？"她问。

"八点半算早吗？"

"可以，这个时间很好。"她说。

对我而言，和孩子们建立关系，就是更多且更诚恳地和他们谈心，把他们当成真正的大人。

纳特自从威廉斯堡之旅后就一直很疏远我,我不太确定真正的原因,只觉得眼下聪明的应对方法是不要过于关注这件事,只要等着就好了。我问他对于星期天带里卡多出去玩有什么建议。

"可以去室内攀岩的地方,或者去打保龄球,或者去电子游戏机房。"纳特停顿了一下说,"你也可以带他去户外玩接传球游戏。我感觉好像没什么人跟他玩儿。手套在我房间的衣柜里,如果你想送给他,我不介意,那副手套已经旧了,我现在有新的了。"

"你真大方,纳特。"

"是什么促使你想到给他打电话?"

"说实话,我想那孩子了,更想念你和艾希莉。那趟旅程真的让我玩得很开心。"一阵令人尴尬的沉默。但我不介意,至少我说出了我想说的:"你怎么样?一切进展如何?"

"正常,"纳特说,然后他沉静了一下,"我正在英语课上写回忆录。"

"我能想象那一定很难。"

"我写的是关于我爸爸,一些关于我能记得的事情。"

长长的停顿。

"或许改天我可以看一看?"

"我不知道。"他说。似乎发生在乔治和简身上的事情慢慢被纳特理解,最初的创伤已经渐渐平静下来,他开始将一切整合起来。他说:"我最近睡眠不好,所以我去学校做了咨询,他们建议我每星期两晚参加一次冥想团。"

"或许可以试一试,"我说,"起初几个月会比较艰难。"

"试试吧。"他说。

和纳特通完电话后,我又给艾希莉打电话。"我只想谢谢你的感谢信。"我说。

"你收到了?"她问。

"收到了,"我说,"我很惊喜。"

"我很小的时候,有个老师让我们练习为生活中的每一件事写感谢信。比如:'亲爱的上帝,谢谢所赐予的今天早晨的太阳,它美极了,我期待明天能再次见到它。你的朋友,艾希莉·西尔弗。'"

"真神奇。"

"她说,如果我们什么都没有,那么至少我们有礼貌。"

"或许她是对的。最近还发现了些什么?"

"科学,"她说,"我们做了很多的料理,来了个新老师,这个老师想以家庭里的化学作为一本烹饪书的基础,而化学实验室的功能就是一种测试性厨房。"

"听起来很美味。"我说。

"不尽然。我倒是觉得比较危险。"

准备重返纽约的律师事务所整理关于尼克松的故事之前,我又重新听了一遍我收藏的尼克松的录像带,是他接受弗兰克·甘农采访时的视频[①]。他在采访中谈到了他的妻子帕特,谈到了他的家庭。我想这应该是他的"官方版本"。所有的家庭都有一套"官方版本",一种默认、商定的叙述,告诉别人我们是谁,我们

---

① 此处应指 2014 年 8 月 4 日尼克松基金会在网上发布的尼克松与其在白宫时的前幕僚弗兰克·甘农的一系列访谈。

从哪里来。我听得非常仔细,想要掌握尼克松说话的韵律,想把他的措辞铭刻在脑海里,这样,等到明天,当我读他写的故事时,我的脑海里就会浮现他的声音了。

第二天早晨,旺达介绍我认识静兰,她会替我做抄写工作。

静兰很瘦,身子就像手工推开的面条一样细,但她握住我的手却很有力。"很高兴能和您一起共事,"她说,"只想让您知道,我的阅读没有问题,虽然我的口语不怎么好。"

"你打哪儿来?"

"楼下,"她说,"我是熟食店老板的女儿。"

"我很早以前就认识你妈妈了。"我笑着说。

她点点头。"她跟我说过,您是饼干先生。我真是太幸运了,"她说,"是他们来找到我的。我的打字速度很快,懂中文,再糟糕的字迹我都看得明白。因此他们请我来辅助您阅读和打字。我不知道要打什么,但他们不介意。在这儿工作,我中午还能见到父母,这样很好。我们一起工作。如果我有什么不知道的,我会问您。"她开心地说。

"你出生在哪儿?"

"诺克斯山,"她说,"我今年二十一岁了。业余时间我会打专业排球。"

"你是个幸运的女人,"我说,"出类拔萃。"

在我们进入正题之前,我对静兰说明我对尼克松的兴趣点。"不用担心,我会学习的,"她说,"旺达告诉我您做的事情之后,我去维基百科上查了资料,学习了很多。"

我点头。"我最感兴趣的是他的性格,还有他在一个特殊的时代和文化背景下的行事作风,而这一特殊的时代正是构建和定义了'美国梦'的时代。我不知道你对这个话题有多熟悉,'美国梦'这个词是一九三一年由亚当斯[1]造出来的,他曾写道:'美国是一片梦幻之土,在这里,人们生活得更加美好,更加富裕,也更加充实;美国会根据每一个人的成就和能力而不是他们的出生环境和社会地位,来给予每一个人公平的机会。'一九三一年,当时的理查德·尼克松十八岁,刚刚意识到自我的梦想和价值,而当他六十岁辞去总统职务的时候,也标志了这一时代的终结。或许是一个未被承认的梦想的死亡,尽管有些人觉得这梦想没有死亡——而是转为地下秘密进行了。"

静兰身上有一些东西激发我愿意去对她说更多,尽管有些跟我们今天的工作并无关系,但我还是兴致勃勃地去说明。这感觉很自由,很令人鼓舞。她似乎也明白我在说的是什么。

我们肩并肩一起工作。我告诉她我希望她如何抄写我想要的东西,并让她知道,如果她遇到读不明白的东西,都可以拿来让我看。

每过去一个小时,静兰就会站起来做一些简单的运动,放松休息,也鼓励我跟着她一起做。"跟我做。"她说,于是我模仿她的动作,像一种古老的舞蹈,手慢慢朝前推。

"这是什么?"我问。

"气功,"她说,"我每天都做,它能让你的血液流回大脑里,激发你真正的天赋。"

我跟着她的动作——身子后仰,直到双手放在身后的地面之上,然后抬起一条腿,再抬另一条腿,伸到半空中。静兰就这么头

---

[1] 詹姆斯·特拉斯洛·亚当斯 (1878–1949),美国历史学家,著有《美国史诗》。

朝地倒立,保持着这个姿势。"太好了,"她说,"很好。"随后她站直身子,回到自己的椅子上坐下,我们又一起继续工作。

星期天上午八点半,我去接了里卡多。他的小姨给他包了一大包东西,全是吃的,有特百惠的保鲜盒、刀叉、勺子、餐巾纸以及一套换洗衣服。

"他吃东西总会漏出来。"她说。

里卡多耸耸肩。

"你包了几顿饭的量?"

"不多,"她说,"他胃口好。"

"好吧,那么,"我说,"明天就要开学了,我计划六点带他回来。还有,这是我的手机号码,如果你需要,可以联系我,当然,如果你希望的话,我也会跟你报告情况。"

"我丈夫要带我出去玩一天,"她说,"你们自己玩儿吧!"

回到车里,我问里卡多吃过早饭没。"吃过了,"他说,"但我还能吃更多。"

"我们要不要在这里等两个小时?要不要去那边的公园里玩会儿球?"

公园里,里卡多发现一群小男孩在踢足球。我看得出他很想加入他们,于是鼓励他进去和他们一起玩儿。

"可我不认识他们。"他有些伤感地说。

我带着他走到站在一旁的爸爸们中间,问他们,里卡多可不可以加入一起玩儿。其中一个男人朝男孩们吹了个口哨,大喊一声:"嗨!有新人要加入了。"我推了里卡多一把,于是他加入了男孩们的游戏。爸爸们站成一圈,讨论着他们的热水浴、皮划艇以及男人们热衷的其他各种玩意儿。我在一边像合唱团成员似的点头应和,一边留意里卡多。他的动作极不协调,踢一下球就会一屁股跌倒在地,不过还好其他男孩似乎能够容忍他在队伍中玩。

游戏结束,里卡多和我坐在旁边的石凳子上。我建议可以一起练练传球接球,记得地下室里好像还有个球。

里卡多喘着粗气,满脸通红,上气不接下气地翻着他的食品袋。

"你想野餐了吗?"

"或许。你可以吃这个,我想吃麦当劳,"他提议说,"我小姨的厨艺可棒了,只是,你知道,我每天都能吃到。"

他递给我一个看上去像肉馅饼的东西,里面塞满了小牛肉、洋葱,还有一些无以名状的调味料。尽管已经有点凉了,但确实非常美味。

"好吧,"我说,"我们交换。你想吃什么?"

"双层吉士堡,大薯条,再来一杯奶昔?"里卡多提议说。

"吉士汉堡,小薯条,没有奶昔。"

"好吧。"他勉强答应。

我们先去了麦当劳,又去看了场电影,是那种三维儿童片。等那股子晕眩劲儿过去之后,我好不容易适应了三维眼镜,觉得感觉还真不错。里卡多多次用他特有的滑稽而奇怪的方式哈哈大笑,弄得我开心不已,每次他一看到什么喜欢的场景就会拼命敲打我的胳膊。

"我得去完成一件小小的差事。你喜欢五金店吗?"

"还行吧。"孩子天真地说。

楼上的厕所需要换个新把手。我找到了需要的零件后,发现到孩子在店里闲逛。隔着两排货架,我看到他从一个桶钻到另一个桶,然后,我看到他又去翻自己的口袋。起初我担心他是不是偷了东西,但我发现他只是在那儿数自己口袋里的零钱。

"你有多少钱?"我凑近过去问他。

"两美金六十美分。"

"你需要多少钱?"

"两美金九十九美分。"

"加上税呢,"我说,"总共需要多少钱?"

里卡多指着一盏绿色青蛙形状的会发出哔哔声的闪光灯。我给了他一美金。

在一堆螺母和螺栓之间,一个上了点儿年纪的男人对我说:"很漂亮的小男孩。"

我微笑:"他是个好孩子。"

然后,这男人弯下腰对里卡多问:"你的另一个爸爸呢?"

里卡多露出迷茫的神情。

"嗨!你在搞什么?"我立即把里卡多拉到身边,戒备地问。

"对不起,我没有要冒犯你们的意思,我只是以为你们是由两个爸爸组成的家庭。通常会由直男家庭领养白人小孩,他们不想要了,就会塞给基佬。"

我一把将那家伙拽到柜子前。"你知道你在说什么吗?你完全不知道自己在说什么吧!"我怒火中烧,就想直接往这家伙鼻子上揍一拳。我这辈子从没有过如此想揍人鼻子的冲动,现在恰逢此时。

"我爸爸已经死了。"里卡多很害怕地说。

我意识到自己的行为吓到了孩子,于是对那老家伙松手。

"真操蛋。"那男人嘴里念叨着,挥手赶我们走。

我对他竖起中指,这又是我这么多年来从未做过的另一件事。男人带着厌恶的表情走开了。

"那是什么意思?"里卡多模仿着我竖中指的手势问。

"请你别做这个动作。"我迅速回应。

"你刚才就这么做了。"他说。

"我知道,但我不应该做这个动作。这是做了会惹麻烦的动作。"我们去收银台结账,收银员正在打电话,我随手从旁边的罐子里拿了两根荧光棒,在储物柜里面放一个,以防紧急情况。我买了一个给我自己,另一个给里卡多,以消除孩子刚才的紧张情绪。

"这到底是什么意思呢?"我们离开商店的时候,里卡多还在不依不饶地追问我。

"什么什么意思啊?"

"就是那个你不许我再做的手势。"

"那是说一个人非常差劲的意思……"

"我本来以为这会是某种记号性的语言,或者像古老的印第安手势。"里卡多说。

走在外面的时候,我突然挥动荧光棒,洒出一片耀眼的荧光,在午后的微光中闪烁出如外星人军刀般的锐气。

"太酷了。"里卡多说。

我给了他一根荧光棒。我们假装武士决斗,有趣极了,我已经好多年……不,我一辈子都没这么玩儿过。

之后,我把他送回他小姨家,我说:"嗨,今天在五金店发生的事情，我很抱歉。"

里卡多耸耸肩。"很酷啊，"他说，"你保护了我。"随后他给了我一个拥抱，像他可能在电视里看到的小孩子对大人的那种拥抱，或者像《好汉两个半》①里背景自带哄笑的那种拥抱。"我们以后还可以再玩。"他兴奋地对我说。

晚上，我找东西时，找着找着就找到了房子的地下室里。这里就像堆放了好几代人杂物的储藏室，有滑雪板、高尔夫球杆、网球拍、洒水装置、老旧的园艺水管和一盒一盒的玻璃广口瓶。有相当一部分东西，我十分怀疑是房子之前的主人留下来的，还有一部分应该是乔治和简作为另一个时代的蜉蝣留以纪念的东西。

我决定把这些东西全部清理干净。

四个小时之后，我将足足一打的巨型绿色塑料袋拖到马路边，还有一个满得快溢出来的蓝色垃圾桶，感觉自己像刚刚清理了一个货摊。总得有人来做这件事吧！

为什么乔治有四套高尔夫球杆呢？为什么这里的网球拍有那么多花样？滑雪板又那么长？上面的皮靴固定装置和靴子都那么旧？所有东西上面都像是撒了一厚层硬邦邦的滤渣，搞不好还有毒？

一切收拾完之后，我内心有种做了回称职好主人的喜悦。随后，我用微波炉给自己做了份简单的晚餐，做完我给纳特打了通电话。

"里卡多怎么样了？"他问。

---

① 美国情景喜剧，哥伦比亚广播公司出品。

"很好。我意外地教会了他竖中指。"

"意外地?"

我解释了当时的情况,纳特说:"看来,你有一个不错的开端。"

"从长远来看,我认为这只是一个小小的过失。"我顿了一下,"我忘了该不该跟你说,是关于你爸爸的。"

"嗯,"纳特说,但这回答并没有给我明确的提示,"很难说。"

"他一直待的那地方现在要关门了。"

"那是个什么样的地方?"

"疗养院。"我找不到更合适的词。

"你知道他以前怎么对我吗?"纳特问,"他会把我整个人头朝下翻转过来,然后原地绕圈。那动作有点儿好玩,也有点儿恐怖。有时候他还会拿我撞东西,像是撞桌子、椅子或者墙。我不知道他那么做的时候只是心不在焉还是真的毫无感觉,但他基本上还是能把握好尺度的。要是我是另一种小孩,可能情况就会完全不一样了,另一种小孩可能更喜欢那样。"

"也有可能会更不喜欢,"我说,"听上去你视之为一种运动。为什么要去想别的孩子在这种情况下会怎么忍受呢?直接说你很害怕,或者直接说你讨厌那种游戏,无论什么理由,说出来不是很好嘛?"

"我总是觉得,他想让我成为另一种孩子。他觉得我是个胆小鬼。"纳特顿了一下说,"你正在边吃东西边跟我说话吗?"

"嗯,不好意思,我太饿了。由于某种原因,我没和里卡多一起吃饭就回来了,我要为他树立一个克制的榜样。可一回到家我就忍不住大吃大喝起来了，还把整个地下室都清理了一下，那里堆满了太多没用的东西。"

纳特忽然变得异常安静，比安静更糟糕的是，他有点严肃。"比如什么东西？"

"滑雪板、网球拍、成箱成箱的玻璃瓶……"

"那是我获奖的科学实验，用家庭用品，例如生姜、山葵、芥菜和旱金莲制作的抗生素？"

"我想不是，"我嘴上这么说，心里却担忧地想到确实有些瓶子里面装着泥土，里面好像种了什么东西，我还以为那只是些霉菌呢……"是很多很多的垃圾，还有你爸爸的旧高尔夫球杆。"

"还有我的球杆？"纳特惊讶地说。

"那是你的？"我像是接受课堂测验的学生般惊恐不安，声调急促。

"我的球杆放在一个轮子形状的格纹包里，另一套上面挂着个蓝色编织饰物。"

"你知道吗？"我有些结巴地说，实际上我心里已经很清楚了，这些东西全都在马路牙子上的塑料袋里装着，"我会再去看看，再检查一遍，放心。"

"该死！"纳特说，"你就不能让它们就那样放着吗？你就非得到处留下你的印记吗？又不是你的东西！那是我的房子，是我住的地方……你非得弄得我连自己的家都没有了吗？弄得我无处可归吗？"

"纳特，"我大着胆子，试图弥补自己已经犯下的过失，"纳特……"

"够了！我现在太他妈的冷静了，经历了整件事情之后，我能这样已经太他妈的平静和正常了。我觉得我可能给了你错误的暗示。你上了我妈,我爸杀了我妈,现在你又想来主宰我了?我不会顺着这条路走下去的,我才不会变成另一个你!我永远都不会被你拽着走!"说完他挂了电话。

我情不自禁地后退了一步,并不是因为他说的这一切都没有错,而是惊讶于这一刻怎么现在才降临。我飞奔到马路边,把他的高尔夫球杆以及其他所有看上去貌似比较合理的东西都拿了回来,重新放回到地下室,希望一切看起来像是从没有被动过的样子。

两个小时后,纳特给我发来了一封邮件。

"抱歉:有个家伙给了我些药,说那东西会帮助我集中精神,可能是那药使我反应失常了。另外,我们学校可能会打电话给你,是关于我破坏课桌的事情。但我可以向你保证,那绝对是个意外,那桌子从前年开始就已经变得晃晃悠悠了,从比利一头栽到那桌子上之后就那样了。"

我回复他:"别担心,我会好好采纳你的意见。你的球杆和别的东西都安然无恙地在地下室里。"

星期二早晨,刚过八点,手机就响了。

"跟我去一个地方。"谢丽尔说。

"你就不能先说'嗨,你好,最近怎么样了'作为寒暄吗?"

"这有必要吗?"她说,"我要请你帮个忙。"

"这是礼仪,"我说,"大多数事情都是这么开始的。你想去哪里?"

"去哪儿重要吗?我只是要你跟我一起出去,这不就够了吗?"

我等着。

"一个俱乐部。"她说。

"你丈夫呢?你就不能让他跟你去?"

"我都没办法说服他跟我去看电影。你会去吗?"

"什么俱乐部?"

"和你志趣相投的人?"她暗示。

"政治团体?"

"不准确,更像是社交集会。"

"什么时候?"

"今晚。"

"今晚?"

"听起来你好像很忙?今晚八点到十一点,我打算九点左右到那里。"

"有名字吗?"

她叹了口气。"只是朋友和邻居的派对。要我去接你吗?"

"我们直接在那儿见。有地址吗?"

"好像叫'夜视',在一间小型商场里……"

"就是有CVS①的那家?"

"就是那家。我们在那儿的停车场见,如何?"

"可以,"我说,"着装有要求吗?"

"便装就好。"她说。

---

① 美国的连锁药店。

在CVS外面等她的时候,我考虑要不要告诉谢丽尔关于我在A&P碰到的那个女人的事情。我不知道为什么会对一个商店里遇到的女人为我"服务"这件事有负罪感,好像我在以某种方式欺骗一个对其丈夫出轨的女人似的。我也不知道为什么必须把这一切告诉一个和我完全没有任何关系且也让我完全不感兴趣的女人。然而,我更不愿意独自一人守着这个秘密。我正沉浸在要怎么坦白的幻想之中,她突然敲了敲我的车窗玻璃,吓了我一大跳。

我从车里出来。"我通常不会这个时间在外面溜达。"我半开玩笑地说。其实以前住在纽约的时候,我常常这个时候出来听夜晚的爵士乐。

"我刚才去逛商店消磨时间。"她好像有点紧张。

"我花了一百七十八美金。我希望两个小时里,那些易腐烂的东西不会有问题。"

"只要你没买易融化的东西就行。"

"只是肉和牛奶。"她说。

"你又换了发型,"我发现每次见到她时,她的形象都有所改变。今天的这个发型更像个楔形,有点像滑雪运动员多萝西·哈米尔[①]。

"这是假发。"她说。

穿过停车场的时候,我说:"为了坦诚相待……"

"别。"她说,我立刻打住。

"重要吗?"她问。

---

① 多萝西·斯图尔特·哈米尔(1956–),美国老牌花样滑冰选手。

"不太重要。"我说。

"那就等等。"她说。

我点头,确实可以等。

"我有点紧张。"她说。

"紧张什么?"

"我之前从没参加过这种聚会。"她顿了一下,"为了坦诚相待,"她带着嘲笑的语气对我说,"我在电话里就应该跟你说,但是……"

"什么?"

"我不确定这聚会是不是每个人都应该穿衣服。"她一口气说完。

"什么?"我还没说完,一辆拖着清洁刷的车打我旁边经过,差点把我撞倒。

"我只是说……"

"难不成是个……裸体派对?你到现在才告诉我?"

"我不想害你紧张。"她说谎。

"你是不想我拒绝吧。"

她没说什么。

"必须参加裸体吗?"我问。

"你可以选择的。"

"你打算裸着去吗?"我问。

她耸耸肩:"我想看看那会是什么感觉。"

门上贴着手写的标签——"私人派对,暂停营业。"售票台前的一张桌子上贴着一张横幅,上面写着"欢迎来到'我们的朋友和邻居组织'"。

"请问您需要帮忙吗？"一个穿马球衫和卡其裤的男人问我们。

"我报名了。"谢丽尔说。

"请问您的名字？"

"谢丽尔·史蒂芬。"

他在名单上找到了她的名字，微笑说："我看到你的留言是会带个朋友来。"

"可以吗？"

"当然，人越多越开心。"他说着，递给我一张表格让我填写。

"我们这是私人会所，入会费十美金，今晚的活动费三十美金。"我接过表单。

"你们先填着，我去给你们拿一些关于今晚活动的资料。"

填表格时，我略过了姓名和地址，只填上了我的邮箱地址和手机号码。

穿马球衫的男人注意到我留下的空白。

"还没确定你今晚想当谁吗？"他问。

我没说话。

"做你自己，"他说，"那会简单许多。有一次，我们这里有个家伙玩旱冰的时候撞到了头，花了三天时间才搞清楚他到底是谁。"

我依然没有填上空白。

"好吧，我们的规则……如你们所知，这是公共场所，我们只是偶尔租用，所以要反复重申。尽管我们也有穿衣服的聚会，但并不是对任何人都开放，"他说完，还眨了眨眼，"还有……"他停顿，

"我们是非常严肃的——不行就是不行。我们对此要求非常严苛。虽然是一家私人俱乐部，但基本原则还是互相尊重。"他抬眼看着我，"需要私下澄清的是，我们是一个高度保密的组织，我劝你用你自己的真名。我们不会贩卖或告诉任何他人我们的成员名单，也不会利用这个名单做任何其他事情，除了发送关于活动的信息邀请。"

我点头。

"你们之前玩过镭射游戏吗？"

"没有。"我们一起回答。

"入口的通道里有小型保险箱，你们可以用来存放自己的私人物品。裁判员会告诉你们游戏规则，并指导你们穿上马甲和枪。还有一个开放的吧台，都在你们交纳的三十美金费用内。如果需要休息，后面有供私人使用的房间：镜像山前面左转就是。我们这里每隔一星期会有一个私人派对，好玩的事情都会发生，但这是不对外开放、是在私人的房子里举办的，只有收到邀请的人才可以加入。今晚更像是一个见面认识的聚会，是让你了解我们也让我们了解你的好机会。"他微笑着说，"你是怎么知道我们的？"

"我学普拉提的班里有个女人，总说她觉得时机已经成熟了，我可以来冒险了，并不断暗示我。"

"是多琳吗？"

"就是她。你怎么知道？"

"她是我妻子，"男人高兴地说，"她今晚没来，因为耳朵有点感染。我会告诉她你来了，她肯定会很激动。我们总是需要更多的女人。男人太多了，女人总是不够。"他说着大笑起来，"但这只是我的个人观点。"

我俩一起穿过昏暗的走廊走进"室内"的时候，谢丽尔对我说："我之前带我儿子来过这里两次，参加生日派对，他很喜欢这里。"

"你带他来这里？"

"不是这种活动，"她说，"只是这个地方。多琳告诉我，他们每月租用一次这个场地，付双倍的租金，还提供独家用品。那些负责布景的团队下午赶过来，给这里做了一些特别的改变。"

"我想我们应该穿上激光装备，"她说，"那会帮助我们放松下来，并很快融入。"

我们穿上衣服，就是在胸口背上一把枪，枪上附着一根带弹性的皮带。裁判员对我们解释说："一旦你们被击中，你们的枪在十五秒钟内将不能使用，即意味着你被打倒了。如果你中了二十五枪，你就要离场休息五分钟。"他继续教我们如何利用镜子来弹飞子弹射向别人，这样就不用总是偷偷接近猎物了。"你们现在可以出发了。记住，不要跑，不要推。"

我们一起朝前走的时候路过吧台，一个穿黄色运动胸衣的女人全身激光装备，正用纸杯喝白酒；两个没穿上衣的男人，其中一个剃了胸毛，正在"咕咚咕咚"地喝一杯软硬混合饮料。

我或多或少地对这个活动有些期待。我脑海中想象的场景是二十世纪七十年代的那种性爱俱乐部，里面都是些半秃或者戴着假发的男人爱抚着周围那些性解放的女人。而相比之下，这里则显得毛发更浓密，更肉感，也更幼稚（有可能是这些激光枪将整个格调都拉低了）。在这里，大汗淋漓的男人们穿着内裤佩戴着玩具枪跑来跑去，重现他们八九岁时在家里玩得噼里啪啦的那些游戏，但是现在，游戏被推到了尴尬的边缘。这些男人的年龄从三十几岁到四十五不等，他们有着过剩的体毛和脂肪，身上偶尔还突兀地冒出个纹身，这些使得他们的行为看上去更猥琐了。我来这里并不是为了苛责批评，只是这些人如此不堪，完全到了令我发指的地步。而且他们是那么没有羞耻感，这样没看头的身体还如此地暴露，在某种程度上来说，这些人都是怎么想的呢？看看他们半裸着身体像十几岁小男孩一样追逐打闹互相射击的样子就知道，他们对自己的不雅姿态完全没有半点自知之明——在流行服饰方面也不做半点用心：穿着最土的男士内衣和松垮的男士内裤，以至于他们下面那堆垃圾随着他们的跑动在里面左摇右晃的，清晰可见。女人们还算用了点心思。有的女人穿着附庸风雅的内衣，有的则身着老鸨般的服装，还有的看上去就好像是出来参加骑自行车比赛似的——运动胸衣加紧身短裤，一半的屁股都露在外面。总之，所有这些场面在我看来没有半点情色的味道，倒让我对"专业"和"业余"有了全新的认识。

"我看到一个熟人。"谢丽尔说。

"在哪儿？"

"你的三点钟方向，那个男人和他妻子。"

我顺着她说的方向看去，在两点半的方向，我看到一堆男人正在观看两个女人亲吻。我从来就不理解为什么男人喜欢看两个女人干点啥或者是同时和两个女人干点啥呢，对我来说这只会让我迷茫：四个乳头，两个洞，感觉好忙啊……我赶紧在想象中抹掉那些片段。

"我听说过他们。"谢丽尔说。

"听说什么？"

"类似这样的事情——他们做这样的事情——但我没想到是真的。我以为只有我不同。"

"当然不会只有你——总会有一些人有不同需求。"

在九点半方向,裁判员正在宣布休息五分钟。感觉像走到哪儿都有旅行标签跟着,每次被射中了,就要脱掉点什么。哦喔!

我朝吧台走去,途中经过那些私人房间的时候,我停下来偷看了一眼。里面大多都是我们常说的那种"干蹭",到底是什么样的人会在一家小型商场里和"邻居"们做这种事情呢?

走到吧台,我比平常喝得更多。那些裸着上半身的女人佩戴着激光装备,在吧台自制苏打酒喝。而男人们则半僵硬地跑来跑去——我不知道究竟是什么让他们感觉自己很有爵士范儿,是这些半裸的姑娘还是激烈的游戏?

"我可以吗?"我偷听到一个女人在问谢丽尔。

"我想可以。"谢丽尔说。

我把脸转了过去。即使是在这样的地方,人们也是有隐私权的。我用眼角的余光像看慢镜头一样看着这个女人的手,她用那长长细细的手指头(上面还戴着硕大闪光的婚戒)缓缓伸向谢丽尔的胸。女人用她的手指头轻触谢丽尔,轻柔地,几乎像在她的乳房上拂过,似摸非摸。然后身子前倾,吻了她。谢丽尔回吻了她。然后那女人走了,像蒸发了一样。

"我并不想给你泼冷水,但我明天一早要进城,所以今晚不想回去得太晚。"我对谢丽尔说。

"我刚刚让一个女人碰了我。"她显然没有意识到我刚刚就站在她旁边目睹了整个过程。

"这是你第一次这么做吗?"

"是的。"她想了一下,说,"她摸得非常轻柔,就像在挠痒痒。"

"听起来你可能会喜欢。"

"我没有不喜欢。"

"你是在用双重否定,意思是,你喜欢?"

"我没想那么多。我以前也感受过女人的手,但基本上总是在医院里,比如医生让我抬起胳膊,她们在我的乳房上用手或机器按来按去。但从来没有女人为了作乐而摸过我。我不知道女人的嘴唇会如此柔软。你怎么样?有什么事发生吗?"

"有个家伙蹭了我一下,"我说,"但我觉得他应该只是想从我身边经过。他蹭了我,然后跟我说'对不起'。就是这个'对不起'让我感觉很不舒服。这种蹭好像某种感兴趣的暗示,但当他道歉的时候我又觉得很诡异,因为我竟然很喜欢。"

"我觉得是你想多了。"她说。

"这不会是第一次,"我说,"我得走了,很晚了。"

"你有时间一起喝杯咖啡吗?"她问我,"我们可以总结一下吗?"

她被自己的玩笑逗得哈哈直笑。我们穿过停车场的时候,她说:"你相信竟然真的存在这样一个地方吗?就在这里,就在药店和球卡店附近?我以前还曾在那里给我婆婆买过球卡。"

我们浑身臭汗(估计还蹭上了些别人的汗水)地一起去了一家叫"朋友"的餐厅。

"我不认为你喜欢这种活动。"我们一坐下她就说。

"坦白说,我很惊讶这种活动竟能如此无聊。"

"我也是。"她说。

"请问二位要点些什么?"服务员问我们。

"咖啡。"我说

"还有呢?"

"咖啡和苹果派如何?"

"加冰淇淋吗?"她问。

"加,谢谢。"

"咖啡和苹果派,"谢丽尔重复说,"这好像老人家常点的食物啊。"

"够了,"我说,"再来一份小丑圣代,加巧克力冰淇淋的。"

服务员离开后,我凑过去对谢丽尔说:"你为什么想这样做?"谢丽尔看起来眼眶有点儿潮湿。

"我真的只是好奇,"她说,"我想你已经很了解我了,所以我想给你看点不一样的事情,给你更多的……"

我点的冰淇淋上来了,她用手指抹着吃了一口。

"你需要一份工作,"我建议说,"或许你可以去考个房地产经纪资格证,或者回学校里做一名社工。"

"我有房地产经纪资格证,"她说,"那只不过代表着你可以在别人的房子里和陌生人操。"说着说着,她突然打了个嗝,白酒和巧克力冰淇淋的气味穿过桌子飘散过来。"抱歉,"她说,"我正在服用一种新药,好像不应该在这时候喝酒。"

"我不知道你又服用新药。"我已经酒醒了一半。

"嗯,这是一种全新的养生法。"

"你觉得会不会正是这种新药才导致了今天晚上的所有事情?你怎么知道你是真的想这么做还是只是某种药物的副作用呢?"

"我不觉得想去探索一个换妻俱乐部的欲望属于药的副作用清单上的项目。就像我所说的,我很好奇,这难道是坏事吗?还有,老实说,我喜欢跟那些男人做爱,完了之后你还不用给他们洗衣服、做午餐,也不用给他们买袜子……"

"您还需要些什么吗?"服务生来问我。

"结账吧。"我说。我已经注意到有几对客人是从刚才的派对里出来的,他们脸颊红润,笑声夸张。

为了今天的最后一堂课,我特地穿了正装——西装配领带。我想这套衣服能透露出一种有目的的严肃性,像是去参加葬礼。我只带了一个又旧又笨重的卡带式录音机,调整了我内心的悲哀和被背叛感,昂头走进教室。我往讲台上一站,然后开始说:"今天这堂课标志着我人生中一个章节的结束,为了对理查德·尼克松表达我的尊敬和纪念,我打算将今天的这堂课录音。"说完,我把录音机放在讲台上。为了引起他们的注意,我还敲打了几下讲台桌,空心的桌肚将我的敲击声放大了,一下,两下,就像是法官在敲锤——注意了,注意了。我同时按下"播放"和"录音"按钮,清了清喉咙:"测试,1、2、3……测试,测试。"然后我点了"停止"键,又按了"重播"键,回播我刚才的测试录音。音调如我所期待的,有金属般的质感。

"我今天站在你们面前,是我和你们最后一次聚集在这里,而我首先想到的是历史的力量。我知道,如果我们只活在当下,不知晓过去,我们就不会拥有未来。想象一下,如果美国没有理查德·尼克松,如果一个国家没有过去,如果一个世界里每个人都只考虑到自己,而不去建立相互的信任,也没有人与国家的密切联系，生活在这样的世界里，你会怎么样？再来思考一下你自己在这个时代里的每个时刻。你的历史，包括你的文化和你的行为，或许会比你之前的任何一代人都更多地被记载、被审核，而你被期待所行经的那条线是狭窄而不可原谅的。想一下：如果网络上的帖子不再更新，永远只停留在当下，不再以某种方式增长、发展或原谅？"

我停下来喘口气。

"今天这堂课标志着我人生的一个章节——我站在这个学术讲台上的最后一场表演，某种形式的谢幕。我想借此机会简单地和你们分享一下我的一些思想。

"首先，我要请你们关掉你们手上所有的电子设备，想象自己在某个早晨，正在白宫里和尼克松开会。想象现场坐着总统及其主要内阁成员海德曼、海格、亨利·基辛格以及其他被选出来的要员。想象他们每个人手里都拿着一杯星巴克的咖啡，咖啡上写着他们的名字和要点的咖啡种类，而他们的另一只手里都在玩弄着某样电子产品，在上面发邮件、发推特、发短信，等等。此时尼克松会认为：他们根本没在听话吗？而这时候的尼克松会用短信或推特等方式来发泄自己对国家衰落状态的离题阐述而不只是在稿纸上用墨水笔书写自己的思想、在半夜里碾转反侧静思冥想吗？

"当你们关闭自己手上的电子产品后，我希望你们想想这个问题。这是我最后一次站在这里，我希望这一次你们能全神贯注地用心听我讲话。"

我故意延长了停顿的时间，审视周围，聆听电子设备一个个关闭时发出的此起彼落的声音。"这是我第十九次站在你们面前，站在这个长久以来被认为是学习的中心、是塑造了好几代人的思想和生活的地方。在我所做的每一个决定中,在我呈现给你们的每一份材料中,我都尽了我最大的努力。我觉得这是我的职责,尽力向你们介绍你们所在的这个国家的历史,并尽可能地对你们进行相关的教育,让你们了解历史的价值,让你们学会质疑历史。今天,从某种程度上来说,这是一场辞职演说。要想去教育,首先必须要有学生,要有一群如饥似渴的学习者。我知道你们中的很多人之所以会选修这门课,是为了完成某种指标。我也从流言蜚语中知道,有人说这堂课根本'无足轻重'。我还知道,你们中的很多人可能是你们家族中第一个上大学的孩子,而你们并不利用这一机会去完成教育自己的使命,而是借此机会和朋友在外厮混、开派对。我一直将自己看作一名教授,一位老师,是年轻人的导师。因为我自己并没有孩子,所以我可能错误地将我的学生们当成了某种象征性的代替,好像你们都是我自己的孩子一样。我曾和你们聚会,曾出席你们的足球赛,为你们打气加油。我相信你们。尽管学术的风气改变了,学习历史的风潮也转变了,你们对历史的兴趣渐渐消失了,但我一直都觉得,我有责任坚持下去。让我阐释得更清楚一些……尽管我个人觉得时世艰难,但我还是愿意继续努力下去的。事实上,教育的职责使我作为历史学家的写作时间和研究时间变得碎片化了,但我从来都不是个半途而废的人。只是,鉴于这所学院所谓的方向上的转变,他们可能觉得研究历史需要跟上潮流,这就使得我原本的努力走向了终结。我自己对此的观点,说来话长。在这里,我特意把尼克松的白宫和老布什与迪克·切尼当政时的白宫进行对比,因为相比之下,后者使得理查德·尼克松显得过分单纯了。

"我的感觉是，尼克松一生都受制于对他的家庭，尤其是他早年失去两位亲兄弟的愧疚之中。我自己最近也遭受了一系列家庭剧变，在这段黑暗的日子里，我想到了我和我亲人们之间的关系，了解到所谓守护自己亲兄弟的意义（这是真的）。我想到了在这场公共危机中我那沦陷的婚姻，由此想到迪克和帕特以及他们在面对所有一切我们知道的和不知道的事情时的勇气。我想到在这场由我自己造成的无情的痛苦的生活中，我是如何地愤怒。"

我停下来喘口气。

"很抱歉，我跑题了。

"在我们必经的旅途中，前方有路，也有荆棘。有时候这不是选择什么的问题，而是我们对老天安排给我们的一切做些什么的问题。今天，我怀着五味杂陈的心情，这里，也标志着我的一段开始和一段结束，我就要离开大学，全职从事尼克松项目的研究，并期待由此加深我和我所研究的主题的关系。对于那些前来和我道别的特殊的客人——一位年轻的、想要探索犹太人和犯罪关系的拉比学生赖安来说，我祝你好运。对于系主任，我认识多年的本·舒瓦兹先生，我想他很清楚我对他的深情厚谊，我也无需多说什么了。今天我对你们说这些，不只是把你们当作是学生，而是把你们当作真正的男人和女人——这个国家的公民——至少我希望如此。还有，今天在这里，我向你们保证，只要我一息尚存，我就会继续这种精神。我会继续为这份我已经为之奋斗了很多年的伟大事业而努力。总有一种事业高于一切，我愿意为之付出所有，也会永远投身于此，直至生命终结。当我第一次为此发誓的时候，我做了一个神圣的承诺，要'奉献我的工作、我的经历以及我能运用的所有智慧，为国家与国家之间的和平事业而奋斗'。为了忠于自己的承诺,这么多日子以来,我一直竭尽全力,努力做到最好。作为这些努力的结果,我可以很自信地说,今天的这个世界,无论对我们美国人来说,还是对其他所有国家的人民来说,都是一个更安全的地方,所有的孩子都有生活在和平之中的机会,而不是死于战争。这是我所希望达成的目标,超过其他一切目标。这是我希望留给你们的遗产,超过其他一切希望。"

我又一次停顿,环顾周围,看看有没有人在和我的四目相对时于眼神中透出熟悉的了解,知道我的演讲中"引用"或者"仿用"了尼克松最著名的演讲词,其中包括他的辞职演讲词。但整间教室里没有一丝我所期待的熟悉的眼光。最后,我像主人一样总结:"愿神的恩典在未来的日子里与你常伴。"教室里爆发出一阵掌声。我点头,鞠躬,就差他妈的要行屈膝礼了。教室后排座位上,一只手举了起来。我被一种权威性的愧疚感所征服,说:"在你提问之前,我必须补充说明一下,我的这番言论大量引用了理查德·尼克松曾经的演讲词,比如他在一九七四年八月八日晚上九点钟在电视现场直播中的辞职演讲。"

坐在前排的一个姑娘笑了起来。"一九七四年,我还没出生呢。"她嘀咕道。

"以上是我的说明。好,现在请后排那位同学继续提问。"

"您能告诉我们,如果没有期末考试,您会怎么给我们打分呢?"

"我会根据原地转弯原则给你们打分。"我为自己的智慧而由衷微笑了。他们看上去都很困惑。

"如果你们上交了论文,并参与了班级讨论,就都能通过这门课。"

五点的下课钟声响起,学生们欢呼起来。我不确定是因为这是最后一堂课还是因为他们知道我的讲话就此结束才欢呼。不管怎样,我选择做完我自己想做的。我以胜利者的姿态,高举着卡式录音机,在心里大声默喊:"你们可能永远都不会了解我。"

几天后,我收到度假村的通知,去商讨如何安置乔治。他们的秘书处打电话给我的时候,建议我多带点儿乔治的衣服。"考虑到可能会外宿,"她说,"带上牛仔裤、厚袜子、毛衣。"

"已经定了吗?"

"不知道,"她说,"我只是照着便签条读给你听。还有,我应该问你有没有打算在这里过夜?"

"没有,"我简要地回答,"你知道还有谁会到吗?"

"我这里看到的参加人员名单有你、你弟弟的律师或他们公司的某名代表、主任医生以及从国家调查办过来的一些人。"

"从调查办来的人有名字吗?"

"沃尔特·潘尼。"

通话的时候,我迅速谷歌了一下沃尔特·潘尼这个人,搜到一张来自俄亥俄州甘比尔大学的照片,他正在跑道上跑步,照片上的人超级瘦。这个世界上是不是有很多叫沃尔特·潘尼的人呢?

随后,宠物志愿者来照顾泰茜和小猫咪了。

我打包乔治的行李,几乎把他抽屉里的所有东西都装进了一个硕大无比的行李箱里,这个箱子于其说是用来去旅行的,不如说更像个移动大衣橱。我琢磨着要不要把乔治多余的东西都捐了。

到了度假村,机构的人帮忙把行李箱从车里卸下来,替我拉了进来。

"要入住吗?"一个家伙问我。

"你是新来的吧?"我说。

"有那么明显吗?"他问。

"有。"

他们迟到了。我坐在主任办公室外的等候区,吃着蓝色罐子里装着的丹麦黄油曲奇,喝着从一只茶壶里倒出来的热茶水,而我严重怀疑这个茶壶里的细菌超标了。我将饼干罐放在大腿上,好接住吃的时候从我嘴里掉下来的饼干屑。

"我是曼尼,"坐在我对面的家伙朝我伸出手来说,"这家公司的成员。"

"我们之前见过吗?"

"我和奥迪一起去过白原市。鲁特科夫斯基今天不会来了,他正在出庭。"

"你觉得这次的会议有多正式或者多不正式?"我问。

曼尼耸耸肩。我想给他一块饼干,但他拒绝了。

"我印象中,这次会议好像是要讨论接下来应该怎么做,但他们又让我带了乔治的衣服来。总觉得他们好像已经做好决定了。"

"还没有确定,"曼尼说,"但为了节省大家的精力和开支,我们有一个计划,会对乔治很好。"

然后,肯定是我无意中皱了皱眉,或者做了其他什么表情。曼尼突然很不自在地调整了一下放在他双脚中间的巨大购物袋,对我说:"我们为什么不等到正式开会的时候再聊呢?"

几分钟后,我们被叫进主任医生克劳利的办公室。传说中的沃尔特·潘尼已经在那里了。显然,他们之间有过一场预热的小会议没有请我们参加。

"请进,请进。"克劳利医生说。他是个身材矮胖的秃顶男人,很难从长相上判断出他的年龄。沃尔特·潘尼自我介绍后就来跟我握手,他用强壮的手握住我的手臂大幅度上下来回摆动。他很年轻,瘦得像电线杆,穿一件廉价西装,这衣服之所以穿在他身上还不错,是因为相比之下,他身上其他地方实在太差劲了。他的发型是时下流行的毛毛短发。他的年纪应该已经过了十八岁,时不时挠挠耳后根,这种重复的姿势总令我想起泰茜用它的后脚挠自己的样子。

我看着他,心想他会不会就是网上俄亥俄州甘比尔那个两年前在跑道上跑步的沃尔特·潘尼,我还好奇他是怎么了解人或司法的。

他递给我他的名片,沃尔特·潘尼博士,还有犯罪学博士的头衔。

"沃尔特,你怎么会对犯罪学感兴趣?"我问。

"我们家是军人世家,都是猎人。"他说得好像这就足以解释清楚了。

我点头。"你从哪里来?"

"俄亥俄州。"他说。

曼尼把巨大的购物袋递给主任医生。医生解开袋子,从里面拿出一个超大罐装的芝加哥加勒特焦糖玉米。

"这是我姐夫带给我的。"克劳利医生说。

"这算是行贿吗?"我开玩笑。

"我妻子就爱这东西,"克劳利说,"她从小吃这个长大。"说完,他振作精神,进入正题,"沃尔特将跟我们解说一下他正在做的一个项目。在此之前,我可以告诉你的是,尽管我们还没有把任何人送去那里的先例，但是我已经跟很多人谈过如何处理乔治了。说真的，除了疯人院和监狱，剩下的选择并不多。而我也非常诚恳地坦白，这两个选择都不太适合乔治。"

"我可以说话了吗？"沃尔特问。

"请吧。"克劳利医生说。

"我们一直都在探索犯罪学领域内的新观念，从监狱的建筑结构到惩罚心理，都是我们致力努力研究的。这种'森林人'实验可以归结为低成本的适者生存模式。尽管乔治并不是最好的人选，但我们觉得他是个可以考虑的候选人，而且这也是对他来说最有利的选择。"

"好的候选人是什么样的人？"我问。

"犯罪历史更丰富的人，相对来说，来自郊区乡下的多一些，白领比例不太多，更多的是些抢劫犯、重盗犯，还有谋杀犯。这些人大多有手有脚，但是妄图挑战肉体。我们发现，有暴力倾向的男人在自然环境下很少表现出暴力行为。当他们面临自然元素时，他们会自我控制，自我约束。他们会将之看作人与大地的对决，而不是人与人的对决。我们这儿没有连环杀手，我们觉得那是一种截然不同的犯罪案例，既然法律授权人们对他们执行惩罚，人们也要在尊重犯人们不可剥夺的权利的前提下，不让他们置身于不合理的风险之中。最重要的是，'森林人'项目是一个廉价的'自我管理流放地'式的设计系统。你应该知道，监狱农场已经存在很长一段历史了，跟'贵格会'①的模式一样，他们建造了第一

---

① 基督教的一个教派，又称教支派或公谊会，成立于17世纪。该派反对战争和暴力，不起誓，不尊敬任何人也不要求别人尊敬自己。

座教养所，其中包括满足让人们抬头看天的需求。"沃尔特说这话的时候，真的把脸朝向了天空，"本质上就是让他们看到光，与上帝同在，并进行忏悔！"

"你说这话的时候，就像个牧师。"主任说。

"谢谢你。"沃尔特·潘尼说。

"你能不能说得再稍微细致一些？你刚才描述的这些，听起来更像是《奥马哈互助野生动物园》①中的场景。"我说。

"给他看幻灯片。"克劳利催促说。

"好的，"沃尔特说着，指了指他的平板电脑的屏幕，"先简单说一些背景提要：在纽约，每年在每名犯人身上的花费是五万美金，而在我们这个项目中，每名犯人每年的花费仅需一万美金。"说完他按下启动键，一个富有男子气概的标志出现在屏幕上："森林人"。紧接着是一段紧张的重金属摇滚乐，随后屏幕上开始播放一段高清视频，这视频看上去更像是一段征兵或者征招国家警卫队的商业广告。狱友的"样品"——"强壮，坚毅，顽固，人性"——视频上显示他们在爬树，在河里捉鱼吃，靠绳索从岩石墙上降落。所有人都使用为他们精心选择和提供的工具，这些装备从他们一进入项目就提供给他们了，每年更换一次。视频的最后是一段免责声明："'森林人'是一个回归原始模式的人类自我管理项目，它利用人体微芯片，由卫星定位追踪，芯片会持续地对生命体征进行阅读。一旦出现暴力或者问题行为，它都能通过侦察机或由电脑辅助的劲射击，在一到五分钟内，使之暂时或永久性失效。"

---

① 美剧，首播于 1963 年。

"基本上就是这样,"沃尔特·潘尼说,"每名囚犯都会被植入微芯片,我们将他们放在一个四千五百英亩大的场地上,那里原先是军事测试设施,现在已经没有实弹,但依然有充足的基础设施,所以我们可以在地堡等处对他们进行一些幕后操作。那里有供他们睡觉的庇护所,囚犯们可以自己播种、劳作。在地堡上有一个中心结构,他们可以去那里洗衣服、洗澡,还可以为自己补充物料。我们有政府提供的奶酪和其他食品,包括花生酱、牛奶,还有矿泉水。我们正在测试'盒子医疗'系统,通过这个系统,可以为他们进行常规的药物分发,机器人医生可以实时诊断他们的身体状况。这个机器人医生还可以为他们测量体温、血压和心电图,必要的时候还能为他们抽血。到了冬天,每个人都会得到一个独立的圆顶帐篷。"

"所以,这是个给每个人打上标签再将他们放养在一定区域内的野生动物保护区?只不过这里的野生动物是人类?"我问。

"没错,"沃尔特说,"这里是一个受到高度监控的安全区域,二十四小时监控、观察他们的一举一动。"

"如果一个家伙跟另一个家伙走了怎么办?"

"无论何时,我们都知道他们在哪里,在做什么。我们会按时监控他们。如果需要,我们的纪律管理是迅速而无情的。"

"是的。"主任说话的口气好像刚喝了苦艾酒。

"没错,还会安置侦察机,是这么写的。"

"要是他们拔掉芯片逃跑了怎么办?"

"芯片都植入颈后,除非他们甘心丧失大脑机能,否则不可能移除芯片。如果有人被另一个人杀死了,我们会很清楚是谁做的以及怎么做的。另外,我们还装备有掠夺者无人侦察机。"

"那这些人能够最终从你的项目中毕业吗?"

"什么?"这个问题好像令沃尔特·潘尼有些措手不及。

我耸耸肩。"成为园林官之类的?"

"他们都是坏人。"沃尔特说话的口气好像我一直遗漏了这个重点似的。

"他们会逃跑吗?"

"他们及其代表会签一份合约,合约中说明了我们可以在必要的时候对他们进行电击、枪击,甚至处决。不过,我们有严格的纪律性,对大多数人,我们都没有这么做过。"

"他们会相互交朋友吗?"

沃尔特摇摇头,一副不可思议的样子。"准确地说,这不是夏令营,不是'幻想曲',不是那种像融化的棉花糖般软绵绵的组织。"

"那么,你为什么认为那里对乔治来说是最好的选择呢?"

"我来回答这个问题,"主任说,"乔治有很多愤怒的情绪和过剩的精力,他特别喜欢当老板。"

"打断一下,"曼尼说,"如果我们在早期安排中就加入这个计划,如果我们当时同意把乔治安排到这里,就会被视为一种交易,从而不利于即将对乔治进行的审判,那可能会成为非常冗长、昂贵也非常公开化的过程。"

"你是说,如果我们送乔治进森林,就无需审判了?"

"对的。"沃尔特·潘尼说。

"他要在森林里待多久?"

"难说,不过,按照合约,他可选择的居所很多,并不是从森林里一出来就得去接受审判。"曼尼说。

"老实跟你说吧,"沃尔特·潘尼说,"我们需要名人案例,这对我们有好处,会使我们受到瞩目,我们也能获得最初的奖金。尽管相比于传统的监狱设施,这里每一个犯人的成本都惊人地低,但我们还是需要维持和管理公共关系。"

　　"你们在这个品牌设计和视频上肯定花了不少钱吧?"

　　"这年头,品牌就是一切,"沃尔特说,"我们有两项非常不错的补助金。"

　　"让我来整理一下,"曼尼跳出来打断了这段我觉得会很有趣的对话,我想知道是谁给了他们一大笔资金来搞出这个带木纹的绿色标志,"关于安置居所的条款如下:我们接受将'森林人'作为一次性居所,在进入'森林人'机构之后的四十八小时内,如果有任何其他居所被提报,也可纳入考虑范围,并受此合约的保护。双方均理解,在'森林人'花费的时间长度符合美国法律规定,且根据美国法律,此机构符合正当程序。从私人机构'度假村'转移到公共机构'森林人'的所有花费,都将由'度假村'全部承担。"

　　"这事儿什么时候落实?"我问。

　　"很快。"沃尔特·潘尼说。

　　"我还要申明一点,之前我已经把这个计划提交给了乔治已逝妻子的父母。他们的反应是:'总算摆脱他了。'——对于把乔治送进森林里的计划,他们非常高兴。"

　　"什么时候开始?"我又问。

　　"这周末之前,"医疗主任说,"以防意外。到时候我们也会去支持。"

　　"那条我刚刚听到的关于四十八小时的条款呢?"

"第一个四十八小时是最重要的,"沃尔特·潘尼说,"如果一个人能挺过前两天,那他接下来就能够做得很好。我们之前只发生过一次不得不在四十八小时内把一个人拉出来的情形。"

"乔治知道这件事吗?"

"知道,"医疗主任说,"我们谈过这事儿。"

"我给他看过照片。"沃尔特·潘尼说。

"今天早晨,我们私下里见过面,就这件事的法律结果进行过讨论。"

"他怎么看?"我问。

"说句公道话,"主任说,"五味杂陈。"

"这很正常。"曼尼补充道。

"他知道我现在在这里吗?"

"知道,"主任说,"你想见见他吗?你怕吗?"

我什么都没说,只是盯着这个男人。

"这是个难题,不是吗?"他说。

我和沃尔特·潘尼再次握手,结束了这次会谈。奇怪的是,我赞扬他富有创新的计划、他的精神以及他的推动力。

"就这么定了。"他说。

我不可能和沃尔特·潘尼是一类人,但莫名其妙的是,我喜欢他。他是那种我希望能够和我在一个队伍里的人,当我的车子在去往某个地方的中途抛锚了,或者当我所乘坐的飞机撞上了雪山……我希望有这么一个人跟我在一起。

乔治一个人待在房间里。"我完蛋了,对吗?"

我坐在他床边。

"我完蛋了,"他又大声说了一遍,"我没吃药。上个月他们就断了我的药,任我自生自灭了,所以现在的我就只是我,一无所有。我完蛋了。"他重复道。

"或许你可以换个角度来看待这事情?"

他盯着我。

"比如说,一张'出狱'卡?"我建议。

"你真是个白痴。"乔治说。

"好吧,至少那儿不是监狱,也不是疯人院。"

"他们要拿我去喂狼。"乔治说。

"现在可能不是说这个的时候,但我从来都不觉得你的律师值得信赖。他跟这里的主任是一丘之貉。"

"他们不是一路的,他们是亲戚,你这个大白痴。"乔治说。

"我只是觉得他们并没有优先考虑你的利益。"

"那么现在呢?只剩十一个小时了,我要再找个新律师吗?"

"这会为你赢得一些时间。"

"我完蛋了,"他恐慌不已,"他们要把我送到野外,让我在寒夜里睡在外面,与那些比动物更坏的人生活在一起。"

"现在是春天,乔治。天气一天天变得更暖和,夜晚也会逐渐暖起来,眼看着夏天就要来了,乔治。想想你以前多么喜欢去野外露营吧!还记得你喜欢的瑜伽熊吗?你总是抱怨我们没有一个真正的后院。"

"我们现在说的不是什么该死的杰里斯通公园。他们在我后颈植入了一块芯片,还给我打了破伤风疫苗,我的胳膊到现在还肿得跟个肉球似的。明天我还要打狂犬病疫苗。"

"好吧,乔治,你的选择很有限。试试吧,如果你不喜欢,我们再看看还有什么别的办法。"

"你总是这么蠢吗?"乔治看着我的眼睛说,"我以前就知道你笨,没想到你如此之笨。"

"我不知道还能说什么。你想听听我的生活,听听孩子们、泰茜还有小猫咪的事情吗?"

"谁是他妈的泰茜?"

"你的狗。"

"哦。"他说,好像承认这么一来才合情合理。

"它很好。"

乔治点点头。

"孩子们的生活似乎慢慢有了起色。"他又点点头。"你看,乔治,我知道这不容易。这是个奇特的机构,这地方就要关闭了,还有那个非传统的项目。但说真的,或许你能别有所获呢。你做过这些家伙都不曾做过的事情。好吧,或许他们偷过东西,你肯定也偷过;他们杀过人,你也杀过。但有多少人能像你一样、一份工作做好几年呢?有多少人能像你一样管理一家广播电视台呢?"

听上去好像我在为他打气,说服他、告诉他,他能够凯旋而归,他能战胜一切——还没完呢——"你和那里的人一样又壮又坏,记得你咬我吗?"

"那是意外。"他说。

"那才不是意外,你连肉都撕扯下来了。"

乔治耸耸肩。

"我的意思是,你能行。还记得你以前穿爸爸的旧军服在地下室里玩吗?你假扮罗伯特·霍根上校。"

乔治背了一段《霍根英雄》①里面的台词。

"没错,就是这样。"

乔治又背了另一段台词。

"就是这种精神。你可以的。不要想得那么远,就把它当作夏令营拓展训练。就从那里开始,好吗?"

他点头,说了段德语。

我刚站起来准备走,乔治就用力拥抱了我,非常用力。我把手伸进口袋里。

"我给你带了点儿东西。"我说着递给他一块好时杏仁巧克力。

泪水在他的眼眶打转。我们的奶奶以前常常给我们一人一块好时杏仁巧克力,打开她那只大钱包,手伸进去,然后掏出来给我们一人一块。

"谢谢你。"他说。然后又一次拥抱了我。

"我们可以互相写信,我每两个月都会去看望你,你会很好的。"

他抽抽鼻子,把我推开,临走还说了句:"你真是他妈的混蛋。"

我点头。"好的,那么,乔治,保持联系。"我就走了。"真是他妈的混蛋。"他到底是什么意思?我有必要知道吗?我真是他妈的混蛋,随叫随到,替他善后,照顾他的妻子(虽然有点照顾过头了),给他的花浇水,喂他的狗,照顾他的孩子——我确实他妈的是个混蛋。

---

① 讲述二战期间德国战俘集中营里的囚犯在纳粹鼻子底下进行间谍和破坏活动的电影。

小猫咪们都准备好了。艾希莉和我说好,只留下一只,其余的都送人。我把小猫咪的照片发电邮给她,但由于她们学校的电脑系统不允许打开这些图片,我只好又把图片影印出来,用快递给她寄过去。最后我们决定留下"罗密欧"——一只小小的、黑白灰三色的、最淘气的小猫,显然,这也是猫妈妈觉得最需要她照顾的一只。

"你打算怎么给其他的小猫咪找主人呢?"艾希莉问我。

"最老套也最好用的方法,"我说,"我准备抱个大箱子,写上'免费小猫咪',然后站在某个地方等人来要。"

事实上,当我把小猫咪从它们的猫妈妈身边带走的时候,我觉得自己活像个巨型野蛮人。这两天来,我试着慢慢将小猫咪和它们的妈妈分开,带走几小时后再放回来。我想这样多多少少会减轻一些突发的永久性分离的痛苦吧!

分离的那一天终于到了。我从地下室里找了个装猫的柳条箱,把旧毛巾垫在箱子里。又从地下室翻出张旧的纸牌桌,上面还留有艾希莉以前摆柠檬摊时写下的标语。我撕掉上面的海报,用艺术字体写上大大的"免费小猫咪"。我还准备了文件夹,里面包含每只猫八到十个月大时的照片、猫妈妈的基本信息、小猫的出生日期以及它们至今为止注射过的疫苗种类。我还给每只猫准备了一套入门工具包,里面有应急用的猫粮和猫砂。

如果你想知道我打哪儿来的热情和精力弄这些东西,我只能说,我最近在乔治房间的盥洗室里面找到了一瓶蓝色小圆药片,上面写着:"每天醒来后吃1–2片。"我吃了两片。然后发现之后的五个小时里,我的头脑异常地清晰有条理。为了搞清楚我吃的究竟是什么药,我在网上搜索了好几次"蓝色小药片",但搜到的只有伟哥，但伟哥又不是圆形的，而是那种有钻石棱角形状的。

我把小猫咪放在柳条筐里，它们发出一种不安的声音，猫妈妈不停地踱着步子，而泰茜则蹲在地板上看着我，表情好像在说：现在只有上帝能帮助你了。

我朝着之前和那个怪女人相遇的超市走去，碰碰运气吧，搞不好那个女人又会出现，而且我潜意识里觉得应该去简和乔治常去的购物商场。不止一个人朝我投来异样的目光，我不确定他们是不是认识我，或者错把我当成了别人，但不管怎么样，我只能在这里等着。

我在一家宠物商店门口旁边支了个摊。我带了柳条筐，照片，标签，样品，还有一个大大的纸板箱，如果有人想要逗小猫玩，有了这纸板箱，就不用担心小猫不小心逃跑溜到大街上了。一切就绪，准备开张。我的第一位顾客是从宠物店里走出来的，戴着"布拉德——副经理"名牌。

"你在这里做什么？"布拉德问。

"送猫咪。"这难道还不够明显吗？

"我们是卖猫咪的。"他说。

我没说话。

"你得把你的摊子挪开。"布拉德说。

"不好意思。"

"你在跟我们的竞争。"

"但美国防止虐待动物会每周末都会在这里做免费宠物领养啊。"

"你是非营利组织吗？"布拉德问。

"我只是把这些小猫送人。"

"你是个笨蛋。"布拉德说。

"恕我不能同意您的说法,"我说,"不管是谁带走了这些小猫,他们总需要一些应用品吧?要不,你就当这五只小猫是促销品,如何?"

"促销品?"

"商家有时愿意将某样商品打折贱卖,是为了让人们购买店里的其他东西,比如牛奶,这也是一种常见的促销品。"我说。

"搬走,"布拉德说,"把你的东西拿到超市里面去。我来帮你……"他说着抬起桌角,柳条箱子滑动起来。

我抓住箱子。"把你的手从我的桌子上拿开!不然我会报警的。"

"我为你作证,"一位老妇人在旁边说,"我可以作证。"

"这是个意外。"布拉德开始解释。

"去跟法官说吧。"老妇人一边帮我挪桌子一边说。

"你需要一只小猫咪吗?"我问她。

"当然不要,"她说,"我不喜欢宠物,就跟我不喜欢人类一样。我丈夫说我应该在网上购物,那样的话,只要安全地呆在家里,世界对我来说就是个不错的地方。他觉得我很坏。"她耸耸肩说,"我觉得他更坏。"

"你们结婚多久了?"我一边将画册和杂物陈列开来一边问。

"很久很久了。"她说完走开了。

有位穿得过分讲究以至于有些奇怪的年轻女人,披着件厚厚的大衣,系着围巾,双手拎满了各种各样的购物袋,她靠近我,放下手上的购物袋。

"我能抱抱吗?"她问。

我伸手进筐子里，抱出一只小猫咪递给她。女人把小猫咪贴近到脸庞，用脸颊、鼻子和嘴巴轻轻蹭小猫咪的身体。"喵喵喵。"一边抚摸着猫咪，一边砸吧着嘴唇发出爱昵的声音。小猫咪看上去有些紧张。"好小哦，"她说，"就像一只婴儿小鸟。"

我伸手抱过小猫咪。"我们把它放在盒子里吧，你可以这样拍它。"

她按照我说的做了，然后问能不能试试另一只。我将第一只放在一边，又抱出另一只来给她摸。

"你养宠物吗？"我问那个女人。

"没有，"她说，"没有宠物，养宠物是违规的。"

"阿吉雅，"一个女人从远处发现了她，叫了一声，"我们到处在找你呢！还记得我们说过在商品区碰头吗？你买那么多东西是给谁的？"

"我自己。"阿吉雅说着，把第二只小猫咪放下。

"你哪儿来的钱买这么多？"

"我父母寄给我的。"

"我想他们是希望你每周花一点，而不是让你一次性把钱全部花光。"

阿吉雅耸耸肩。她似乎并不在意。"这儿有小猫咪，"阿吉雅说，"它们的味道真好。"

"还不错，"这个明显比阿吉雅年纪小的女人说，"现在可以走了吧？我们得追上其他人。"我的眼睛一直追随着阿吉雅，看着她加入其他人的行列，手牵着手，像一条扭曲的绳子一样走过停车场。

"这些小猫可以归还吗？"

"不好意思,你说什么?"已经有人站在了我面前。面前的女人拿着个大号的钱包,挡住了我视线。

"如果我带走一只,后来觉得不开心,我能把它带回来还给你吗?"她问。

"为什么会不开心?"

"比方说,如果我的狗,或者我的猫,或者我丈夫,又或者我的孩子不喜欢它,我能把它还给你吗?"

"听起来你有一个大家庭。"我说。

她点点头。"我喜欢有一个新宝宝。"

我不喜欢她。我不喜欢她这样突然站在我面前的样子。我迫不及待地想让她走开。"你可以在购物的时候好好想想,想好后你再回来这里,行吗?我会在这儿的。"

A&P及其周围的购物商厦完全是另一个世界,这里年轻人明显太少,有的是太多老年夫妻、带着宝宝和小孩子的女人以及一些零零散散地发传单的人。一个女人带着她的双胞胎孩子朝我走来。

"我们能养一只小猫咪吗?"小女孩问。

"可以吗?"小男孩又问。

孩子们着迷地盯着装小猫的筐子。

"这里有多少只?"小男孩问。

"五只。"我说。

"他们有多出来的。"女孩对妈妈说。

"爸爸会怎么说?"

"反正他从来不在家。"男孩说。

"或许我们根本不用告诉他,"女孩说,"我们可以偷偷把小猫藏在房间里。"

我将两只小猫放在纸盒子里,这样他们就可以和小猫咪玩儿了。

"我问问爸爸。"妈妈说着,用修长的指甲编辑短信。几秒钟后,她收到回复,给我看,上面写着:"自己判断。""我觉得这是他设置的自动回复,"这位妈妈说,"他有一个智能手机,可以在上面编辑自动回复信息,任何短信都可以自动回复。你瞧——"她说着又发了条短信:"晚餐想吃鸡肉还是牛肉?"再一次收到回复:"自己判断。""明白我的意思?"她对我说,"他大概有外遇了。"

"你为什么总那么说?"女儿问。

"我又不傻,"她说,"我是上过耶鲁的。"她转向我,"我们要两只。其他算了。"

"我们可以去旁边的宠物店里给它们买个篮子吗?"小女孩问。

"可以。"妈妈说。

"还有它们的食物和玩具?"男孩问。

"或许还可以买些衣服,我可以打扮它们?"女孩问。

"我们待会儿就回来,"妈妈对我说,"你能不能替我们先保管一会儿……"

她信守承诺,十分钟不到就回来了,手上的购物袋里装满了猫咪用品和装猫咪的可爱篮子。我将两只猫放在他们的篮子里。

"祝你们愉快。"我说。

"我们已经很快乐了。"男孩说。

好像发生了什么事儿,因为气氛一下子就变了,就像大海的变化,就像春日的风暴来临之前那急促的风卷云涌。当每个人都焦虑地加快脚步走来走去的时候,我听到一些只言片语,了解了一点儿片段。"我认识那个妈妈……""她跟我的孩子一起去过夏令营。""普通人,跟我们一样。""你永远不会知道某些人脑子里在想些什么。"听上去,有个女孩失踪了。

一位老人和他的妻子停在我的摊子前面,他们俩佝偻的肩膀和弯曲的脊梁结合在一起,像一对盐和胡椒瓶那样完美的组合。

"可能就是这一天。"男人对他的妻子说。

他们微笑了,脸上洋溢着幸福的喜悦,尽管岁月流逝,仍能看得出他们曾经姣好的面容。

"那真是太好了。"她说。

"我们的死了,"她对我说,"她十九岁了。"

我点头,心里在纳闷:我们谈论的究竟是猫咪还是那个失踪的女孩?

"有没有一个能长到这么大?"男人比划着问。

"好玩的,独立的,又很聪明。"妻子补充道。

我看了看筐子,取出我觉得比较有思想的一只猫。

"好漂亮。"妻子说。我把这只猫放进纸盒子里时,那位妻子开始轻抚小猫咪。

"我可以给你们一些它常吃的猫粮,还有它一直用的猫砂。这些猫都很健康,都看过兽医,都注射过防疫针。"

"我们的上一只猫就是从一个跟你一样摆着这种小摊子的小女孩手里得来的,她当时正在卖女童子军饼干,也送猫咪。"

"真是企业家的料,我们给了她二十美金。"丈夫说。

"我想你会喜欢这只猫。"我说。

"我也这么想。"丈夫抱歉地说要去旁边的宠物店里买个纸盒子,"得有个东西能装着它带回家。"

停车场对面,有个女人正在电线杆上、在水泥做的停车柱子上张贴"寻人启事"。

丈夫从宠物店出来的时候,手里拿着个装香蕉的空箱子,我们把小猫咪轻轻放进去。我送给他们一些食物和猫砂,给了他们我的手机号,然后,我想起我答应过艾希莉的事情,于是问:"能麻烦留下您的姓名、地址和手机号码吗?以防我们日后联系您。"

"好主意。"年长的女人说着,用漂亮的草书写下了自己的名字和信息。

布拉德从宠物店里出来,朝我走来。"休息时间。"他说这话的感觉好像在说"休战"一样。

"你还剩下几只?"

"两只。"

"我能看看吗?"

我将小猫咪从筐子里拿出来。

"我知道我们之前有些不愉快,"布拉德说,"但我们可以冰释前嫌吗?我很想收养这两只小猫。"

"你是卖猫咪的,"我说,"我敢肯定你会打折卖掉它们。"

"我们卖的猫咪都是动物工厂出品的,但这可是真正的猫咪,是用爱抚养长大的。"他说着伸出手来,好像我们之前根本没有争执过。"我是布拉德。"他说。我迫不得已伸出手来跟他握手,"你觉得怎么样?能给我一次机会吗?"

"好吧。"我说。

"我一直都很喜欢小动物。"

"你为什么会在宠物店工作?"

"以前我住在亚利桑那州的时候,在我叔叔的宠物店里工作,那里卖的大多是蜥蜴。我自己养了一只有胡子的龙,"他说,"但我觉得这和猫咪并不冲突。龙住在一个很大的保温箱里,非常敏感。我是说龙。"

"我不知道那种动物也能够家养啊。"我说。

"哦,当然可以,"布拉德说,"那么,你觉得怎么样?"

"它们是你的了。"我说完,把最后两只小猫咪,还有纸箱子以及剩下的猫粮、猫砂都给了他。

"我会像个傻瓜一样宠爱它们的。"布拉德说。

我尽职地做了调查,弄到了他的全名、地址和手机号码,并告诉他下星期我会来检查,希望能看到小家伙的照片。

"我真的会非常珍惜它们,"布拉德说,"有什么我能帮忙的,你一定要告诉我。"

"谢谢你。"我收起折叠纸牌桌时不小心夹到了自己的手指头,很痛,但我还是很高兴能满意而归。

一辆警车缓缓行经停车场。远处,我看到一名学校安保员正在十字路口工作。她用她的身体,她橘黄色的马甲,还有那顶驾驶员的帽子,像个人盾一样,大大地张开双臂,挡住过路的车辆和一不留神偏离了队伍的孩子们。

我也不知道为什么,一直在想那个失踪的女孩,我甚至有种负罪感,好像那跟我有关似的。我以前从来没有过这种感觉,但此时此刻,这种感觉清晰地渗透在我的皮肤底下。因为那个我在超市碰到的女人，因为艾希莉，因为简，因为现在的我比以前更加觉醒，也因为我总是情不自禁地在想……

那儿是一个全新的世界，如此新鲜、随性、游离，以至于把我们每个人都置于险境。我们在网上聊天，还不知道跟自己聊天的人是谁，就和他们做了"朋友"——我们和陌生人做爱，我们几乎错把每一件事都当成是别有意图的关系，参加各种各样的社团。然而，当我们真正和自己的家人在一起的时候，真正在自己亲人的团体里的时候，我们却变得毫无头绪，大脑短了路，立即又想要潜回那个虚拟的电子世界，因为那样更容易，因为我们在那个世界里可以既做真实的自己又做幻想中的自己，两者平分秋色。

我在星巴克门前停了下来，仔细看了看贴在电话亭上的寻人启事。这个女人是我在A&P碰到的那个女人吗？我不觉得是她，但我真的不确定。我试图回忆之前见到过的女孩的长相，我记得她有一头脏乱的金发。而这个走失的女孩也有。我记得她的胸，比我想象的还要大，漂亮的蓝色蕾丝衬着苍白的皮肤，就像皮肤表层下面流着一条古老的河。我记得她的脸，朴素而茫然。她的眼睛是蓝灰色的。

而我在想，一个人怎么会带走另一个人呢？正想着，一辆新闻车在街角停下，升起的卫星天线摇晃着。

坐在星巴克里面，柜台后面的女孩正在抹眼泪，显然，失踪的女孩去年夏天曾在这里打过工，他们都认识她。我没有等咖啡做好就离开了，因为太难受了。

把车开上车道时，我感觉非常沮丧。我带着空空的筐子走进屋里，猫箱的铁门被打开又关上了，猝不及防地夹到了我的手指头。我做了一件可怕的事情——拿走了不属于我的东西，带走了猫妈妈的孩子们，把它们送给了别人。我双手空空地走进屋子。泰茜凑近我，嗅了嗅，又查看了一下空空的筐子，然后似乎明白了。她跑去沙发下面窝着去了，压根不屑于起来一下，直到我把它的晚餐放下来，它才凑过来。

六点的晚间新闻开头就是"地方重大新闻事件"——那个失踪女孩的故事。女孩名叫希瑟·瑞恩，二十岁，上周末还回家看望过父母。"瑞恩昨天夜晚出去跑步，之后再也没有回来。据警方了解，女孩遇到一些个人问题，自从在篮球比赛中头部受伤后，她开始服用药物，她的家人从那时起就对她特别关心。我们常听说很多男孩在足球比赛或棒球比赛中受伤，但随着女孩们的运动竞争越来越激烈，也会看到很多类似的受伤事故。去年秋季，在勒杜克大学的一场常规季比赛中，她被撞……"

记者絮絮叨叨，电视里则重播着连续镜头：球砸到希瑟的脑袋反弹了回来，她的头直接朝左边撞过去，恰好被另一个女孩又撞了一下，于是希瑟头朝地倒在了运动场的地板上。"这种连续性的头部伤害正是我们担心的，"电视节目的嘉宾医生评论道，"外部的猛烈撞击伤到了头的内部。"记者的结束语是："如果有任何人看到希瑟或者知道任何关于她的消息，请拨打热线电话。"

好吧，也就是说，失踪女孩出了问题。那是什么样的问题呢？是她无法道明自己是谁的问题还是她活在某种神游状态的问题？那个A&P女人又是谁？她身上有一种非常奇怪的东西，我们的整个相遇过程都很奇怪，总觉得她有什么东西瞒着没告诉我。我该不该通知什么人呢？但想了又想，最后还是觉得这一切都是我的脑袋在作怪，我在A&P遇到的女人一点儿都不像这个失踪的女孩。我尝试着给那个女人画张素描，重现记忆中她的样子。我给她画了个椭圆形的脑袋,又画了她的脖子,我记得她的脖子应该很长,还有她的胸部(事实上,她的胸是她身上我唯一记得清楚的部分)。我画了一遍又一遍,然后又推翻重来,重新去回想她的脖子、她的头、她的脸。我揣测着她吃剩的芥末酱里会不会留有她的DNA?我的那活儿上肯定也留了一点她的DNA,但从那次之后我洗了不知道多少遍。我又回想她说过和做过的每一件事,想到了那台偷来的电视机,她的购物车里的东西,还有她对蛋糕的看法。她看上去像走失的样子吗?我想知道,或许我可以让警察来家里搜索一下指纹?我带着泰茜出去散步,我们围着房子和院子转了好几圈,我想知道会不会有人躲在这房子附近的某个地方。

我对这件事完全着了迷,一小女孩怎么可能前一刻钟还在这里后一刻钟就不见了呢?怎么会有人偷人呢?是纯粹的身体武力还是心理游戏?难道那些女孩、男孩以及女人们会比成年男人弱小吗?谁能就这样把他们拎起来从地球的一端移到另一端呢?这一切是否都发生一个黑暗的漩涡之中,脱离了某种现实,就像我们脚下打开了一扇门,一扇通往黑暗的大门,而我们突然被下面的某种力量拽了进去一样。

到了八点钟,我已经开始抑制不住地暴怒了。我担心的不止是那个走失的女孩,我担心这个世界上每一个地方的每一个女孩。我还担心那些小猫咪。它们还好吗?它们是否在新家里啜泣?小爪子挠来挠去,唯一的愿望就是能回到舒适安全的猫妈妈身边?

我们这些人究竟是怎么活过来的?

到了八点一刻,我已经无法忍受自己的焦虑了。我给艾希莉的学校打电话,想确定她好不好。

似乎有什么不对劲儿——她竟然不在。我问她的室友,她的室友又将电话转给了女舍监,这位女舍监告诉我,学校对艾希莉的住宿安排做了些调整。"我以为你知道。"她说。

"我不知道。"

"她现在正和一位老师在一起。我给你电话号码。"

我拨通了那个号码,是答录机的声音。我留了言,几分钟后,艾希莉给我回电话,声音异常紧张。

"出什么事儿了?"她问。

"没出什么事儿,"我说,"我就是看看你怎么样了。"

"你一般不会不按照计划表打来电话。"她说。

"给你个惊喜嘛。"我说。

我听得出艾希莉的声音,肯定有什么不对劲儿。

"我没打扰你在做什么重要的事吧?"

"没有,"她说,"我在做作业。"

她的谎言烂透了,但我没说什么。"今天晚餐吃了什么?"

"应该是鱼。"她说。

"什么样的鱼?"

"白色的,上面有一种橘黄色的酱。"她说。

"你吃了吗?"

"没有。"她说。

"那你吃了什么?"

"素食——也有烤蟹壳,还有沙拉。"

"其他一切都还好吗?"我问。

"嗯,我想应该是,"她说。

"好吧,那么,我要跟你说晚安了,明天会照旧给你打电话的。"

"谢谢。"她说。

我挂了电话,感觉有点尴尬,好像自己介入了一些自己并不太清楚的事情。

晚上十一点的新闻是现场直播在女孩最后一次走失的公园里举行的烛光守夜,也就是我带着泰茜散步的时候曾令我崩溃流泪的那座公园。一群女人组成名叫"带回黑夜"的集会,在公园里穿梭,警察分成好几队追索,但至今为止依然没有任何新消息。

我开了罐鲑鱼罐头给泰茜吃,但它显得毫无兴趣。我把罐头留在柜子上,以示和平奉献,就上床去了。没有一只动物跑来陪我。

生活在继续。我想去做志愿者,加入某个搜索附近森林的团队。但我又担心有人会认出我来,担心把事情搞大。

第二天,为了让自己分心,不再焦虑,我投入到我的书里。我工作了一两个小时,这里弄一段,那里弄一段,最后还是无法摆脱这莫名的焦虑。

我钻进车里,开车绕圈。我问自己:我在干什么?我在找她吗?

我在想人们可能会聚集的地方。我不能去星巴克,那儿就像是某个坐标零点一样。我想到了一个出去的借口——灯泡。我要去五金店买只灯泡。

男人们聚集在五金店,做着男人们该做的事情,假装他们并不担心,假装他们没有人情味,但他们就是想聚在一起。

"昨晚我也在那里,和他们一起在森林里搜索。我还给他们借用了我的卡车。"

"真他妈的不要脸。"

"他们会找到她的，女孩们都这样，她们常常逃跑……"

"现在不这样了，那是从前，现在她们会待在离家近的地方。不过这儿已经不再安全了。"

"你怎么知道？"

"我自己养了三个女孩。"

生活在继续，但我其实并不知道当某个人失踪之后其他人又将如何继续过下去。生活像是悬在半空中，比那更糟的是，这简直就像是生活在地狱里，焦虑、恐惧、音信全无，这些都不可能不把人逼疯。大脑循环着的都是这件事，挥之不去，无法呼吸，因为哪怕一秒钟不去想这件事都可能意味着遗忘，意味着不再发送搜索的讯息，意味着女孩被忽视。

我用眼角的余光扫到德里罗在收银台处，我不知道他有没有听到刚才的对话，他正在买胶带、防尘面具和手电筒。

"补充你的灾难工具包吗？"收银台结账的家伙随口问他。

"春季大清扫。"德里罗说。他抬头看了看我，面无表情，有点像在期待我的回应。我们作了短暂的眼神交流，但我很快就把目光转向了别处。

我买了只电灯泡。不知道为什么，我很想对他大喊大叫：你错了，你们全都错了，这个世界已经变了，邪恶已然升起，就像来自地狱之蛇的魔爪，已经从地底下由内而外地探出了它丑陋的脑袋，从架子上抓走了新鲜的东西。

他们谈论说话的方式是那么土气，那么愚蠢而狭隘，简直让人无法忍受。我几乎是逃一般地离开了商店，大喘气。

我忽然感到一阵恐慌，就好像自己很熟悉某种黑暗一样。我那不那么明显的沉思令自己措手不及。

我提醒自己这不是我干的。然而,哪怕我只是知道,只是感觉,只是比大多数人对这种事情多了一丁点儿的熟悉,都令我感到极度不安。我把自己想象成一个局外人——一个嫌疑人。我堕落,我卑鄙地沦入通奸和谋害他人家庭的罪恶之中。这些事实涌上心头,令我茫然无措。

然后她出现在了我的门口,等待着,好像什么事都没有发生过一样。"我还担心你不见了。"我一见她就说。

"去哪儿?"

"失踪了。"

"你在说什么啊?"

"那个女孩啊。"

"哪个女孩?"她问。

"你是瞎子吗?你没看到整座城里贴得到处都是的寻人启事?你没看电视?"

她什么都没说,显然她知道,只是不想谈论。

"我看到你了,"她说,"在商店门口分发小猫咪。"

"你当时也在?"

"那是我的地盘,我常去。"

"那你怎么没跟我打招呼?"

"我就喜欢看着你。"

"我当时在做什么?"

"送小猫咪啊。"

"你在跟踪我?"

她转移了话题:"你给所有的小猫咪都找到好人家了吗?"

"我得留下一只。"

"给你女儿?"

"我没有孩子。"

"对,"她说话的口气好像我在说谎,"你借用了他们……"

"你想知道真相吗?"

她没有说话。

"我弟弟,这个房子的主人,他疯了。"

"每个家里都有疯子,这没什么大不了。"她说。

"这房子里曾发生过谋杀。"我想,是不是因为我对她一无所知,所以我才能对她说话这么挑衅呢。

"真的?"

我轻轻点点头,仿佛刚刚意识到我所说的事的严重性。

"发生在你买下这房子之前吗?"她问。

"我说过,这不是我的房子。"

"哦,对,"她说,"我忘了。"随后她交叉双腿,换了个姿势,好像准备要接受更多信息的样子,"好吧,我准备好了。"

一切说起来却那么简短,就像这个故事本身吸入了重度乙醚,就像一个悲惨的精灵游回了瓶子里,那是我的内疚感。我这才意识到,我竟然从未和任何人好好地说过这个故事。

"我弟弟杀了他的妻子。"

长久的静默。

"故意的?"她问。

"很难理解吧?"我说。

"太可怕了。"她说。

"是的。"我意识到，除了事情发生后我打电话给警察的时候说过整件事的经过，那之后，我还从未对谁这样倾诉过。

"这确实让人沮丧，"她说，"你是编造的吧？骗我的吧？这简直就像是奇怪的乡下传说。"

"我编这个图什么呢？这故事能让我更有吸引力？这是我的大秘密。现在说说你的吧！"

我试图仔细地端详她：她的眼睛是什么颜色的？为什么她的样貌一点儿都没有留驻在我之前的记忆里？我甚至想用我的手机给她拍张照，拍下她和小猫咪，留下什么可以作为日后分析的东西，或者是在必要的时候可以作为某种证据提交。她穿一身休闲衣衫，这使她看起来更显小。她的头发既不是金色也不是棕色，既不稀少也不浓密，她的脸型很大众。她的样子像每一个人，又不像任何人。她的手是唯一能泄露她年龄的地方：手指头很细长，显得很灵活，简直像猴子的一样，手指头上面的皮肤有一点点松弛。手背上有一些浅棕色的雀斑和色素沉淀，这暴露了她的年龄。我又看看她的脸。这张脸和那个走失的女孩，说像也像，说不像也不像。我还打印了那个失踪女孩的照片，就放在乔治书桌的正中央。

"你有什么事要告诉我吗？"我问。

"你能别这样吗？"她说，"你吓到我了。"她说着，深呼一口气，"你为什么要问那些人有没有别的宠物？为什么问他们的猫是在家里还是会出去走动？为什么请新主人好心地将小猫咪的照片发邮件给你呢？"

"你当时离我有多近？"

"你现在的心情好像很不好，或许我应该走了，"她虽是这么说，但并没有做出要离开的动作，"我看到你和那个宠物店的男人吵架，然后你不得不移走你的摊位。"

"你看到我们后来和好、我还送了他两只小猫咪吗？"

她摇摇头。"我想在那之前我大概已经离开了。"

"我需要知道关于你的事情。"我说。

"我吹长笛。"她说。

"还有呢？"我说。

"我的主修专业是法国文学，辅修专业是图书馆科学。"

我点点头。

"我长大后想当间谍。"她又说。

"你想侦查哪一边，我们？还是他们？"

"他们，"她想都不想地回答，"我从未觉得自己是我们中的一员。"

"是什么促使你今天来到我这里？"

"上一次我来的时候，看到你们家的淋浴花洒真的非常酷，当时我就想，或许哪天我也可以试试。我给你带了点小礼物。"

"是什么？"我问。

"我吃了，"她说，"我买了两块千层酥，然后经过麦当劳，又买了一杯咖啡。在我来这里的路上，不小心把咖啡洒了。"

"或许你压根没必要告诉我你给我带过礼物。"

"我只是实话实说。所以我就这样浑身沾满白糖地出现在这里，甚至有点小兴奋。"

"好吧，你可以淋浴了。我给你拿条干净的毛巾。"

我坐在床上，看着她脱衣服——这似乎成了一种习惯，她想让我看。"我们不用做爱，"我说，"我不需要你用身体来交换一次淋浴。"

"要是我想呢?"她问。

"我不确定我也想。我现在脑子里的东西很多,我甚至都不知道自己能不能……"

她做了个鬼脸,说:"我还从未听过哪个男人事前说这种话,他们通常会在事后说实话,通常在哼哼哈哈很多次之后,结果发现自己原来是有老婆的。"

"我离婚了。"我说着,离开床边,让她进去洗澡。

趁她洗澡的时候,我偷偷翻了她的包,想寻找一些线索。我找到了一个巨大的旧钱包,里面几乎什么都没有,而在包的最底下有一张驾驶证。我打开来,瞄到驾驶证上的名字,立刻恐慌地把它放回去,合上包。希瑟·安·瑞恩。这是那个失踪的小女孩的名字吗?我彻底糊涂了。

当她身上只围着条浴巾就走出来的时候,我问:"你有没有因为什么运动受过伤?"

"我不是那种运动型女孩。"她说。

她朝我走来,身上还是湿的。

是她吗?是那个失踪者吗?她是不是经历了什么精神创伤、正处于失忆状态呢?她的所有回答都含糊其辞,避重就轻。

"你是谁?"我问。

"你希望我是谁?"她说着,丢掉了围在身上的浴巾。

接着她爬到了我身上。

周围一片吵闹。我呼吸困难,狗在吠叫,猫爬到了床头柜上,看着我们,又弓着身子,用爪子挠我的后背,挠得我尖叫起来。

"我最好该走了。"我们完事后她说。

"你确定你不用再洗洗了?"

"不用,我很好,"她说,"但那个很不错,我喜欢你家的淋浴花洒。"

"那么,要不要给我你的号码?"她穿衣服的时候我问。

她摇摇头。

"我怎么知道你过得好不好呢?这感觉非常不舒服,总是担心你出什么事儿。"

"我不是那种会出事儿的人。"她说。

"我觉得我不该这么做,"我说,"我不能让一个我连名字都不知道的人出现在我家里,然后跟我那个。"

"这不是你的房子。"她一边拉上拉链一边回答我。

"我们到底能不能好好交谈?"

她穿上鞋子,站起来。"我不知道有什么好谈的。"

"你吓到我了。"我说。

"男人是不会被吓到的,"她说,"我们能不能别这样?我听得出来你很紧张,但我真的要走了。"

"去哪里?"

"去我来的地方。"

"我们之间有进展吗?"

"以后再聊,"她说,"但不是现在。"

"带走些东西吧。"我对她说。

她看着我。"什么?"

"带走一台电视机。"

"别开玩笑了。一点儿都不好玩儿。"

这时,她的手机响了。她看着手机。

"男朋友?"我问。

"不是。"

她离开后,我立即锁上门。我在房间里四处转悠,拉下所有的窗帘。我觉得自己曝光过度了。

第二天上午十点,电话铃响起。

"西尔弗先生吗?"

"请问是谁?"

"安娜代尔学院的莎拉·辛格。"

"明白。"

"现在说话方便吗?"

"方便,您说。但首先得请您了解,我是她的西尔弗舅舅,不是西尔弗爸爸。"

"我知道,"一阵短暂的沉默后,她开始说,"西尔弗先生,说起来有些尴尬……"

我之前还没那么担心,可她这么一说,我突然间非常焦虑起来。"艾希莉还好吗?"

莎拉·辛格没有回答。

"你知道艾希莉现在在哪儿吗?"我满脑子想的都是那个失踪的女孩。

"西尔弗先生,您能不能先听我把话说完……"

"她还活着吗?"我对着电话尖叫。

"当然,她还活着。我没想要吓您,她现在正在上英文课,上到十一点十二分。然后是科学课,从十一点半一直上到十二点半。"说完她又停顿了一下。

"或许您对这里发生的事情还不太清楚,"我说,"有个女孩失踪了,这件事最近让这里人心惶恐。"

"对不起,"辛格太太说,"这对您这类人来说,可能比较难。"

"我是哪类人?"

"没有孩子的男人,却忽然要扮演两个孩子的爸爸。"

"我觉得我适应得很好。"

"正如我所说,可能没有学校愿意忍受这种情况。西尔弗先生,您留意到艾希莉从春季休假开始一直在跟人打电话吗?"

"是的,"我说,"艾希莉那段时间的睡眠不好,她觉得睡觉前和朋友聊聊电话有助于她的睡眠。"

"你知道她都是和谁讲电话吗?"

"她说在和一个朋友讲电话。"

"恐怕不止是朋友那么简单。"

"那还能是什么?"

"超越了朋友。用什么字眼形容比较合适呢?很抱歉,我也很纠结。"她停顿了一会儿,接着说,"西尔弗先生,艾希莉有一个情人。"

听到这里,我松了一口气。"她还很年轻,但从很多方面来说,这或许是一种健康的行为。"我建议道。

"她的情人是一个女人。"

"这对一所女校来说,听起来也不是什么太惊人的事儿,这不是很多女孩都经历过的阶段吗?"

"她搞了低年级的老师。"

"哦。"

"我很理解这一年里艾希莉经历了很多艰难的事情，但是这样做是不对的。"

"当然不对。"

"我很高兴您能认同。"她说完松了口气。但我从她说话的语气中能听出来，她在责备艾希莉。但艾希莉才是受害者啊！

"那位低年级的老师说了什么吗？"

"关于这一点，我对您无可奉告。"她打住了。

"那你打算告诉我这一切究竟是怎么发生的吗？"

"艾希莉妈妈去世后，她回到学校。我们建议她和低年级的老师待在一起。"

"你们允许她搬去和那个女人住？"

"我本来想这只是个暂时性的安排。刚开始我们想，这对艾希莉有好处，至少有人能二十四小时照顾她，防止她做噩梦，或者有人谈谈心什么的。"

"所以到底是艾希莉搞了那个低年级的老师，还是那个低年级的老师搞了艾希莉？谁才是成年人，辛格太太？谁才是孩子？这是个反问句，辛格太太——到底谁才是问题所在？"

"那位低年级的老师跟我们签了长期合约。"

"我想虐待儿童这一条应该能构成终止合约或者违约的理由。"

"我想，恐怕除了艾希莉，没有人有权利站出来说这话，"辛格太太说，"也就是说，我能向您保证的是，我们会很严肃地对待这种情况。事实上，我们打算内部处理这件事。"

"我们身上担负着艰巨的责任，辛格太太，我们就像这些孩子的超级英雄，不能眼看着他们失败。"

"当然，西尔弗先生，所以我才会给您打电话。"

"这件事是怎么被发现的？"我问这话并没有别的意思。

"有位不希望我们透露姓名的人告知了我们，我们才留意到了这件事。"

"我能和艾希莉说话吗？"

"我从一开始就说过，她现在不在这里。她在上英文课，然后是科学课，然后是午餐。"

"你能让她接电话吗？"

"不用我说，您也应该明白，我希望您能对这件事保密。"

"我没说我会保密，也没说我不会保密。但我只想说，我很关心。艾希莉家里发生了这么多事，作为她的监护人，我希望至少学校对她来说能是个安全的地方。"

"西尔弗先生，时代变了。这世界已经不是曾经的样子了。"

"直截了当地说吧，辛格太太，其他学生知道这事儿吗？"

"我相信她们应该还不知道。"

电话那头，她呼出了长长的一口气。我怀疑她是不是在偷偷抽烟。"法律顾问建议——我前夫是个律师，是他叫我这么说的——我愿意把我的手机号码和我家地址给您，以备您必要时和我联系。"

我记下她的号码，同时迅速地给谢丽尔发了个短信。

"紧急情况。"我发信息。

"汽车旅馆？"她迅速回复我。

"不是那种事。"我回复。

"我在外面。"她迟了一会儿回复我。

"我需要帮助。"

"哪种问题?"

"关于孩子的。"

"好吧。一点钟在商场的食品区见我,我在卖冻酸奶的柜台旁边。"

"谢谢。"我回复道。她还是挤出了时间给我。

"你必须对此表现得很有个性。"谢丽尔一边喂我沙拉里面的脆面条和冷鸡肉一边对我说。

她今天的发型是金色娃娃头。"这是假发吗?"我问。

"不是。"她说,"我剪了头发。听着,要是你对艾希莉大惊小怪吓到她,她会更沉默,那样你就什么都问不出来了。这不是什么能明确界定的虐待,这更像是那种洛丽塔类的案件。"

"我需要报警吗?那样会把事情弄得更糟吗?"

她摇头。"暗中观察,除非孩子自己想要得到警方的支援。如果她不想,而她又是唯一有发言权的人,那么从长远看来,这对你侄女来说,事情可能会变得很丑陋,甚至更糟糕。你需要跟她谈谈,让她知道你知道这事,并让她觉得可以和你分享她的感受,相信你是很安全可靠的……如果还是不行,那就问她如果这事被发现后公开了她会有什么感觉。有些人觉得只要事情还没有被公开就没那么严重,还有一些人宁愿去死也不愿意谈及这事儿。"

"也许这只是一场虚惊,"我提到,"或许艾希莉只是对学校里的那位老师很有好感,但更多的是一种对妈妈的感情,是一种柏拉图式的情结。我怀疑并没有发生什么真正的性行为,我甚至觉得艾希莉对这些东西压根就不懂。"

"你是从哪个星球过来的?"谢丽尔问我,"这些孩子都精得很,你根本想不到他们能做出什么事儿来。你说对了,那老师就是打着家长或者师长的幌子给她上课。问问她有没有用过什么水果。"

"水果?"

她像看白痴一样的眼神看着我。

"我丈夫教我儿子用香蕉当避孕套。而当我朋友的女儿问她妈妈,被一个鸡巴插着是什么感觉的时候,她妈妈就指着旁边装蔬菜的容器说:'男人的生殖器就像蔬菜,它们有各种形状和各种大小,有的像胡萝卜,也有的像绿皮西葫芦,还有的像温室黄瓜。'她很热衷于告诉自己的女儿,紧要关头可以用宾馆里的免费浴帽作为避孕用品。'不管你做什么,你永远都不会希望"那玩意儿"进入你的身体,或者沾上你的身体。就把"那玩意儿"当做万能胶,一旦沾上了你的衣服或者你的头发,你会很麻烦的,而且会狼狈不堪。任何一个尊重你的男人都应该将他的"东西"放进一个接收器里,而不是你的里面。而如果这个男人做不到的话,他可以另找其他的兴趣,让他别来麻烦你。'"

"家长们真的会跟他们的孩子说得这么具体?"

"孩子们的好奇心都很重,他们自己也会去找答案,所以,还不如从你这里找到答案更好。还有,鉴于你侄女还是青少年,而且她现在也没有妈妈,你应该给她找一个女医生,来帮她练习使用成人药物。"

"我自己都不知道那种东西。"

"你最好练习着去做,她没必要跟浮士德博士讨论她的生理期。"

"你怎么知道她去找了浮士德?"

她朝我翻了个白眼。"因为每个人都会这么做!"她说。然后她让我去给她买一份脱脂冻酸奶,上面撒彩虹糖的。"我打赌你肯定在想,怎么我自己不去买,对吧?"

我没打算这么问。

"收银台后面的女孩是我儿子布拉德的前女友,是我让我儿子甩了她。我觉得如果我从她那儿买酸奶,她会偷偷往里面加眼药水。"

"为什么是眼药水呢?"

"眼药水会让你拉肚子。人们常说在飞机上的时候,空姐会偷偷给那些混蛋的饮料里面加这种东西。"

"那绝对是传闻!"

"随你怎么说。"她说着,催促我快点起来去给她买酸奶。

"要是你真的拉肚子,那也是因为你可能是乳糖不耐体质。"

她停顿了一下。"我还真没想过这一点。你现在可以去给我买一份了吗?"

"当然。"

我回来时手里拿着撒满了彩虹糖的酸奶和一个勺子。"你没给你自己买一份?"她问。

"我倒是想,但柜台后的那个女孩完全是个婊子。"

"我说过了,所以我才让布拉德跟她分手。你要来点儿吗?"她说着,给了我一大勺酸奶。我张开嘴巴,任由她喂我。

"你就不怕被什么人看到我们这样?"

她摇头。

"为什么不怕?"

"我只会告诉他们你是个中风病人,而我在做志愿者社工。"说着她又喂了我一勺酸奶。

"那么,关于那个失踪的女孩——"谢丽尔说。

我擦掉嘴边的酸奶(她的准头儿真差劲儿)。

"我觉得他们知道是谁做的。"谢丽尔说。

"你能说得再具体一点儿吗?"

"他们,比方说警察,他们知道的比对外公开的多。"

"你这么说是有事实根据还是只是你自己的推测?"

"我只是说说而已……我们都知道这些事儿是怎么回事儿。我看过很多电视剧、真人秀或者其他的。我只是告诉你,他们肯定在等那家伙自投罗网,等他露出马脚,犯点儿小错。"

"所以你觉得他们早就盯上他了,一直在暗中观察着,是吗?"

"我很肯定,事情绝不会像你看上去的那么偶然。"

"除了完全偶然的事件,比如说这个……"我说。

"这是什么?"

"就是我们俩之间发生的。"我忍不住发现我和谢丽尔走得越来越近,我开始和她分享我的事情,开始把她当做一个朋友,一个红颜知己。

"亲爱的,如果你要用数学概率来看,我们之间也并非全是偶然,这再寻常不过了。"她说。

她的声音里透着些许的轻佻,不禁使我疑心:"你是不是喝酒了?"

"今天早上我喝了杯血腥玛丽,就当做某种小小的庆祝。"

"在工作日的早晨?"

"是的,"她说,"他们都起得很早。我在冰箱里找番茄汁和芹菜的时候心想,管他呢,有什么不可以呢?"

"你吓到我了。"我说。

"没,我没有。"她说。

"是的,你确实吓到我了。"我说。

我挣扎到底要不要告诉她那个A&P女人的事情。我不喜欢偷偷摸摸的,但是我对这个已婚女人又有什么责任呢?我又不能向她求助。于是我说,"哦,顺便跟你说,我在和别人约会……"我几乎没有任何情绪,这句"我在和别人约会"就这么从我嘴里冒出来了。

"她叫什么名字?"

"我不知道。"

"你在和某个人约会而你却不知道她叫什么?"

"是的。"

"从什么时候开始的?"

"几个星期了。"

"你们是在哪儿碰到的?她是你在网上认识的吗?"

"我们在A&P遇到的。"

"你们经常见面吗?"

"我到现在见过她两次。"我说完,她好像松了口气。

"那你们见面那两次都做了什么?"她一副打破砂锅问到底的架势。

"我不确定你问得那么详细对你是否公平,这好像属于个人隐私。"

"先生,人生什么时候有过公平?如果你要把你的小弟弟放进别人的小妹妹里面,我认为我至少有权利知道。最起码,为了安全起见，我也好做出知情决策吧？"

"反之亦然？"我问。

"你什么意思？"

"好吧，如果你真的想知道我做了什么的话，那么你丈夫知道你做了什么吗？"

她低头片刻，好像在对自己的下一步行动进行深思——仅仅是好像。

"我告诉他了。"她说。

"真的？"我真的很吃惊。

"真的。"她回答。

"什么时候？"

"星期五晚上之后。"

"为什么？"

"我害怕。"

"害怕什么？"

"我觉得那天晚上可能有认识的人看到我了。"

"要是他们告诉了你丈夫，那不就成了故意挑拨吗？"

她耸耸肩。"他们会假设他已经知道了。还有，最重要的是，我觉得有这个必要。我天生就不太善长说谎。"

"他怎么说？"

她又低下头。"他说他很高兴有人能分享他的负担。还有，他问我是想要离婚还是纯属娱乐？"

"然后呢？"

"我说纯属娱乐。然后他说：'好吧，那么，除非你告诉我我需要担心些什么，否则的话我就不会担心。'"

"这很好啊,说明他信任你,他都让你自己来决定他是否需要为你担心了。"

"我很可靠,"她说完后,又沉默了一会儿,"他问你有没有付钱给我,他老是喜欢付钱给人。我问他有没有去过那种招妓的地方,他说他没有。"

"为什么不去呢?"

"害怕。"她说。

"怕什么?"我问。

她耸耸肩。"我告诉他如果他想的话,他可以去。他一直都对妓女抱有幻想。我说:'去做吧。'他说:'我不行。'然后我问他:'你想让我和你一起做吗?''你会加入?'他问。'不是的,我只是会和你一起去。'我说。'你真好。'他说。'我什么时候不好过?'我问他。"

"所以呢?"我整个人都惊呆了。

"所以我就跟他一起去了。"

"什么时候的事?"

"上星期二,下班后。"

"你去谁那儿了?"

"他从一个认识的家伙那里得到了一个号码。"

"你竟然没有告诉我?"我问。

"你当时很忙。"

"然后怎样了?"

"我不知道。我坐在那女人的客厅里读杂志,是我自己带的杂志。我一直穿着外套。我们回家的时候我把那件外套洗了。我很注意不碰到她家的任何东西。"

"你丈夫玩得开心吗?"

"他很高兴能够摆脱固定模式,但这感觉很奇怪。"

"怎么奇怪了?"

"他说她的乳房特别大。在他进去之前,我见过她,她的胸看上去确实很大,但也不是那么大。他说那乳房硬得像篮球一样。还有,她不愿意亲他。"

"还有别的吗?"

"她的小妹妹完全是防水的,从前到后。他从未见过这种东西,他用的词是'工业化的'。中途,她的室友回来了,说她需要进卧室拿点东西。她表现得很无辜的样子,但我还是拿出了我带在身上的小刀,这是我计划中算好的部分:室友回到家,她们一起劫持了他,要勒索更多的钱。我想她大概完全没想到我会在那儿。我告诉她,我丈夫正在另一个房间里和她的室友办点私事儿,如果你尖叫,或者是坏了他们的好事儿,我就会杀了你。于是她和我安静地坐在沙发上。我告诉她时间不会太长,他总是很快。他出来的时候看到我在那儿,他还捂着他的……随便你叫那是什么吧,我想他很震惊。我觉得这对我们的婚姻有好处。"

"真的?"我有点怀疑。

"这样,事情就开放了,"她说,"这让我们的婚姻进入了一个全新的阶段。"

我震惊了。

"他想见见你。"她说。

"为了做爱?"

"不是,只是跟你打声招呼,一起吃个晚餐。"她微笑着说,"还有,你是唯一知道这事儿的人。"

"你不会对那个A&P的女人的事儿生气?"

"当然不生气,"她说,"你和在商店乳品铺遇到的某个小鸡搞在一起,而那小鸡甚至都没有名字。你到底喜欢她什么?"

"我也说不上来——她有种神秘感。"

"听起来你对她还不是很了解。"

"你一点都不可爱。"

"你甚至都不知道她的名字。"她提醒我说。

"你知道我喜欢她什么吗?"我说,"她对我一无所求。"

谢丽尔刮掉了酸奶杯里的最后一勺酸奶,空塑料杯被挤出吱吱声。她看了看手机。"我得走了。"她说完突然站了起来。

"你现在甩了我吗?"我突然变得脆弱了。

她看着我的神情就好像我疯了一样。"在刚才我告诉你我丈夫想见你并想和你一起吃晚餐的整件事情中,你从哪里听出来我要甩了你这条信息?"

"对不起,"我说,"这是奇怪的一天。"

那天晚上,我终于和艾希莉通上电话了。

"你还好吗?"

她没说什么。

"你在做一个我看不到的耸肩吗?这可不是可视电话。"

"嗯哼。"

"你有什么想要告诉我的吗?"

"没什么。"

"你是一个人吗?我的意思是,你现在是在一个可以自由说话的地方吗?"

"这里没别人。"她说。

"你听起来很难过。"我观察道。

我能听到她微微耸了一下肩时衣服发出的声音。

"害怕?"

她没说话。

"艾希莉,如果可以的话,我接下来要跟你聊几分钟。但是我想让你知道,你随时可以打断我的话,好吗?"

"嗯哼。"

"好。你们学校的一个女老师给我打了电话。我知道发生了什么。首先我想要你知道,没关系。我希望你知道,你并没有陷入什么麻烦。我可以理解,也不觉得这很奇怪或者怎么样。我还希望你能明白,你可以跟我聊聊,你可以对我说一切你想说的,我只是希望你没事儿。我唯一关心的只有你,我只关心你好不好。"

"我能问个问题吗?"

"当然可以。"

"我得搬回我原来住的老房子去吗?"

"你的老房子?"

"它的官方名字叫'玫瑰山',我们都叫它'帕秋莉'。"

"你为什么不愿意住在那个老房子里面?"

"嗯,我现在住的地方有一台电视机,我真的很喜欢看电视,这会让我平静下来。比如夜里我睡不着的时候,我就会打开电视,而蕾妮女士也不会介意。"

"蕾妮女士? 低年级的班主任?"

"嗯,还有,比方说,如果我觉得压力很大,有时候我就会溜回来看电视,看《我所有的孩子》《综合医院》和《只此一生》,然后我就会觉得一切又都好起来了。感觉这些电视剧真的能帮我理解这个世界,帮我获得一些认知。还有,我觉得我的生活更像肥皂剧里的人生,而不像我周围大多数人过的生活。"

"很有趣,"我说,"我需要好好想想这事儿。"

"我真的不能回到那个老房子里去,"她说,"我在那里一点儿都不好。"

"我明白了。"

她开始哭。"我想回家。"

"这我们可以安排。"我说。

她抽着鼻子说:"我还有作业……"

"你这周末回家过怎么样?"

"好。"她一边抽泣一边回答。

"这周末之前你能处理好吗?我们暂时还不用决定房子的事情。我想,辛格太太说你可以和她待在一起,我打赌她那儿应该也有电视机。"

"但没那么多频道。"艾希莉仍在抽抽搭搭。

星期五下午我去学校接她。去她学校的一路上,我被沿途迷人的风景惊呆了,所有的树都绽开了幼苗。

艾希莉跟我回家的一路上都在不停地跟我说那些肥皂剧。我不知道这是一种焦虑性反应还是一种奇怪的晨间剧式的语言下载,又或者是某种轻度的躁狂状态,总之我只能让她说下去。

"《我所有的孩子》的拍摄背景选在松树谷,有泰勒一家、凯恩一家和马丁一家。这片子已经播了四十多年,一共有一万多集了……"她接着详细地描述了埃里克和考特兰。

"还有,这星期……"她详细陈述了故事线索——历史的揭露，谁嫁给了谁，谁是谁的亲生爸爸，还有什么未被解开的秘密。

"艾希莉，你追这些剧多久了？"

"好长时间了，"她说，"大概从我七岁的时候就开始了，那时候我跟妈妈在家里待了一个月，妈妈让我跟她一起看。"

"你妈妈也看这些？"

"她可喜欢了。她上初中时摔断了腿，在家里休息的时候，她就看这些电视剧打发时间，一直到现在还在看。有一次，在机场，妈妈说她真的看到了泰勒太太，菲比·泰勒太太！妈妈看到她也在机场，就跑过去帮她拎箱子。她的'真名'叫露丝·瓦瑞克。她几年前去世了，妈妈说她是从报纸上看到这个消息的。"

"你真的很想你妈妈。"我说。

"我也没别人可想了。"她说。

"好吧，我很高兴见到你，还有泰茜和罗密欧，他们也会很高兴见到你的，你一定会喜欢罗密欧。"

"我们能去一趟墓园吗？"她问，"那会显得很奇怪吗？"

"我们可以去啊，怎么会奇怪呢？"

"那里现在是什么样子？"

"我们去那儿参加过葬礼，你还记得吗？"

"不太记得了。"

"那儿就像一座巨大的公园，有很多树，墓碑都是平的。"

"为什么是平的？"

"因为那是犹太人的传统——平坟，然后葬礼结束一年之后，还会有一个叫做揭幕式的仪式，会把你妈妈的名字刻在一块匾上面。无论何时你来看她，都可以留下一块小小的石头作为标记，这表示你来过，她并没有被人忘记。"

"为什需要等一年呢?"

"这是传统。我们可以去看望你奶奶,这会让你觉得有趣吗?"

"我们可以带她出去吗?"

"去哪里?"

"我也不知道。就是出去,感觉她就像个被放在了盒子里的脆弱的洋娃娃,你只能去看看她。或许她很希望走出去,到处去看看呢?"

"我们当然可以问问她,但我的感觉是,她在那里过得很快乐。但是,正如我说过的,我们可以问问她的意思。那么,怎么样?去看奶奶?烤饼干?还是清理你的衣橱?"

"我们可以烤饼干,然后把我们自己做的饼干带给奶奶。"她说。

"当然没问题。"

"好的,那就今晚我们回家就准备做饼干。"

"今晚我们回家后应该吃晚餐,然后睡觉。"

"好的,那就明天早上,我们烤饼干,去看奶奶。"她对我们的计划很满意。

"烤饼干的时候,你会怎么做?"两分钟后我问她。

"什么怎么做?"

"比方说,怎么烘焙饼干?"

"我们要么做切片曲奇饼,要么把巧克力脆饼上列出的所有东西都混合在一起,这叫'从头开始'。"

"你知道怎么做?"

"当然,"她说话的口气就好像我是个白痴似的,"你从没做过饼干?"

"没有。"我诚实回答。

"我们最好在商店停一下。"她说。于是艾希莉直接去找巧克力饼干,然后我们买了饼干包装袋上面列出的所有材料,外加一些牛奶。

"必须选用最新鲜的牛奶,"她说,"否则的话就没用了。"东西买完之后,她环顾四周,对着成排的商品微笑。"我真的很想念超市。"她说这话的奇怪样子突然使我想到:寄宿学校对这些孩子来说是一个如此孤立、与世隔绝的社会(教育)环境啊。

我们一起做了饼干,当厨房里开始弥漫着香甜温暖的巧克力气息的时候,我有一种深刻的满足感。我们当下就吃了很多饼干,喝了很多牛奶,而艾希莉说的完全没错,牛奶新鲜与否至关重要。这很神奇,就像是一场非常神圣的体验。我们在厨房里无缘无故地就开始愉快地大笑起来,而那只猫自从我把它的孩子送走之后,这是它第一次跑来磨蹭我的脚。我给它倒了些牛奶喝。

等饼干晾凉了之后,我们去找奶奶。去的路上,我对艾希莉解释了奶奶的近况,以及她的新男朋友。

"我不明白,他们结婚了吗?"

"没有正式结婚。"

"那她爬行和游泳又是怎么回事儿?"

"记得我们上次见到她的时候她是什么状态吗?"

"嗯哼。"

"也就是说,她现在已经离开床了。我不确定这是不是用了新药的效果,还是因为她自己忘了她为什么会躺在床上。我自己也不太记得之前发生的事情了。我只知道我们送她去养老院是因为她瘫痪在床,但我估计没人记得她为什么瘫痪在床了。"

"好吧,这样很好,说明她在好起来。"

"可以这么说。"

"嗨,妈妈。"我走进她房间时说。

"如你所说。"她说。

"怎么了?"

"他们在这儿。"她说话时带着种特别厌恶的表情,就好像期待已久的外星人终于露面了似的。

"他们?"我说。

"是啊,"她很确信无疑地对我说,"他们今天早晨就来了,到现在还不肯走。"

她抬头看着艾希莉。"你看上去不像中国人。你是不是做了什么手术?"

"妈妈,这是艾希莉,不是克莱尔。"

"谁是你的人?"

"你是我的人。"艾希莉亲了亲她。

"妈妈,艾希莉是您的孙女,她是我们的家人。"

"很高兴见到你。"她说着跟艾希莉握手。

"妈妈,我一直想告诉你,我去看莉莉安姑妈的时候拿回了你的珠宝。"

"那个订婚钻石戒指?"妈妈问。

"不,是一些珍珠耳环,还有一个小手镯、一个有红宝石的项链,以及一些其他东西:一个大头针和一串小项链。她很高兴能把这些东西还给你,似乎迫不及待要从胸前取下来。"

"我相信,"我妈妈说,"你看到她的手了吗?她手上还带着那枚你爸爸买给我的订婚戒指吗?"

"我不知道,妈妈,"我说,"我真觉得有些事情你们俩应该自己当面去协商解决。你当时让我拿回你的珠宝的时候,没有提到这个钻石订婚戒指。"

"我就想看看在我给她施加压力之前,她会不会老实承认。"妈妈说。

吃午饭的时间到了,午饭已经在餐厅里备好了。行政楼层的助理来带她去楼下餐厅用餐。

"我不去。"她说。

"为什么不去?"我问。

"抗议。"她回答。

"我可不认为他们会把你的午餐带上来哦。"助理摇着头说。

"他们以前会。"妈妈说。

"那是以前。"我说。

"好吧,我应该也不会错过什么好吃的东西。"她说。

"别那么肯定,"助理说,"今天是鸡肉和意面。"

"该死!"妈妈抱怨道。

"怎么了?"

"我真的很喜欢他们的鸡肉和意面,里面还放了柠檬和西兰花。我还认识厨房里的一个姑娘,让她偷偷给我加点儿橄榄和酸豆角。这看起来几乎就像是真正的食物了。"

"我带来了甜点,"艾希莉举起饼干盒说,"我们自己做的。"

"很好,"她说,"我们走。"她说着站了起来。领我们下楼的时候,我注意到她的步伐竟然带着些轻快的跳跃感。

"妈妈,你现在真的走得很好。"我说。

"这是一种舞步,"她说,"当你走路的时候,只要想着跳舞,你就能走好了,这就好像中风的病人想说话的时候就唱出来是一样的道理。"

"真神奇。"我说。

"我一直都是个体力很好的人,"妈妈说,"我怀疑连你爸爸都不知道这一点。"

当我们到达餐厅大门时,她对一个助理示意:"三个人,给我一张桌子。"好像那些护理人员是某间时髦餐厅里的服务生一样。

"您可以在任何一个空位就坐。"助理说。

"你想喝冰绿茶还是威士忌?"妈妈问艾希莉。

"威士忌?"

"水果喷趣果汁,"妈妈说,"只有这儿的果汁会给你加维生素C和美达施①。"

"水就可以了,"艾希莉说,"水是正常的吧?"

"就目前而言,"妈妈盯着艾希莉的眼睛说,"我很高兴见到你。"

"我也是,奶奶。"艾希莉愉快地说。

"大学上得怎么样?"

"我才上五年级,奶奶。"艾希莉说。

"好吧,别灰心。"妈妈说。

---

① 清理肠道垃圾防便秘、控制胆固醇的纤维粉。

"那么,你的朋友在哪儿呢?"我不知道该叫他什么。

"什么在哪儿啊,他不就在这屋子里吗?和他的人在一起。所以我才不愿意来吃午餐啊,你难道看不到他一直在看着我们吗?"

"我没注意。"

"你真是个白痴。"她对我说。

"你们俩闹别扭了?"我问。

"当然没有。"她立即警觉地说。

"那是什么问题?"

"他的人不待见我,实际上他们简直是在无视我。如果我和他并肩坐着,他们只会和他说话,从不和我说话。"

"这听起来可不太对。"我说。

"你的意思是我在撒谎?所以我从不愿意跟你说什么事儿,因为你从不相信我说的是真话。我就不应该嫁给你。"

"妈妈,是我,哈里。不是爸爸。"

"好吧,那么,你就跟你爸一个德行。"

"奶奶,爷爷是个什么样的人?他是什么时候去世的?我见过他吗?"

"你干嘛要提起过去来让我分心?我现在只关心我的活着的、会呼吸的男人,关心他会不会被他那些讨厌的小臭婊子离间而疏远我。"

"你能说得更具体些吗?"

"那些人是他女儿。"她说。

"需要我过去跟他们和解吗?"我问。

"我和他之间没什么需要和解的。我们很早就认识了。"

"从什么时候开始的?"艾希莉问。

"我们上同一所中学，"我妈妈说，"我和他妹妹是朋友，那是个很可爱的女人，死在一艘游艇上。她被人扔下了海，然后被鲨鱼吃了，到现在都不知道是谁干的。"

"她丈夫？"我说。

"她从没结过婚。"妈妈说。

我们吃完后，从桌上撤掉了盘子。艾希莉拿出饼干罐头，正准备打开时，有个护士站在我们旁边说："你们不能在这里打开它，这里不允许外带食物。"

"这里面没有坚果和种子。"艾希莉说。

"这是在家里用爱心做的。"一名护理人员说。

"是啊。"艾希莉说。

"那也不允许。在这里，每个人都平等。我们不能因为你妈妈有人关心，就让别的没人来看望的老人难过。"

"那我们和大家一起分享怎么样？"艾希莉提议道。

"你有多少饼干？"护工颇为怀疑地问。

"你们有多少病人？"艾希莉反问。

护工和旁边的工作人员商量了一下，说："餐厅里有三百零八个人，不包括在自己房间里用餐的人。"

艾希莉放下饼干盒，开始认真地数起来。"我有四十块饼干。"

"去吧，小女孩。"护工同意了。

艾希莉挨个儿到桌子旁给每个人发她的小饼干。有些人不想要，有些人想要两块，艾希莉只好阻止说："一人一块。"

发完饼干之后，我催妈妈去和她男朋友及其家人打招呼。

"不要，"她摇着头做了个鬼脸，"他们不喜欢我。"

"好吧,那我去跟他们做自我介绍。如果他是对你来说很重要的人,那我们也应该对他礼貌一些。"

"我不去,我在这儿陪奶奶。"艾希莉说完,又在我妈妈耳边悄悄地说:"他们不让他要我的饼干。"

他的家人对我并不礼貌。

"我只是想来跟你们打声招呼。"我说着伸出手。只有一个满脸打着疑问号的男人跟我握了手。

"很高兴见到你,儿子。"他说。

我们俩小聊了一会儿,然后他的一个女儿把我拉到一边。

"我们很不爽。"她说。

"为什么呢?"

"你妈妈简直是这家疗养院的荡妇。她劝我爸爸欺骗我妈妈,我妈妈没日没夜地照顾了他四十三年。"

"我之前并不知道。"我说。

"你当然不知道了。我们却知道你是谁……我重复一遍,你妈妈色诱了我们的爸爸。我们听说这种事常常发生在那种男人很少女人却很多的地方。"

"我以为我妈妈很早以前就认识你们的爸爸。"我大胆地说。

"她想把我爸爸从我妈妈那儿抢走。"女孩说。

"那是在初中的时候,"妈妈在房间那头朝这里唤了一声,"这些新式助听器可真好使。那时候我可没觉得他们的关系是认真的——不好意思,那是在初中时。"

"请原谅我冒昧地问一句,您妈妈现在在哪里?"

"她住在西奈山,我爸爸也是从那儿被送过来的。他们一起出去吃晚餐,她摔倒了,把爸爸也撞倒了。爸爸伤到了脚踝,妈妈则撞到了头部。她到现在还昏迷不醒,我们正在尝试做出决定。"

"我不知道这些。"

"帮我们个忙,让你那浪荡的妈妈离我们爸爸远一点儿。"

"你瞧,"我说,"首先我觉得,您对我妈妈的称呼不太合适。"

"少跟我来这一套,"他的另一个女儿说,"叫你滚远点儿,听不明白吗?"她朝我大吼。

"我想现在每个人都听到了。"一位助理护工朝这边的女儿投来警告的眼色。

我匆忙告辞,回到妈妈和艾希莉身边。"你知道他妻子还活着吗?"

"当然,我也很早就认识她了。我们以前常常一起玩纸牌。他总是不停地说起她,她现在是个植物人,"我妈妈说,"护士得帮她拿着手机,贴在她耳边,他在电话这头跟她说话。他给她讲他们曾经在一起的故事。他甚至记得他们一起度蜜月时吃了什么。"她说着,耸耸肩,"然后,他挂了电话后,总是会啜泣,一心想回家。那些女孩,她们才是最差劲的,你以为她们会带他回家、会照顾他、会带他去看望他妻子吗?都是些自私的小贱货。但我不会这么对他说,我总是告诉他,孩子们有他们自己的生活,他们肯定很忙。"她摇了摇头,"但看看你,你总是抽出时间来看我。总是这样,如果你很忙,你根本腾不出时间来给你妈妈。你会拖,时不时地出现一下,可以凑个数。但是,你太无聊了。"

"他其实很不错。"艾希莉替我说话。

"没关系,"我告诉艾希莉,"我们的关系一向比较复杂。"

"奶奶，你愿意我们带你出去待一段时间吗？"艾希莉说，"带你去某个地方？"

"比如去哪儿？"妈妈问。

"我也不知道，比如说回我们家一起吃顿晚餐？"

她摇摇头。"我不想。我去过你们的房子，你们家做的食物难吃死了。"

"好吧，"艾希莉丝毫没有因此而感到困扰，"我最近一直在练习厨艺，我们整堂科学课都是在厨房里上的，类似把厨房当做实验室。"

"你为什么不下次再来看我呢，小甜心？"妈妈说着站了起来，跟我们俩一一亲吻道别，就朝楼下大厅走去了。

艾希莉和我面面相觑。"我们家就是和别人家不一样。"艾希莉说。

"他们其实并不像看上去的那样讨厌。"我说。

我们开车回家，一路上两个人都很安静，回到家后又一起带狗狗去散了个长长的步，一边散步一边谈论着晚餐该吃什么。

"我想吃披萨。"她说。

"有个地方的外卖披萨很不错。"

她摇了摇头说："我们自己做。"

"用什么做？"

"面团、沙司和芝士。"她说。

"你真的很喜欢做东西吃。"我说。

"我想是吧，"她说，"蕾妮女士和我几乎每天晚上都自己做东西吃。"

"你不和别人一起吃饭吗？"

她摇摇头。"我们做晚餐,看电视,"她想了想又补充说,"在我做完作业之后。"

我点点头。

"她说她爱我。"艾希莉用一种富有层次感的语气说,声音里既有防备,又带着些疑问。

"我相信。"我说完,停顿了片刻,"我能问你个问题吗?你从威廉斯堡带回的那些小饰品是送给她的吗?"

"是的,"她说,"所以我要选最好的。"

"没错。"我说。随后我们一起给宠物们喂了些吃的,又一起准备做披萨的面团,这期间我们对这个话题没有再做更多的交流了。

"她吻过我,"艾希莉说完,看着我的反应,我给了她一个我最近反复彩排练习过的若无其事的表情,"所以,我也回吻了她。那感觉很柔软,我不知道要怎么形容。"

"你不必形容。"我说完就后悔了,希望她不要理解为我是想打断她。

"感觉很好,很舒服,就像妈妈,"她说着说着哭了起来,"她说我可以睡到她的床上来,"艾希莉一边抹着眼泪一边说,"你知道的,他们说什么不要上陌生人的车啊,不要和你在现实中不了解的人做朋友之类的……但那是蕾妮女士,我认识她好多年了。"

"艾希莉,这不是你的错,你什么都没有做错。"我说话的时候,她的眼泪大滴大滴地落在做披萨的面团上面。我们都注意到了,又都情不自禁地大笑起来。"盐,"我说,"增加味道了。"

"在我小的时候,总会把喷嚏打到做薄煎饼的面糊里面,"她说,"不是故意的,可能是意外。我总要帮妈妈搅拌面糊,我想估计是什么东西钻进了我鼻子里,我就直接把喷嚏打到碗里面了。"她吸了吸鼻子说。

"你知道是谁泄了密吗?"

她看上去茫然不知所措。

"谁告发了你?"

"布兰妮,"她毫不犹豫地说,"布兰妮很嫉妒,因为她暗恋蕾妮女士。我觉得是因为布兰妮的妈妈觉得蕾妮女士特别伟大吧!反正,她开始偷窥我们,她只有做这个最在行了,我想她爸爸肯定是在政府里做某种间谍工作的。因此,有一天晚上,她问蕾妮女士能不能吃完晚饭后过来找我们,于是晚饭后她就来我们这里了。我当时正在做作业,她说她需要跟我们两个单独谈谈,然后她就给我们展示了她的证据。是一些照片和一段录像,是她用偷偷藏在蕾妮女士窗台上的隐形摄像机偷拍的。她还说,如果我们能组成一个'三角式家庭'的话,她就当这些证据不存在。我到现在还不太明白她说的那个'三角式家庭'是什么意思。蕾妮女士当时脸色苍白,对我们俩说:'这是件非常严肃的事情。'但布兰妮重复了好几遍'三角式家庭'(用法语)的主意,但是我的法语比较烂,所以我能想到的只有,可能像那部喜剧《玻璃动物园》[①]一样,我去年春天看过那部戏。我到现在还不能完全理解布兰妮的意思。然后,当蕾妮女士说她要去告诉'上面'的时候,布兰妮害怕极了。她冲回自己的房间,服用了过量的某种药,也可能是很

---

① 美国作家田纳西·威廉斯(1911–1983)的著名剧本,曾在百老汇连续演出561场,讲述了爸爸离家后,温菲尔德一家只剩下妈妈、女儿和儿子一起生活的故事。

多种药的混合，因为后来我们才发现，她有一种怪癖，无论她被邀请去谁家做客，无论何时，她都会从那家的药箱里偷点药。她还有一瓶处方安眠药，是乔治·布什用过的，据说是她爸爸给她偷回来的，上面写着'乔治·布什'，还有药品的名字以及服用的频率。显然，很多人都知道她有这个'毛病'，这也是为什么几乎没什么人会邀请她去家里做客的原因。我怀疑她除了偷药，也还会偷别的东西，然后那些被她偷了东西的女孩就会因此受到责罚。她那时服了很多药，大概把她偷来的每种药都吃了一遍，然后她吐得到处都是，最后在厕所里晕倒了，是猫发现了她……"

"什么猫？"

"你开玩笑吗？所有的房子里都有猫，以防止屋子里有老鼠，防止面包屑丢在地上，也防止我们会在半夜偷偷在自己屋里吃零食。就像那本书里写的一样，那本《如果你给老鼠一块饼干》[1]。"

"我对这个不太熟。那么，布兰妮还在学校吗？"

她点头。"她妈妈是学校的校友，好像也是董事会的。"她说着停顿了一下，"我能问你个问题吗？"

"当然可以。"

"你和我妈妈做过吗？"

我没有说话。

"纳特说你们做过。"

我还是不知道该如何处理这种状况。

"你说过我们需要对彼此坦诚相对吧？"

---

[1] 该书是系列童话书中的一本，意指事情一旦开了头就没完没了。

我点头。"没错,我们确实需要坦诚相对。我只是觉得这样谈论我和你妈妈的关系,有点不太舒服。"

"我没有要你谈论它,我只是问你有没有做过。"她双手环抱在胸前对我说。

"是的。"我坦白,并且感觉自己已经开始汗如雨下。

"你爱我妈妈吗?"

我点头。

"我这样问你是因为,当你是个孩子的时候,你很难什么都明白。或许我自己都不知道我在说什么,我就是感觉很奇怪……"她越说语气越弱。

"你回来的时候,需要给你找个医生看看吗?我们可以预约一个儿科医生?"

"这就完全超越浮士德博士了。"

"你知道,对其他女孩产生感情并不是什么不正常的事情。"

"这太恶心了。"她的回答让我猝不及防。

我有点担心接下来她要说的了……我在脑海里已经想象蕾妮女士把艾希莉放在她下面。我只要想想如果我自己的脑袋被放在那下面得有多恐怖,就能想象一个孩子的感受了——何况这还是一个只喜欢吃普通意面的孩子。

"她一般只是躺在我旁边,拨弄我的头发,然后她会亲吻我,让我躺在她身上。"

"你照做了?"

"是呀。"艾希莉说话的口气就好像这再明显不过了,她都无需说出来似的。

"除了嘴巴之外,你还亲吻过她别的地方吗?"

"有。"她说,而我再次震惊得快石化了。

"哪里?"我小心翼翼地问。

"从手臂到手肘,我们常常一起玩那个游戏,只不过我不是去挠她痒,而是会用亲吻代替。"

我摇摇头,我真的不明白她在说什么。

艾希莉拽过我的手臂,我当时真怕她会亲我的手臂,真怕这会成为因为她的创伤而导致的结果,怂恿她就这么变成了勾引男人的女人。我下意识地抽回手臂。反应过度了吗?

"手臂!"艾希莉口气强硬地说。

我再次把我的胳膊放在桌上。

"闭上眼睛。"

"别亲我。"我说。

"我才不会亲你。我为什么要亲你?那多奇怪啊。"

谢天谢地。

她用手指头在我的手臂上挠痒痒。"当我挠到你的胳膊肘的时候你就说一声。"她说。她的手指在我的胳膊上跳来跳去,轻轻拨动,感觉头发丝轻抚而过,弄得我胳膊上起了鸡皮疙瘩,感觉痒痒的。很奇怪,我很快就不知道自己的手肘在哪儿了。但几分钟后,为了结束这种感觉,我大叫一声"手肘",睁开了眼睛。

"我们叫这个是'蜘蛛',"她说,"你没有和别人玩过这游戏?"

"没有。"我说。

就在这时,电话铃声穿透整个空间响了起来,我吓了一跳。电话答录机自动接听,打电话的人等了一会儿,没人接起电话,就挂了,只留下哗的一声。我肯定是她,那个A&P女人。

艾希莉满脸狐疑地看着我。

"谁？"她问。

我耸耸肩，表示不知道。

"我觉得你有朋友，"她说，"那个老是跟你发短信的人刚刚给你打了电话。"

"你怎么会觉得是同一个人呢？"

她没说什么，想想又补充道："你有朋友也没关系的，你没必要把她藏起来。"

"谢谢。"我说。

我们一起玩了会儿大富翁。电话铃又响了一次，又一次，没有留言。

"我只是想让你知道：跟我发短信的是一个朋友。这个一直打来电话的，我并不确定是谁。"

星期天下午，我送艾希莉回学校。我们还带上了泰茜。艾希莉本来还想带上小猫咪罗密欧的，但我告诉她那样猫妈妈或许会不高兴。我给了她一块新的手表，是我在简和乔治的衣柜里的"礼物"盒里找到的。我和艾希莉谈到了减少看电视的时间、增加阅读量的事情。我给她推荐了一些书，用来代替看电视，这些书中有查尔斯·狄更斯、简·奥斯丁、乔治·艾略特和勃朗特的书。

"都是男人。"艾希莉说。

我摇头说："乔治·艾略特是女人，奥斯丁也是，还有勃朗特姐妹。"我答应送她一些，"我想你会喜欢的，它们都是名著，很多内容很像肥皂剧。事实上，肥皂剧的作家大多是从这些名著上得到的灵感。"

"别推销了。"她说。

"看看莎士比亚，再看看《罗密欧与朱丽叶》，都在里面……"

我对她说。

艾希莉接过她的包，下了车，在关闭的车窗上留了个雾蒙蒙的吻。我按了下喇叭，对她招手道别。

两天后，人们在一个垃圾袋里找到了失踪的女孩。

女孩已经死亡。

我看到那画面就吐了。

新闻评论人宣布："这是个悲剧性结局。"

我知道这不关我的事，但我感觉很愧疚，或许这是我对简、对克莱尔、对我的网交越轨行为以及对那个A&P女人的感受，那个女人可能是也可能不是这个死去的失踪女孩。这可能毫无逻辑，尽管我最近在尽最大努力地改造自我，但是我对这件事情仍怀有的犯罪感、其程度之深却是实实在在的。我觉得警察随时都可能出现在我家里，或许几个小时后，或许几天后，反正只是时间问题。如果我没有别的责任的话，我可能会考虑自杀。你或许会觉得我这是反应过度，但我想说的是，我感觉内疚、羞愧，觉得自己在很大程度上负有责任。显然这不仅是因为那个死去的女孩。我意识到了我对每个人的伤害，就好像这个女孩，还有纳特和艾希莉，直到我认识他们之前，直到这一切发生之前，他们都不是真实的，就好像，什么都不是真实的，除了我内心的极度震撼。而在此之前，我好像被隔离了一样。如今，我对每一件事情的感受已经不止是麻木，还有恐惧。想到这里，我又一次呕吐了。

那天晚上，夜幕降临之前，门铃响了。她焦躁不安地站在石板台阶上。"我以为你死了。"我一见到她就劈头盖脸地说。

"我能进来吗?"她问。

我既生气又松了口气。我的那些莫名的、健忘的容忍度都消失了。

"你是谁?"我问。

她没说话。

"你的身份证件属于一个死去的女孩。"

"我捡到的。"她说。

"在哪儿捡到的?"

"在垃圾箱里。"

"你得去报警。"

"我不能报警。"

"我不会继续跟你说下去,除非你告诉我你真实的姓名和住址。"说着我递给她一个便签本和一支笔。她写下信息,把本子递还给我:阿曼达·约翰逊。"我要去谷歌一下。"我边说边走开了,留她一人站在敞开的大门口。

"你可能还需要加上我爸爸的姓,塞勒斯或者赛斯。"

"我会的。"我在屋子深处朝她嚷嚷道。网上搜索到的结果显示,她爸爸塞勒斯现年七十多岁,曾经是一家大型保险机构的头儿,因为一桩公司丑闻而被迫离开公司。

"他偷过钱。"过了一会儿她朝我叫道。

"显然,"我说,"你还是你姐姐萨曼莎婚礼上的首席伴娘,你在婚礼上演奏了长笛,'一名曾经颇有前途的长笛手……'你现在还吹长笛吗?"

"操你妈,"她骂了一声就朝屋里走进来,在乔治的桌边找到了我,"我跟你说过我吹长笛。"

"那你怎么会有一个死去女孩的身份证件?"我问。

"跟你说过,我捡到的。"

"我也问过,在哪儿?"

"在一座教堂的停车场的垃圾箱里。"

"而你当时没有报警?"

她摇头。

"为什么不呢?"

"我也是过了好久才反应过来这一切。因为我当时去了那里,我不想以后都去不了那里。"

"去教堂?"

她点头。

"做礼拜?"

"不是周末去的。"她顿了一下说,"我有个大问题。"

"你酗酒?"

她摇摇头。

"嗑药?"

"不是。"

"性?"我有点内疚地问。

她再次摇摇头。

"那是什么?"

她开始哭泣。

"很糟糕吗?"

她点头。

"跟我说说,"我说,"真的,阿曼达,你可以告诉我。"

"我不能,"她说,"如果我告诉你了,你就再也不会相信我了。"

"说得好像我现在很相信你似的。"我说。

她破涕为笑,转而又开始哭泣。

"入店行窃?暴饮暴食?"

"缝东西,"她突然说,"我是个缝手,不行吗?"

"我们都会时不时地想去缝缝补补些什么的。你是说你见到什么都想缝吗?"

"被子,"她吼道,"我做被子。如果我告诉警察,他们不会相信我的,然后就会引发一整串令人揪心裂肺的故事,一切就又会变成一团糟,我会比从前更孤立。"

"你知道是谁杀死了女孩吗?"

"不知道。"

"好吧,那么,这是个开端。"

她还在哭泣。"我是个撒谎的人。"她突然蹦出来这么一句。

"你知道是谁杀了她?"

她摇头。"我是个强迫性说谎者,我几乎会对一切撒谎。所以我才去参加教堂的那个小组,那是专为撒谎成性的人开设的小组,即便是刚刚,我也在撒谎。我才不他妈缝什么被子呢,如果我跟警察说了,他们会很自然地想:她在撒谎。因为我一直都是个撒谎成性的人。这也是为什么隔天后我跟你说了那个千层酥的事情,那是我买给你的礼物,但我在来找你的路上就自己吃了,这是实话。跟你说这些实话对我很重要。"

"慢点慢点。"我说。

"为什么要跟警察说这个呢?"她说。

"这是一条线索。比方说,或许那个女孩被抢劫了,或许在那个你捡到她证件的垃圾箱里，杀她的人还留下了别的他自己的东西；或许杀手的指纹还留在被你发现的那个证件上面；又或许他们会将这一切追寻到你身上，然后说是你杀了女孩。"

"或许我应该把这证件烧了。"她说。

"与其毁灭证据，"我说，"不如去警察局说，'嗨，我在一个垃圾箱里找到了这个，然后发现这个证件是那个垃圾袋里的女孩的。'怎么样？"

"这还挺吸引人的，"她说，"你在垃圾里找到了什么？"

"当时你怎么会想到去翻那个垃圾箱呢？"

"我也不知道，有什么东西吸引了我吧。我以前有个男朋友，他对搜索垃圾箱很痴迷。"

"那你拿着别人的身份证件干吗用呢？"

"你就没有过需要借用别人身份的时候？"她说。

我耸耸肩，表示没有。

"我在工作上要用到。我有一份工作，我住在布鲁克林，我真的很喜欢这样。我和一个男孩约会，虽然他有很多缺点，但终归还是个抱起来很温暖的身体。我们养了只猫。然后我妈妈病倒了，我爸爸没办法照顾她，于是我就回家了，这样一来我的生活就像是陷进了流沙里。我不得不放弃我的工作，我男朋友非常不喜欢我的家庭。我跟他说，让我们现实点吧，别再互相拖累对方了。但是等我回来之后，他就不再相信我了。他留着那只猫，不让我见它，也不让我和它说话，他说我是个不称职的妈妈。"

"你的朋友呢？"

"我男朋友对我大部分的朋友都不怎么喜欢，所以我只能抛弃那些朋友。我失去了自己的健康保险，还停止服药。然后我就开始偷偷服用我妈妈的药,反正肯定不是同一种药。"

"我这儿也有很多药。"我心想,为什么每个人都在吃药?

她没说什么。

"总觉得还是有什么东西不对劲儿。你照顾你父母,而你假装成别人?阿曼达?"我重复了一遍她的名字,"阿曼达,这是你一直用的名字吗?"

"你在找我茬儿吗?我觉得你在找茬儿。"

"我只是在努力理解你。当你照顾你父母的时候,你是你自己,还是别人——一个假身份?"

"当我需要照顾我父母的时候,我住在我从小长大的房间里,房间的书架上还有我小时候的书本和玩具,一模一样,就好像我还在上初中一样。我刚从学校放学回到家,恰好发现他们正坐在客厅的沙发上,不同的是,我爸爸的裤子是湿的。"

"他们知道现在是什么年代吗?"

"有时候知道,有时候一天内能变化好多次。'你有作业吗?'我妈妈会问我。'只有一点点儿,'我说,'我可能要去图书馆了。'——诸如此类的。当我带他们去看医生时,她会问:'你是什么时候学会开车的?你的脚够得着踏板吗?'"

"你怎么说?"

"我的身高跟我的年龄很般配。"她顿了一下说,"这是我现在的生活,"她说。

"之后呢?"

"我就离开了,再也没回去。"

她说这些的时候,我感到很恐慌。我还不怎么认识她,而我却已经感觉自己要被抛弃了。我的思绪在翻腾:那我该怎么办?

带我一起走吧,我们可以去欧洲,我们可以环球旅行。"

她注意到了我脸上表情的瞬变。"哦,别这样,"她说,"你穿着你弟弟的衣服,住在你弟弟的房子里,而我和我父母住在一起。你真的无法想象这种关系吗?"

"我们要找到那个把小女孩扔进垃圾箱袋里的人。要是能解决这个案子,我会觉得好受很多。"

她开始收拾准备离开了。"你电视看太多了吧!"

早晨,电话铃声再次唤醒了我。我迅速接起电话,心想或许是她。"是哈里吗?"电话那头是一个陌生女人的声音。

"是的。"

"早上好,哈里,"她说,"我是劳拉·斯派克特,是犹太人会堂庆典部的主任。"

"我不知道庆典部还有这个职位。"

"这是个新设立的职位,"她说,"我之前在市里歌剧院的发展部工作。"她停顿了一下,好像在温习她的台词一样,"我们翻了下日历,看到七月三日有一场为纳撒尼尔准备的受戒礼。"又停顿了一下,"我在想你们打算在哪儿办?"

"问得好。"

"纳撒尼尔知道自己是犹太人吗?他一直在学习吗?我们这里好像没有人听说……"

"事实上,"我说,"我前段时间尝试跟拉比预约,但是他的助理却要求我先捐款,且捐款金额不得少于五百美金,说实话,我当时真的不太爽。"

一阵长长的等待。"那件事已经解决了。"

"那个中国姑娘还在庙里工作吗?"

"她回学校去了。"劳拉·斯派克特回答说。

"很好,"我说,"希望她找到适合她的事情做。"

"她在犹太神学院学习。"

片刻的静默。

"我们有两种方式可供您选择,"劳拉说,"我可以给您提供派对策划人,还有我们首选的餐饮供应商、鲜花和我们特有的小圆帽;或者我们考虑把受戒礼推迟,我实在很不喜欢'取消'这个词。"

从她说这话的语气中,我感觉得到,教会似乎不希望在七月三日这天举办受戒礼。

"我们教会很注重自己的形象,鉴于您知道您弟弟和她妻子的事情,我们已经比一些对此事不会在意的社区高调了点儿。"

我深呼一口气,然后说:"劳拉·斯派克特,请你告诉我,现在还有'姐妹午宴'这种东西吗?"

"您是说鸡蛋沙拉、金枪鱼,还有大量的小番茄吗?"

"就是那些东西。"

"早就没了,"她说,"我们现在的姐妹会成员大多是一些有工作的女人,她们没时间做饭。但我们有一些餐饮商,他们可以提供一些类似的东西。"她停顿了一下说,"我并不是要给您压力,但我们想要尽早知道您的安排。那天早晨有一对同志要在这里举办婚礼,他们必须在十一点之前办完,好赶在交通高峰时段之前去度周末。"

"我得想想,"此时我不知道还有别的什么可说的,"如你想象,我目前对于计划什么的还比较混乱。"

"我想,简曾有一个档案袋在我们这里,"劳拉说,"还有,她还留了笔存款。通常这笔存款是不可归还的,但是我们愿意与您合作。我们会考虑特殊情况。"

"那笔存款有多少钱?"我问。

"两千五百美金,"她说,"那么,我们该如何进行?"

"我要跟纳特商量商量再给你打回去。"

"我知道这段时间你们每个人都不好过。"她说。

"可不是。"

当我在电话里和纳特聊起受戒礼的话题时,他的声音立马变得低沉了。我一直担心的就是这个。

"我觉得我做不到,这会让我特别悲伤。这一直是妈妈在做的事情。"

"你可以为她而做,以她之名。"

"我无法想象我认识的每个人在那种场合下赤条条地盯着我看,好像我是个幸存者一样。我无法想象要写感谢信给那些送给我苹果播放器和所有那些垃圾的人,因为这些东西对他们的意义比对我大得多,因为事实上,我根本不需要那么多东西。我无法想象任何一个我所信仰的'神'会觉得这是我需要去做的事情。"他停下来,深呼一口气,继续说,"如果要说实话,我不会想做任何再让整个家庭的人聚集在一起的事情。人们谈论着三口之家是怎样的幸福完美,但他们却对那些灾难绝口不提。"他又停住了,"你有过受戒礼吗?"

"有过。"我说。

"怎么样?是一场不错的经历吗?"

"你想知道我的受戒礼吗?"我停顿了一下,"我父母不想我太得意忘形,在他们看来,对自己有任何不错的感觉所导致的结果就跟得了无法治愈的脑膜炎一样。所以,我的受戒礼是和所罗门·伯恩斯坦一起办的。刚开始他们都拼命说服我,使我相信这是个不错的交易,更便宜,伯恩斯坦会承包食物供给,我父母对此很满意。"

"反正基本上一切都是你父母的安排?"

"是啊,"我又停顿了一下,"典礼结束后就是所谓的'姐妹午宴',教会的女士们做了鸡蛋沙拉和金枪鱼。有些人吃了之后食物中毒了,不过还好,没有人因此身亡。但从此就有了新的规定:'姐妹午宴'提供的一切食物必须是在教会里做的,而他们全都使用好乐门牌蛋黄酱,而不是卡夫牌奇妙酱,因为他们认为卡夫牌奇妙酱是一种异域食物,不可以相信。"

"异域食物?"

"根据我妈妈,也就是你奶奶的说法,所有的东西,食物、产品等等,全都可以分成两类:即犹太人的和非犹太人的。"

"比如?"

"佳洁士牙膏是犹太人的,但高露洁则是非犹太人的。"

"汤姆呢?"纳特问。

"无神论者,或者一神论者。杜松子酒是非犹太人的,还有雪树、一号锅炉,或者任何手工酒类都是,除了马尼舍维茨①,它是纯粹的犹太人。随便去一家犹太人的房子,你都可能找到一瓶蜂蜜色的酒。人们常常不记得是苏格兰威士忌还是波本威士忌,

---

① 犹太仪式用酒。

很少有两种并存的情况存在,当然也不可能有三种。薄荷甜酒上面加上香草冰淇淋,这种也被吸纳为犹太人的。还有麻将和扑克牌,都是犹太人的。"

"回到你的受戒礼上。"纳特说。

"那时候有两张礼物桌,一张写着我的名字,还有一张则是所罗门的名字。在整个受戒礼派对过程中,我一直都在注意看哪张桌子上面的礼物堆得更高,谁的桌子上的礼物看起来更好。"

"然后呢?"

"很难说,因为有些人送了我一套百科全书,而且还是每一卷都独立包装的。但是我真正想得到的礼物是一副望远镜,那副望远镜本来是属于所罗门的,结果却被我占有了。"

"你怎么知道那本该是属于所罗门的呢?"

"有卡片,上面写着:'送给所罗门,爱你的埃斯特尔伯母和亚范叔叔。'我妈妈让我还给所罗门,但是我坚决拒绝了。我拿走了那个望远镜,还把它藏了起来,藏在屋外的地下。"

"期待一场仪式能让你感觉良好,或者至少本质上是积极的,这么想就那么不切实际吗?"纳特问,"那你失去童贞的时候呢?"

"你瞧,纳特,我比你年长许多,我只是不想让你失望。"

"所以你现在是在吹牛了?"他敏感地问,"你想让我觉得自己跟你一样可悲?"

"不是,"我确定无疑地回答,"我只是想保护你。"

"保护我什么?"

"生活?"我词穷了。

"太晚了,"他说,"你后来把那副望远镜还给所罗门了吗?"

"有一天在学校里的时候,我跟他讲了整件事。他说:'你留着吧,我已经有望远镜了。'"说到这里我停顿了一下,"我想,在此之前我还从未跟人说过这个故事呢。"

"甚至没跟克莱尔说过?"

"没有。"

又是一阵停顿。"你和克莱尔为什么不要孩子呢?"纳特问。

"克莱尔害怕自己会是个太过冷酷的父母,她觉得自己没有能力去真正地爱,那样的话,孩子会很痛苦的。"

"然后呢?"

"我同意啊。"

一阵较长的静默。"我以前常常祈祷,"纳特说,"每个夜晚我都会祈祷,都会准备好去应对各种情况。我总是相信会有某种更大的、更好的主意。我不确定我现在的想法,我的信仰已经发生了改变。"

"那么,我感觉你似乎不想要这个受戒礼?"

"我以为我们今天只是讨论一下。"

"你说的没错,不必今晚就决定。"

自从她坦白了自己的身份之后,阿曼达,那个A&P女人就消失了。

我一半是出于恶作剧,一半是因为真的对她很好奇,于是突发奇想,为什么我要等她来找我呢?我为什么不自己去找她呢?我从冰箱里找出剩下半盒的中餐,用几天前中餐馆送外卖时给的棕色袋子打包,那张收据到现在还贴在袋子上面。我把收据撕了下来。我穿上纳特的一件旧的白色实验服,有点像服务生穿的夹克衫,就开着车去找她了。她家位于一座高档的都铎式建筑里,我按响门铃。

"你来这儿干吗?"她开门,满脸惊讶地问我。

"我有半打快递给你。"我用糟糕的中文口音说着,把袋子递给她。我从她身后偷偷往里面打探,能看到的只有一张褪了色的东方小毯子,一个衣帽架,一道深色的木质栏杆和楼梯,上面也铺了地毯。我想象左边是起居室,右边是会客厅或者餐厅,而楼梯下面直走到底则是厕所,然后厨房在房子最里面,可能还有个早餐角。

"你带来了吃剩的中国菜?"

"还剩很多,"我说,"炒饭,木须肉。"

她刚要把袋子还给我,她妈妈出现在她身后。一位瘦瘦的老女人,篮球肚抵着她翠绿色松紧裤的腰带,看得出来以前是个很高的女人,现在明显有些收缩。她蓬松的白发上整整齐齐地打着几个卷,服帖在脑袋上,像极了中年乔治·华盛顿。

"我们会定期给肯尼迪基金会捐款的,"妈妈说,"我丈夫不太喜欢这种挨家挨户式的化缘。不过,我给你些我的私房钱怎么样?你们收现金吗?"她说着打开自己的零钱包,取出来五块钱递给我。

"妈妈,他是送外卖的,"阿曼达说着,将她妈妈伸出来的胳膊推了回去,"而他应该是找错地址了。希望你下次好运。"说完她就在我面前关上了大门。

我不死心,决定再试一次。在我心里,这种行为是需要幽默感的,同时也显示了我的决心,我就是想得到更多更好的结果。我开车去了附近的便利店7–11,买了一加仑牛奶和一些橙汁,把一堆东西拖到她家门口的路边，徒步穿过沾满露水的草坪，一个越步跳到门前的台阶上，按了两次门铃。叮咚，叮咚。

她妈妈来开了门。

"我记得你，"她说这话的时候，我突然对自己做的事感到紧张，自己都开始厌恶起自己来，"你几年前常常来送装在瓶子里的牛奶。"

"我不是你记得的那个人。"我说。

"那肯定是你爸爸了。"她说。我发现她妈妈像个小精灵，俏皮又很有魅力。她接过我手上的牛奶，臂力大得出乎我意料。"下星期给我送半升牛奶就行了，要是有糖霜甜甜圈，也给我来一点。"说着，她的视线扫过我身旁，"番茄花就要开了。"我转过身，看了看被我践踏到的花花草草，说："黄水仙也快开了。"

"那个男的跟我们有关系吗？"我听到她爸爸问。

"跟你没关系。"妈妈说着关上门。

那天下午，阿曼达给我打来电话。"好吧，那么，好奇心先生，你要来一起吃晚餐吗？"

"我觉得你父母喜欢我。"我说。

"他们把你跟一个需要做心脏移植的牛奶工弄混了。我妈妈说她给了你五十美金。"

"她给了我五美金。"

"欢迎来到我的世界。她跟我爸爸吹嘘说是五十美金。'随便什么人站在门口你都给他五十美金？''只有长得好看的才给。'我妈妈说。"

"晚餐几点钟？"

"五点半过来。"

"我需要带些什么吗?"

"药?"她提议。

"哪种?"

"随便你。"

我带了乔治私藏的一瓶上好的白酒。"你们这些孩子喝葡萄汁,不介意的话,我还是喝我平常喝的。"她爸爸说着,给自己倒了杯酒,一边喝一边喃喃地说他们准备赶走家里的清洁女工,因为她最近沉浸在某种精神恍惚中,还用浇水来掩盖她的足迹。

这个家里的装饰非常呆板——印花棉布,薄棉布,壁炉架上还摆着斯塔福郡斗牛犬,家里有座钟,每隔十五分钟就会鸣叫一次。老实说,我从不知道有人能生活成这样,极端非犹太环境,完全的公司人,且引以为傲:带搁脚凳的椅子,还有一张沙发,一切都超乎寻常,几乎让人看着就感到痛苦,台灯下还铺着一条钩针编织的桌布。阿曼达端上了开胃菜:点缀着起司的全麦饼干,还有对半切的绿色橄榄,中间点缀着红色彩椒。

桌子上摆的餐具有瓷器和银器,每个人面前有一小杯汤。"奶油蘑菇汤。"阿曼达说。我用勺子舀了一口,然后发现没有人跟我一样。妈妈把勺子放进汤里,爸爸则似乎只对他的酒和剩下的全麦饼干感兴趣。起初我以为他们这样是在等人做祷告,但后来我发现并非如此,他们就是这样。

阿曼达看了我一眼,我随即动手想帮她一起收拾桌子,但她朝我摇头。她自己收拾好后,端上来几个盘子,先给她爸爸和我,再给她妈妈和她自己。四块鱼糕给她爸爸和我,两块鱼糕给她自己和妈妈;六只油炸土豆丸给男人们,四只给女人们;再给每人三根煮好的芦笋,半块西红柿。

"太多了,"妈妈说,"我吃不完那么多。"

"能吃多少吃多少。"爸爸说。

"鱼很不错。"妈妈说。

"鲍尔太太送的。"阿曼达咬了一口鱼糕在嘴巴里,对我说。稍后她还告诉我,他们家的菜单是根据小学餐厅的食谱来做的:鱼糕、肉丸子意面、烤芝士三明治配番茄汤。"不知道为什么,我妈妈保留了所有的油印菜单,她说这是她的食谱书。"

"餐后甜点是什么?"刚上完鱼,妈妈就问。

"有生奶油和浆果的蛋糕。"阿曼达说。

浆果使爸爸聊起了他在温布尔顿吃草莓和奶油的经历。"回想过去,那时候我们还是用球拍打网球的。"

没人接话,于是我猜想他指的应该是木头球拍。

"让我来告诉你,我是做什么的,"爸爸探过头来说,"如果你现在死了,我是那个可以决定你的人生是否值得的那个人。我会估量出你是谁,你会成为什么,你的家庭在多大程度上指望着你,你的家庭责任有多大。每个人都觉得自己很特殊,其实他们都高估了自己。有时候我随便挑一个人就会想,我们会给这个人的生命定义多少价值?"

"比如呢?"我问。

"威廉姆·F.巴克利。"爸爸说。

"他死了。"阿曼达说。

"什么时候死的?"

"几年前。"

"那真可惜,他很值钱的。换特雷莎修女吧。"他说。

"也死了。"阿曼达说。

"你会为她付多少钱?"我问。

"一分钱不付。她没有家庭,没有义务,没有收入,她一钱不值。很有意思吧?"他兴致盎然地对我说,"有没有番茄酱或者沙司?有时候我喜欢给这些菜加点料。"

阿曼达去厨房给他拿来了调味料。

"我肯定能给你们留下不少保险金。"爸爸说,而我看不出他是不是在开玩笑。

"咖啡还是茶?"阿曼达问。

"我吃不下了。"妈妈说。她的番茄吃了一半,还剩两根芦笋、半条鱼糕和两块全麦饼。

"我女儿说你喜欢社会研究。你读过沃伦委员会[①]的报告吗?"爸爸问我。

我点头。

"我对那份报告简直欲罢不能。我手上的已经是第二份了,第一份掉进浴缸里了。我总是不断地阅读它。我也不知道为什么,我不知道在找什么,就好像阿加莎[②]的谜案一样。私下里,我的一个同事曾跟我发誓说,真正杀死杰克·肯尼迪的是他自己穿的紧身衣。"

"你说什么?"

"看看电影,你有没有发现第一枪之后肯尼迪倒地了,然后他又被弹起来了,因为他穿了紧身衣,紧身衣把他整个人从后面托起来了。第二枪才让他送了命。"他说着,用手指着他的侧脑

---

① 1963 年为调查肯尼迪被刺事件而设的调查委员会。
② 阿加莎·克里斯蒂(1890–1976),英国侦探小说女王。

袋,然后,就好像是在自言自语般地问:"一共有几颗子弹?"

"三颗?"

"那么,你觉得这是一场阴谋?"

我还没来得及回答,他又继续说:"他太自大了,国会晚宴进行到一半,他就拖着个姑娘上楼去了,把他老婆就这么留在餐桌边上。我要是他,早就腰痛得不行了,你明白我的意思吧?我告诉你,他的女人太多了。还有迈阿密的黑手党,带着一个长得特别像肯尼迪的小男孩来找他寻仇。"

"有意思,我之前还真没听说过这些。"我说。

"哼哼。"他说话的语气就像我是个白痴。

"爸爸,"阿曼达插嘴说,"哈里对肯尼迪不感兴趣,他是研究尼克松的。"

阿曼达收拾了桌子,我站起来帮她。在厨房,她正在擦洗碗碟,我往她身上直蹭。

"不行,"她说,"绝对不行。"

"为什么?"

"不能在我父母的房子里做。"

"你不是还曾当着小男孩的面做过吗?小男孩在娱乐室里转瓶子玩。"

"我们的地下室还没修好。"她挑衅地看着我说。

我们完事儿后回来,她妈妈坐在客厅看书,她爸爸则不见了人影。妈妈抬起头。"你还记得我以前常常叫你和你姐姐萨拉曼达吗?"她问,"萨曼莎和阿曼达的结合。我超喜欢这名字。'来,萨拉曼达,该洗澡了。'"

"我也很喜欢这名字,"阿曼达说话的时候,脸上罕见地露出了柔和的表情,"你知道爸爸去哪儿了吗?"

"不知道。"

"我一会儿回来。"阿曼达说着,就跑开去找她爸爸了。

"尼克松喜欢往他的白奶酪上面加番茄酱,"我和她妈妈单独在一起,为避免尴尬,我打开了话匣子,"他的早餐通常是白奶酪配番茄酱或者黑莓,还有小麦胚芽,加一杯咖啡。"

"我打赌他不是被妈妈喂大的,"她说,"塞勒斯的妈妈总喜欢给他做蛋挞和干巴巴的白吐司,我花了好多年才把他的早餐饮食习惯给改过来。"

"爸爸去哪儿了?"阿曼达回来后,妈妈问她。

"他去睡觉了。他说他以为今晚的活动结束了。"

"游戏时间,"她妈妈说,"我们还准备玩拼字游戏呢。你爸爸是个很好的策略家。"

我回到家的时候已经是七点半了,天色还很亮,空气里弥漫着春的气息,每一天的白天都会变得比前一天更长一些,草木都纷纷疯长起来,露出了崭新的嫩芽。我听到蟋蟀的声音,老远就听见狗在叫。

里卡多和他小姨正在家门口的台阶上等着。"一切还好吗?"她摇着头说,"我丈夫嫉妒我和里卡多在一起的时间,"她说,"或许可以让里卡多跟你住一段时间。我会什么都做的,就像现在一样,做饭、清洁、洗衣服,能不能让他跟你住一段时间?"

"他还要去上学啊。"我说。

"他的学校离这儿不远,可以坐巴士去。"

"里卡多怎么说呢?"

"拜托了,先生,"她说,"你们带走了我姐姐,留下这么个小男孩给我,对我来说负担太重了。你有钱,你可以帮助他。我非常爱我的姐姐,但是我还没有准备好。为什么要毁了每一个人的生活呢?拜托了,你看上去是个好人。"

好人?

"你不能就这样把里卡多丢给我。"我说。

"为什么不行?"

"我还没有获得国家批准。"

"但是他是美国公民,"她说,"他出生在这里。"

我没有尝试着去跟她解释复杂的社会服务系统,只是说:"让我再看看我能做什么吧!另外,我这周末可以去接他,让他在我这儿过夜。"

"他还是个小宝宝。"她说着说着就哭了起来。

"别哭,请你别哭。"我说着说着几乎就要跟她一起哭起来了。她抽抽搭搭地说:"你有什么好哭的?你是个拥有大房子的白人。"

出乎意料地,我收到一张乔治寄来的明信片。明信片上的图画是位于迈阿密的一座旅馆,卡片本身已经破旧不堪,就像被压在箱子底下环游了世界好多年一样。

这地方跟我之前想象得一模一样。夜晚围坐在火炉边上,几个家伙教我撬锁。还有,我正在学习用草和粪便做胶黏鞋的工艺。别忘了把我的植物给我送回来。

明信片上没有能够回复的地址,这使我突然意识到,我没有和乔治取得联系的任何信息,没有地址,没有紧急电话。想到这里,我立马给度假村的医疗主任打了个电话。

"早上好,感谢您的来电,这里是度假村,阿迪朗达克山中心地带新的行政会议中心。"

我解释自己想要找原来的医疗主任。

"请稍等。"

我的电话正在被转接。

"人力资源部,您想要应聘吗?"

"不!"我脾气不太好地说,然后又重复了一遍我的问题。"医疗主任之前说他会待到八月份的。你们究竟有没有人知道我弟弟乔治现在在哪里?"

人力资源部的负责人跑来接过我的电话。"有时候事情会比我们预想的变化还要快——收购合并加上休假,七月底我们这里还预定了一场大型会议——不过这些都不应该由我来告诉您。我查查看您可以联系谁获得信息,我们会再给您回电的。"

我又给乔治的律师鲁特科夫斯基打电话,出乎意料地,电话铃响了一声他就接了起来。"你知道乔治在哪儿吗?"

"既然现在你提问题了,"律师说,"只能说,我们还没有线索。等一下。"接着他那边出现了一些杂音,好像是他在翻阅文件的声音,"显然,我们还在等待文件批下来,可能遗漏在系统里了。"

"你有没有地址?能让我寄封信或者寄些包裹给他?他的生日就要到了。"

"我这儿有张沃尔特·潘尼的名片,上面有他的地址。我想你可以把东西寄到这个地址,上面附一封信,说明转给乔治,他们会把东西给他的。"

我记下他给我的地址。"我刚给度假村去了电话,他们说医疗主任不在了。他难道不是你们家族的一员吗?"

"分开了,"鲁特科夫斯基说,"我们现在已经不跟他联系了。事实上,我正在作为我妹妹的代表律师起诉他,所以,考虑到利益冲突,我们会把乔治的文件交给公司的另一个律师代表奥迪处理。"

我和谢丽尔逛商场,陪她一家店接着一家店挨个逛。这段时间来,我们的关系进展不少。我们已经不像从前那样在廉价的汽车旅馆里碰面,因为担心床上有虱子,谢丽尔会在床上先铺上一层老旧的雪尼尔床单,再铺上一层巨大的庭院用绿色塑料袋,再盖上一层白色的床单,然后我们就像两个醉汉一样在床上做爱,疯狂地滚来滚去。而如今,我们会在有天窗的人造热带天堂里,穿着衣服,漫无目的地闲逛。

"我们到底是来这里锻炼还是有什么特别要寻找的东西?"

"一张沙发和一个不粘锅。"她说,显然她给予了这两样东西同等的价值观。

这一次她的发型是金色短发编成的马尾辫,有点像那种八岁女孩才会梳的发型。我轻轻搂着她,没有说什么。

"你还在跟她见面吗?"谢丽尔问我。

"当然。但我觉得同时和两个女人发生性关系让我有点不舒服。"

"为什么?"

"我会很困惑。"

"怎么困惑了？觉得那像是怜悯之操，是吗？"她问。

"我也不知道。什么是'怜悯之操'？"

"就好像你为她感到很难过，心有愧疚，所以才跟她做。"

"我没有为她感到难过啊。"我说。

"你在乎她吗？"她问，"她知道我吗？"

"我想她应该知道。"我说。

"你告诉她的？"

"她才不在乎。她从我这里什么都不想要，我们相互之间零干涉。她只会在需要我的时候要我。她说这不是属于个人的，而是事情本来就是这样子的。"

在这座商场中间有一个"失踪人亭"，形状就像牛奶盒，亭子上还贴着希瑟·瑞恩的寻人告示，以及"婴儿避风港"和一个内部"安抚区"的注明，还有一条巨大的永久性标语："怀孕了？如需要匿名帮助，请拿起电话"。一个身着橘黄色衣服的招待员等在那里。

"那东西一直都在那儿吗？"我问。

"是的。"她看都没看就说。

从一家店里出来后，我看到唐·德里罗。我们恰好眼光交汇，他看着我的表情好像在说："你盯着我干嘛？"

"我走到哪儿都能看到你。"

"因为我就住这儿。"他说。

"抱歉，我是你的超级粉丝。"他点头没说什么，"嗨，我能问您一个问题吗？"他没说可以，也没说不可以。"你认为尼克松与肯尼迪被刺事件有关吗？"德里罗用一种像蛇一样可怕的表情看着我说:"有趣的问题。"然后就走开了。

"你应该甩了她,"谢丽尔对我说,"让事情简单点。"她完全没注意到我遇到了德里罗。

我转移话题说:"你在找什么东西吗?"

"我跟你说过了,沙发和不粘锅。哦,我想起来了,我们去一趟梅西百货,我要去选一些紧身内衣裤,然后我在试衣间里试的时候,你就到试衣间这边来,问:'你在哪一间?'然后……"

"然后什么?"

"然后你就进来上了我,你可以跪在地上,用你的舌头。我可以从三面镜里看。哦,或许我应该用我的手机拍一段小小的视频,只会拍到你的后脑勺,所以没人会认出你。"

"你显然已经想了很多次。"

她耸耸肩。

"我们会被抓起来。"

"为什么?"

我的手机突然响了起来,是阿曼达。起初我并不想接电话,但铃声又响了第二遍,连谢丽尔都催我快点接。"别因为我而对别人不礼貌。"她说。

"喂?"

"他们抓住那家伙了——杀死希瑟·瑞恩的谋杀犯。希瑟的父母曾经在网上把一张旧的双人床卖给这个人。结果,希瑟将自己的日记偷藏在床垫里面,被那个家伙发现了。他看了日记,对希瑟着了迷,还跟踪她。希瑟的男朋友,最近跟希瑟刚分手的一个男孩亚当,也遇见过那个家伙。那家伙对亚当扬言自己是希瑟的新男朋友,并说了很多他从希瑟日记里看到的希瑟的私事。然后,亚当就去找希瑟当面对质,而希瑟不承认自己在约会什么新男朋友,然后那男朋友就说:'他知道关于你的一切,他对你的了解比我还多。我还见到过你和他在一起,你走在校园里的时候,他总是在你身边几步远,然后我一靠近你,他就走开了……'总之,希瑟和亚当就这么分手了,然后那个变态就开始行动,估计女孩并没有配合他,于是……"电话里,她的声音很大,听得清清楚楚,甚至即便她没有在说话,都能感觉到每一个单词从电话线里蹦出来。

"哇哦,"我说,"好吧,谢谢你的电话。"

"哇哦?只有这样?你真是个怪胎!"

我看了看谢丽尔,她显然已经听到了电话里全部的内容。"好吧,我释然了,也期待了解更多。并不是我不相信你,但是我想去查看下别的资料。"

"随便!"她说完挂了电话。

"好吧,真是让人长舒一口气,"谢丽尔说,"我现在感觉好多了。"

"为什么?"我问。

"说明那不是你做的。"她嬉笑道。

"你认为是我做的?"

"不,但是你自己觉得是你啊。"

"你为什么这么觉得?"我有一种被暴露了的奇怪感觉。

谢丽尔朝我翻了翻眼。"所以我才会那么喜欢你们这些男人啊,太容易看穿了,"她说,"另外,你们俩绝对是约会关系,"她又说,"她可能不这么想,你可能也不这么想,但我就是知道。"

"你还想去梅西百货吗?"我问。

她摇摇头。"下次再说。"

乔治的生日,我给他买了台苹果平板电脑,里面装了很多孩子们的照片和下载的歌,还有一个太阳能充电器,一起寄到了沃尔特·潘尼名片上的地址。

"生日快乐,老弟。"

我在当地的卡萨诺拉报名了一个学西班牙语的班,和我一起上课的有麦当劳的经理、开景观公司的男人,还有一个"嫁得很好"的女人,她想要更好地交流。

艾希莉学校的护士给我打来电话:"不用担心,只是……艾希莉皮肤感染了。我们和浮士德博士谈过,现在要给她注射抗生素,在此之前要得到您的允许。"

"可以,"我说,"还有什么需要我做的吗?"

"目前还没有。"护士神秘兮兮地说。

当我和艾希莉通电话的时候,我并没有一上来就问关于皮肤感染的事情,相反,我们先聊起了《罗密欧与朱丽叶》,还有她最近正在对肥皂剧进行的研究。

"很不错,"她说,"我从下午一点一直看到三点钟,还做了笔记。我正在写一篇论文,是关于肥皂剧作为当代戏剧在公共广场进行表演的论述,当然,电视也是一种公共舞台。"

"听起来很高端啊。"我说。

"嗯,"她说,"他们会根据每个学生的兴趣爱好布置作业。还有,你知道,就像是,如果你对某样东西真的很感兴趣,你就会去好好研究它。我是说,这就好像是八年级的课堂作业。"

就在我们的谈话快结束的时候,她说:"好吧,最近你可能会收到一封邮件,为了让你能了解实情,我最好跟你说几件事。"她说完停顿了一下,"这不是什么刺青'俱乐部',只是我们三个,我们给彼此手工做了个刺青,不是很大的那种。然后另一组女孩,她们周末外出进城的时候刺了个真正的刺青。所以,我们那一组的乔治娅就觉得我们的刺青应该故意做得丑一点,要像身体上的划痕。她就去查阅古代的划痕文化,我们三个还举办了个仪式,把从肥料里弄来的泥土摩擦在伤口上,因此我才会皮肤感染。这绝对不是我的主意。反正,那些家长看到我们的划痕后都吓了一跳,所以学校就发了那封给家长的信,声明所有的学生、教员都不得再有新的刺青之类的。"

"你的刺青图案是什么?"我问。

"独角兽。"她说,好像这是理所当然的。

我一整个晚上都黏在电视机前,查看阿曼达跟我说的关于希瑟·瑞恩的事情。女孩的父母已经确认那个家伙就是买他们旧床垫的男人,还有,女孩的日记本也在那家伙的车里被发现了,同时被发现的还有希瑟的一大把头发。

我假装成图书管理员,借口要查看阿曼达最近借走的一本书,给他们家打电话。她妈妈接了电话。"晚上好,我是图书借还处的,我想找阿曼达女士,她在吗?"

"请稍等。"

"谁啊?"我听到背景里传来阿曼达的声音。

"你丈夫。"她妈妈对她说,随即把电话递给了她。

"喂?"阿曼达莫名其妙地接起电话。

"今晚吃什么?"

"我偷换了,"她说,"我把星期二的晚餐换成了星期三的,想看看他们会不会注意到。酥炸鸡柳条和奶酪通心粉。他们看都没看,除了就餐坐下的时候,我爸爸说了句:'我们想确认一下这顿饭有没有全麦饼干。''当然有。'我说,但是其实我今晚想做的是天使蛋糕,反正我现在游刃有余。"

"我有个主意:我们何不在你父母家的后院支起帐篷,在里面过夜?"

"为了我父母?"

"为了我们自己。我们可以睡在帐篷里,一起过夜。"

"我从来没在外面睡过。"她说。

"我也是。"

"我总是很害怕那样做。"她说。

"在你家后院也害怕?"

"我姐姐和我有时候大着胆子,带着手电筒,用装蛋黄酱的瓶子装满萤火虫出去。但是,一旦天真的暗了,一旦我们周围房子里的灯都开始熄灭,我就会恐慌,我们就跑进屋里去了。"

"如果我们搭起帐篷,他们会发现我们在外面吗?"

"哦,不会,"她说,"他们从不往外看。"

"星期五怎么样?"我提议道。

"我会好好考虑的。"她说。

"这是个好计划。"我说。挂了电话,我感觉很激动。

我翻出了帐篷、气垫床和电动泵,还有一些睡袋、手电筒用的新电池。我往一个巨大的帆布手袋里装进了喷雾杀虫剂和枕头,还有一个老旧的黑白宝宝视频监控器,这样我们在帐篷里的时候就可以注意她父母那边的动静了。

我们和她爸妈一起用了晚餐。餐后,我悄悄溜上楼,把那台婴儿监控器装好,然后就和它道晚安了。我想我实在太聪明也太狡猾了:我假装从前门离开,然后又偷偷溜到了后院。

我朝着正在厨房里的阿曼达招手。有那么一瞬间,我有一种负伤的记忆错觉。阿曼达戴在手上的黄色橡胶手套使我想起了简,想起了那个感恩节。

阿曼达在厨房洗完碗碟,然后把她父母安置到床上睡觉,与此同时,我正在她家后院里忙着装饰我们的帐篷。我从乔治的地下室找来了圣诞节用的霓虹灯,挂在我们的帐篷里。感觉像是回到了孩童时代一样。我一边装饰着,一边想着阿曼达:我真的了解她吗?感觉她在家里是一个人,到了外面又变成了另一个人——一种典型的室内和户外精神分裂型人格。

九点半的时候,她出来了,立即朝我投怀送抱。她站在我面前,站在挂灯下面,脱去自己的衣服。然后,她突然一阵恐慌,我想可能是因为她听到了什么动静,反正我在监控器里没有发现任何异常。她迅速穿好衣服,跑进屋子里去看看她父母。

与那些被父母照看、检查的孩子恰好相反,阿曼达一直都觉得有什么不对劲,觉得有什么事要发生。然后几乎每隔十五分钟都要进去检查一番:一会儿担心他们会从床上掉下来摔坏了腿;一会儿又担心屋子不透气会累积一氧化碳,担心煤气泄漏会把屋子给炸了;还担心他们半夜里醒来怕黑,或者想要喝水,想来点威士忌或者是半夜想吃点心什么的。

尽管我原本对这个计划很感兴趣,但实际上,它却比我所希望的少了点儿兴致。气垫床湿哒哒的,身下的地面又凉又硬。大约十一点半的时候,我们俩各自辗转反侧,难以入眠,正在这时,我们看到她爸爸模糊的身影出现在黑白监控器里:他离开了他自己的房间。几秒钟后,我们看到他走进了妈妈的房间,掀起了正在熟睡的女人身上的毯子,撩起她的睡裙,爬到她身上。

"看上去他在伤害她。"阿曼达震惊了。

"很难判断。"我说。

从这台小小的监控器里看去,好像他妈妈正试图把他从床上打下去。她拼命拍着他,就好像他是个过于庞大的、讨厌的苍蝇一样,而他紧紧地抱着她,把自己强推进去。

阿曼达呆呆地看着小小的屏幕,从频幕上甚至能看到她爸爸的那活儿从睡衣下面凸了出来。"我爸爸是在强奸我妈妈吗?"

"或许吧,"我说,"我们看看明天早晨他们有什么反应吧!"

"我真不敢相信你能如此无动于衷。"她说。

"我不是无动于衷,我只是不知道此刻我们应该做什么。难道冲进去打断他们?你愿意在这种情况下跟他们面对面吗?或许他们一直都是这么做的,这是他们的一贯方式。记住,我们现在是在监视他们,而他们也是高级公民,他们也有自己的权利,至少,他们中的一个还有某种方面的需求。"

她对我生气了。

"如果你总是这么担心他们,又觉得负担过重,为什么不把他们送去退休养老院呢?"

"你怎么不去死呢?"她尖锐地讽刺我,说完关掉监控器,挪到另一边假装睡觉了。

我每星期在办公室里待三天。现在,我有了我自己的身份卡，可以进出大楼，进出我的办公室和洗手间。我还有一间属于我的小小办公室，里面有一扇很窄的窗户，静兰则坐在我办公室外面的一个格子间里。我常常让她进入我的办公室，大声地读故事给我听。她正在练习英文，听着她用带有浓重中文口音的英语朗读尼克松写的故事，真的别有一番风味。

九个故事已经接近完成状态了。我给它们做了评论，提取出叙事的线索，修剪掉凌乱的只言片语。对于一个像尼克松这样不喜欢说话的人来说，他的小说简直可以说是话痨作品了。

"如果我想联系艾森豪威尔太太，什么方式最好？"我问旺达，"我这里有一个完整的故事，我想建议她把它发表到某些杂志上去。"

"我会告诉她的，"旺达说，"哪些杂志？"

"《纽约客》《大西洋》《哈伯杂志》《名利场》……管他呢，我们甚至可以试试《巴黎评论》。"

"《麦克斯威尼》或《一则故事》怎么样？"旺达问，"你那些杂志都太高大上了。"

我只好说："好吧，我们到处都投一投吧。"并不想让她知道我对她说的那两种杂志一无所知。

"我上过创意写作课，"旺达说着，娴熟地在电脑上打字，"艾太太现在在线，"一小时后旺达对我说。随即，我办公室的电话铃声响起，而在此之前我从未听见这台电话响过。"按那个闪烁的按钮，然后接电话。"

"感谢。"我和艾森豪威尔太太寒暄了几句之后，进入正题，给出我的提议，"如果我们能够先让一小部分故事在杂志上刊载的话，最终会更容易让书出版。这里有一个故事已经准备好可以发表了,但是我在想用什么名字发表?"

"你是什么意思?"她的语气明显强硬了许多,好像觉得我打算用我自己的名字发表。

"理查德·尼克松?R.M.尼克松?R.尼克松?看你想怎样呈现,是明显一点呢还是隐晦一些。"

"有意思,"她说,"让我和我的家人商量商量,然后再告诉你。你能把故事发给我吗?"

"当然。你想要修订后的清样还是注明全部修订痕迹的稿子?"

"都要,如果你不介意的话。"她说。

"我读过故事了。"接下来的星期一,艾森豪威尔太太打电话给我,从容地说,"原稿有一千一百七十个字,而你改过之后还不到八百个字。"

"是的,"我说,"我在这篇上面下了很大的功夫,把它尽可能地精减,变成了人们常说的'微型小说'。"

"你删掉了很多。"她说。

"重要的不是字数,而是影响力。这个特别的故事里词汇量有限,而我不确定读者在读到妙语之前能坚持看多久。"

"鸡巴佬。"她说。

"没错,这就是妙语。"

她顿了一下。"我爸爸写不出那种瞬间即时的幽默感,但是当他愿意释放自己的时候,还是会有些小小的幽默感的。他喜欢在钢琴上敲出歌曲,而这常常令我妈妈抓狂。我们有时会被他的幽默搞到崩溃,有时也会被他逗得哈哈大笑。我到现在还保留着一封我小的时候他写给我的信,非常正式,充满了很多很好的忠告。他总是希望一切都好,但又常常感觉非常孤立。不管他追求的是什么,他都需要找到他自己的出路。他那样的生活对我妈妈造成的损失要远大于对他自己。"她在电话里大声地反思。然后,她突然停下来,随后又像是下定了决心一样说:"好吧,那就寄出去吧,就用理查德·M.尼克松的名字。"

"谢谢你。"我说完,电话就挂了。

我草拟了一封荐稿信:

亲爱的特瑞斯曼女士:

　　见信好。请查收来自一位伟大的历史人物写的短篇故事。最近这几个月里,我非常荣幸并愉快地负责将著名的R.M.尼克松的一篇小说集整理出来。尽管长久以来大家都知道,尼克松曾对各种各样的事情留下大量的笔记,但是直到最近,我们才发现了一系列特殊的笔记,里面有尼克松亲手书写的大量文稿,这些文字让我们对他有了更全面的认识。您是第一个读到这个故事的人,因为《纽约客》是我能想到的最适合刊登这篇文章的地方。我会屏息静气地等待您的回应。

提前感谢您

哈里·西尔弗

我的手机又响了。"我还没准备好要公开,"她说,"我希望你继续你的工作,然后等所有这些工作都完成后,我们再进一步谈谈。"

"当然可以。"我说。希望的气球被戳破了。

里卡多来我这里住了一个礼拜。我每天开车送他去学校上学，然后学校的班车会把他送回家。我们的家规是：星期一至星期五不准看电视，不准打游戏，不准吃糖。

"那我能喜欢上这里的什么呢？"他问。

"有我关心你啊。"

下午我们一起玩耍，我陪他做作业，然后我们又一起带泰茜散步。我检查了他的拼写和数学，确保他每天洗澡，按时服药。乘坐巴士回家之前，我给他做了午餐，还一起打包了零食，供他在路上吃。到了这星期末，我发誓里卡多做得越来越好了。我不确定这感觉是否真实，还是只是我越来越习惯他。

我给社会服务部打电话，看看我申请的养父母批准流程进展得怎么样了。"我们只能说，您的档案文件已经在我们的系统里了，"电话那头的那个女人对我说，"您准备好您的推荐信、清算票据、银行信以及精神病评估单了吗？"

"我在等你们告诉我下一步该做什么呢。"

"别等我们啊，您自己继续，我们总会追上您的。"

"好吧，那么，你有没有什么推荐的精神病医生？有没有什么是你们'系统'里的？"

"不知道。我是新来的，我以前是在机动车委员会工作的。您等等，我去帮您问问。"

我等了很久很久。

"我找不到任何我认识的人，所以查了一些已经被批准的家庭的档案，这里有一些他们用过的医生的名字。"

我记下了她提供的医生名字，一个一个在谷歌上查了一下，然后给离我办公室最近的医生打了电话。

表弟杰森给我打电话,说他最近收到了一封来自乔治的邮件。"这不是很奇怪吗?他不是应该待在监狱里吗?"

我没有说我给乔治买了台苹果平板电脑作为生日礼物。

"他还在脸书上加了我,并给我发了条信息说:'我一直都知道你是个同性恋,如果我在家庭聚餐上拥抱过你,我向你表示抱歉。'我还在想他会不会是真的改过自新了。我不会把这些当真,但是他确实道歉得太具体了。我说了谢谢。昨天他给我写信,说我脸书上的所有朋友都很有男子气概,并且长得很好看,打赌我肯定'获益匪浅'。我不知道该说什么好,所以没有回复他。今天我又收到他的信息,问我是否认识什么住在'圣地'的有银行账户的人。"

"他的邮箱地址是什么?"

"Woodsman224@aol.com。"杰森回答说。

我记了下来。

"我还在想他是不是参与了某种狂热崇拜组织,或者身处一些奇怪的活动里,又或者他的邮箱被黑了。我之前就遇到过这种状况,邮箱被盗了,我所有的朋友都收到一封邮件,说我在伦敦被绑架了,让他们给我汇些钱过来。我的一个哥们儿真的为此损失了两千美金。"

"我会调查清楚的,"我说,"你还好吗?"

"我很好。"

"你妈妈好吗?"

"如你所期待的一样好。"

"杰森,你愿意什么时候出来一起吃顿晚餐?"

"在城里?"

"是的,"我说,"那样就太好了。"

"没必要搞得像什么大事儿似的。"他说。

"当然不会。"我说。

"随便在哪儿吃点就行了。"他说。

"好,随便吃点儿。"我回应。

"我没有别的意思,只是想问你是不是有什么具体的事情?"杰森问,"我的意思是,是不是有什么议程,或者什么具体的事情是你想跟我谈的?"

"没有,真的没什么事儿。"我说。

"那就好,"他说,"我们可以择日再约,不是现在,是择日再约吧!"

"行,"我说,"等你方便的时候告诉我。"

我挂了电话,想着,我需要给乔治发邮件吗?还是我应该联系美国在线①查看一下这个账号是不是乔治本人的?我不确定自己是否愿意通过如此轻而易举得来的方式和他"联系"。于是,我继续一边不停地在乔治的邮箱地址上画圈圈,一边纠结,很快那一块被我涂成了花一样的圈圈。我把这张纸贴在了冰箱旁边的墙上,以防万一……

艾希莉学校的领导莎拉·辛格又给我打来电话。"我就不跟你绕圈子了,"她说,"我觉得出于为艾希莉着想,这个地方已经不适合她再待下去了。"

"你是要把她赶出去吗?"

---

① 美国在线的英文名为 AOL,即乔治邮箱的登陆网站。

"我们是在保护她。"

"保护她什么？免受你们员工的侵犯？"

"还有其他的学生。这事情已经变得越来越丑陋了，艾希莉值得拥有一个更愿意接纳她的环境。"

"我们能不能不要把脏水都泼到一个孩子身上？你是要把一个因为妈妈的死而难过挣扎、家庭也随之崩塌，还被一个你们的当权者、一个本应该起到安慰作用、成为一个道德罗盘的老师所侵犯的孩子归为病态吗？"

"她已经和那些同性恋和双性恋者一伙了。"

"我不知道你们学校里还有帮派啊？"

"不是帮派，而是一种喜好倾向。她被那些同性恋学生还有一些性取向不明的孩子吸收了。坦白说，我不觉得这个地方适合她。而且，这事儿开始变得有点走样了，搞得像在比赛看谁能对她表达更多同情和关心一样——就像那种实验，孩子们照顾一个鸡蛋一周，精心呵护它孵化出小宝宝来……在这个问题上，不同派系之间互相争夺着照顾艾希莉的权利，而你可以想象，校方只能对这件事采取放任自流的政策。"

"这是在含沙射影吗？"我喃喃道。

"是时候考虑一些别的选择了。如果她早晚要离开，那么事情就好办多了，可以给别的学生一个愈合的机会。"

"你希望她什么时候离开学校？"

"越早越好，"她说，"我知道剩下的学年也没有多少时间了，但是事情总是会被揭发的。我准备为你提供全额补偿金，外加下一学年的全额学费，一共是七千五百美金。而且我们还会为她提供一封非常有力的推荐信，建议她在本学年的最后阶段做一些实习。她可以继续探索她在肥皂剧方面的兴趣,我有些朋友可以帮得上忙。艾希莉曾经提到她想在纽约的剧院工作,正好我之前的大学同学是在斯卡斯戴尔①开木偶剧院的,是当地的社团剧院,我想对艾希莉来说也许是个不错的选择。艾希莉可以凭她在那里的经历写作她的期末论文,结合她对剧院和木偶剧的体验以及对肥皂剧的论述之类的。"

"对一个十一岁的孩子来说,这想法听起来可真够有雄心壮志的啊,"我说,"艾希莉怎么想?"

"她现在正在房间里收拾东西。那些双性恋的孩子在帮她搬重物。"

"好吧,我觉得七千五百美金不太能够实现你的计划。"我说。

"什么叫'我的计划'?"

"考虑到的不仅是对她的学业造成的损失,还有对她的情绪影响、名誉侵犯……"

"我可以给你涨到一万五千美金。"她没等我说完就打断道。

"两万五,我们的谈话才可能继续。"我说。

"我需要跟董事会的人商量。"

"除非我们拿到保兑支票,否则艾希莉不会离开。"我说。

"我可以晚点再给你打电话吗?"

"非常愿意。"我说。挂了电话,暗暗为自己能够代表艾希莉对他们如此强硬而感到开心。

一个小时后,莎拉·辛格又打了回来,"明天中午之前我们会准备好支票,今晚我会让艾希莉跟我待在一起。"

---

① 美国纽约州韦斯切斯特郡的一个富裕小镇。

"作为人质吗?"

"保证她的安全,"她说,"还有,我们要让你和艾希莉签一份保密协议。"

"我会签的,"我说,"但她不行,她还未成年。"

在我完全答应这项实质性的财务安排之前,我觉得自己有义务跟海勒姆·P.穆迪合计一下这件事情。我尽自己最大的努力解释了事情的原委,正想说我对这个安排很满意,觉得自己做得很不错的时候,穆迪来了一句。

"他们只给了你两万五千美金?"他说话的口气明显带着某种不可置信的戏谑。

"显然如此。"我说。

"什么条件?"

"我答应签一份关于这次事件的保密协议。"

"我猜那就意味着你不能够对此提出控告。"

"我不想让孩子经历更多的复杂情况。"

"你真的知道发生了什么吗?我是说,如果他们愿意给你两万五千美金,你就应该去想一想他们是不是有什么情况瞒着没告诉你了,比如说:那个女人会不会有性病?"

"要是他们真的故意隐瞒什么的话,那就是更大的问题了。但是我觉得,他们只是对这事儿感到尴尬,他们关心的是自己学校的名誉。我会去核实一下的,有消息再跟你联系。还有,你整理一下告诉我税务方面怎么弄合理,是不是要诉诸信托,还是有什么更好的处理办法?"

"当然没问题,"他说,"还有,原谅我,我之前提到性病举例子并没有要冒犯你的意思。"

"是没有冒犯的意思。"我回答。感觉我们的对话有点儿怪怪的。我挂了电话,深呼一口气。

我去学校接艾希莉的时候,她的两只胳膊上都还缠着纱布。"是为了戏剧性效果吗?"

她摇摇头。"脓汁。"她说。

"是你要求用纱布这么缠起来的?"

"不是。"她说。

莎拉·辛格和艾希莉拥抱告别,好像一切如常。在她们拥抱的时候,辛格太太递给我一只薄薄的白色信封袋。

"这是什么?"艾希莉眼尖地看到了问。

"你的实习资料。"莎拉·辛格毫不犹豫地回答。

在我看来,艾希莉并不知道自己被学校赶出来了,她可能只是以为自己赢了个什么奖励,从而可以享有特权早点离开学校,并得到在一家木偶剧院里实习的机会。她的一些朋友们穿过校园,满眼含泪地上来——和艾希莉拥抱告别。

"记得给我电邮。"

"要发短信。"

"要记日记。"

"再见。"

当我们的车装着满满的东西行驶在回家的路上时,我对她说:"艾希莉,够了,这一切都该结束了。我们现在得把你拉回轨道上来了,什么拉拉恋啊,什么部落战争标记啊,这些都有点失控了。"

"这里是寄宿学校,你还指望什么?"

"我们可以带你去看看医生。你或许需要服用一些药物。"

"我已经打了抗生素。"

"我是说一些别的药。或许前几个月发生的事情实在太多了,如果没有药物的支持,你可能会觉得很难处理。"

"我觉得很好啊。从那次'事故'发生之后,我一直有点害怕,大家都这么叫那件事,因为没有人知道怎么说才好。但是除了那件事,除了我原本进展得完美而正常的生活,以及突然之间爸爸就杀了妈妈,然后蕾妮女士又让我的人生变得异常激动之外,现在,我的手臂上又长了这种黏糊糊的东西,还有我的一条大腿上也有,这个只有你和某些女生知道哦。反正除了这些之外,我没觉得自己生病了或者别的什么。"

我突然一个急转弯,才好不容易避免撞上一只正在过马路的笨拙的土拨鼠。"当然,"我对艾希莉说,"我也是这个观点。对你来说,要处理的事实在太多了,有些药物会让你感觉好受很多。你有很多的潜质,而药物可能会让你的生活变得轻松一些。"

"是让我变聪明的药吗?每个人都说我很笨。"

"你不笨。谁说你笨?"

"爸爸。"她说。我们之间沉默了良久。"我不想变成药罐子。"她说。

"我也不想你变成药罐子。"我说。

"这难道不就是成为药罐子的开始吗?我才十一岁,"她说,"还很年轻。"

我们安静了一阵子。

"我想去打耳洞,"她说,"妈妈说我可以打。可以吗?"

"不可以。"

"求求你了。"

"或许吧。"

"这周末行吗?"

"再说吧。我不确定这种时候我给你这类奖励是否合适。"

接下来的三天里,她不停地晃着我的胳膊央求我:可以吗?可以吗?可以吗?于是,到了周末,我带她去了商场里的礼品店,这是一家有点像我们以前常说的杂货店类型的礼品店,卖卷纸、多孔岩钉,还卖吉米·亨德里克斯①的T恤衫,还有各种标志,但是有一个区域是专门卖新奇情色用品的。招待我们的女孩浑身上下都打满了洞,鼻子上、眉毛上、嘴唇上,连舌头上都有,以至于当她开口说话的时候,很难听清楚她在说什么,总觉得她口齿含糊不清。在等她找穿孔枪的时候,我悄悄跟艾希莉说:"看,要是你做完全的自我装饰打洞后,你也是这副样子的。那样,等你长大了以后,你就可以在商场里找到一份工作了。"

艾希莉看着我的样子好像在说:我不明白你的意思。

"我只是觉得这副样子很难做其他的事情,比如进大学啊,找一份真正像样的工作啊,除非你的大学毕业论文是关于拥抱本土文化和阴蒂切除术的。"

"采取什么?"

"算了。"

---

① 吉米·亨德里克斯(1942–1970),摇滚音乐史上伟大的电吉他乐手、歌手、作曲人。

沃尔特·潘尼打来电话。"搞什么鬼啊！"我一接电话他就用满是愤怒的口气对我说。

"谁？什么？"我不明所以。

"潘尼，"他说，"沃尔特·潘尼。老兄，你给自己惹了大麻烦。我要好好修理修理你，你会觉得非常痛苦。"

"我觉得你可能拨错号码了。"

"我他妈怎么会拨错号码？"他大吼道，"我打电话来就是要朝你吼叫的，你这个无知的白痴！"

"到底出了什么问题？"

"国际军火交易。"

"我一点儿都不知道你在说什么。"

"你当然不知道，我压根就不指望你会知道什么！我们直截了当地说吧，你是不是曾经给你弟弟寄了台苹果平板电脑？"

"是啊，当做给他的生日礼物。我想让他看看孩子们的照片应该很不错，或者有时候他在树林里迷路时可以有地图查看，或者在寒冷难挨的冬夜里可以放部电影看看。很难想到该给乔治这种家伙送什么样的礼物。"

"你为国际非法贸易提供了硬件支持，我们可以凭这一条把你送进监狱去。"

"那当然肯定不是我的本意。"我说。

"打开你的邮箱，我给你发了些东西。"

我跑去书桌边，按照指示打开了邮箱，发现了一系列用红外线航空拍摄的乔治手拿苹果平板电脑的照片，还有个家伙在旁边紧紧盯着乔治的肩膀。

"那是你的弟弟吧？"

"看上去没错。另一个家伙是谁?"

"以色列军火商。"沃尔特·潘尼说。

"他怎么会在这张照片里?"

"他是我们这里的一名同狱犯人,来自新泽西州。"

"但你说过这个项目只接受那些核心型的人物,没有那种普通白领……"

"别发牢骚了。这家伙以前是二手车经销商,也是新泽西州的犹太人黑手党,后来离开家乡去干以色列军火交易了。等他回来以后,发现自己的老婆被另一个男人霸占了,他就当着所有人的面,在自家的餐桌上直接射杀了那个男人。最难办的是,我们并不想把某个以色列突击队员列入我们的标准编制里。你他妈凭什么认为你可以给你弟弟寄'礼物'呢?"

"我之前没想到送个生日礼物会有什么大不了的。"

"你给他们打开了一个通往自由世界的港口,混蛋!这些家伙现在成了亚马逊的主要客户,每天都有东西送来,食物、衣服和色情杂志。"说着他停止了咆哮,发出一声长长的叹息,"从哪儿开始呢?"沃尔特说,"现在这已经是一起联邦事件了,属于特勤局、联邦调查局、中情局的管辖范围了——事情就是被搞得这么大。你能想象有多少只眼睛盯着那个我努力很久才弄出来的小小的飞行员项目吗?就是那个有木质纹理、黄绿红黑四色印刷标志的项目!你知道他们有多想看我早点关门吗?我对你很失望,西尔弗。我们见面的时候,我还以为你蛮有头脑的,你装得好像是个思考家。而结果呢,你不过是又一个白痴!"

"我怎么做才能弥补这一切?"我问。

"我们会想出个计划来的。"沃尔特说。

"我设置的是自动支付,我可以把支付功能取消。我现在就把它取消,我很乐意。"

"别做任何事,我们不想引起他们的怀疑。让我先和其他人商议,我会再联系你的。但是现在,没有我的批准,你什么都不许做,不然你绝对会被关进监狱。哦,还有,帮我想想有什么东西是乔治喜欢但是在亚马逊上买不到的。"

那之后,没过几天,沃尔特又给我打来电话。"我已经和有关部门——特勤局、国民警卫队和联邦调查局沟通过了。我们准备拿你作为诱饵,把以色列人引进来。"

"随你差遣。"我说。

"你要用你从杰森那儿得到的乔治邮箱地址给他发邮件。"

"你知道杰森?"

"他是个好小伙。"沃尔特说。

"他也被卷入到这件事中来了?"

"我们会利用一切可能的资源。"

"你也侵入到我的邮箱了?"

"首先,先停一下,"沃尔特说,"告诉乔治,你星期五晚上会开车去他那边,让他签一些文件。"

"但是我星期五要去公司,里卡多星期五也要过来,在这里过周末。"我说。

然而,沃尔特·潘尼并不关心我在说什么。"告诉乔治,从星期五六点到星期六六点之间任何时间,你都可以见他。"

我按照潘尼的指示发了邮件,乔治很快回复我说他可以在星期五落日之前或者是星期六落日之后的任何时间里见我。我立即给沃尔特打电话。

"该死！"沃尔特说，"这更加确认了我的怀疑。你弟弟正在实践犹太教教义。他和连尼正在遵守安息日：这就是我们看到的他们在星期五晚上做的事情了。联邦调查局那边无法确认他们在干什么，只说他们点亮了某种照明弹，然后静坐不动，好像在等待什么事情发生一样。联邦调查局的人无法识破他们在做什么。"

"是那个新泽西州的二手车贩子让乔治迷上了宗教吗？"

"男人们只要待在一起就会干出些奇怪的事来。"我听到电话的背景中有其他人在说话，"都是些大男人。听到我的指示之前，你什么都不要做。"

与此同时，我的邮箱里又收到来自乔治的另一封信件："你来的时候，顺便把我的丝绸内裤带来，就在楼上左边的抽屉里。再带些厨具来，锅碗瓢勺之类的。哦，或许再把妈妈以前的旧烛台也带上，不要银质的，玻璃的就行。"

过了一小会儿，手机铃声又响了起来。"你想好了什么特别的礼物吗？什么是乔治在亚马逊上买不到的东西？"

"莉莉安姑姑的巧克力薄饼。"我说。但是我并没有告诉他，我既没有她做的饼干，也没有制作这种饼干的食谱。

"他们好像搞了个边界线，你弟弟和那个叫连尼的家伙，他们在那里开了个综合商铺。那些坏小子把死鸭子拿过来，跟他们交换好时巧克力。他们用亚马逊的送货纸盒建造了一个城中城，反正目前我们的摄像头无法深入其中。我们在想他们是不是用河里面的某种泥巴建造了城堡。"

"是粪，"我说，"草和粪。"

"屎？"潘尼问。

"没错。"

于是，接下来我的秘密任务就是，制作莉莉安姑姑的饼干和饼干罐。我先去了趟便利店，买回了一听丹麦黄油饼干。回到家，一边遛狗一边踢那个饼干罐头，再把罐子放进洗碗机里弄干净，然后放进了干衣机里和一捆毛巾一起高温烘干，基本上就是竭尽可能地摧残那个罐子，以便能够迅速达到那种日久经年在罐子上形成的绿锈。我买回了小份半甜剂、半份核桃仁碎粒、黄糖、白砂糖、香草、黄油、面粉、盐和烘焙苏打。还有，记得最重要的，艾希莉告诉我的，要加一勺热水。最后，我做出了和莉莉安姑姑著名的饼干一样大小、色泽和颜色的，冰球大小的"趣多多"。我将做好的小饼干放在那里风干。每一天，我都发现饼干比之前少了一些，不过我对家里的可疑"犯人"并没有说什么，只是会默默记住究竟还剩下多少块饼干，并对"有瑕疵"的饼干实行"买赠服务"，其实味道一点儿没区别。

最后，等我搞定了全部细节问题，我打电话给里卡多的小姨，告诉她我会在城里工作到很晚，问她能否来家里照看一下孩子们。

"当然可以。"她说。

接下来，真正疯狂的剧情就要上演了。那天之后，我仍会怀疑这一部分是真的发生过还是只是我梦中的情节。

我按照指示，开车数小时到达了一个地方。我一到那儿，就被一辆便衣警车领着进入了一个废弃的飞机跑道，跑道上点着蜡烛，就像电影中的布景一样。泥泞的跑道上停着一辆小小的私人飞机和两架军事直升机。等我到达那里的时候，天色已经从蒙蒙亮变成了一望无际的黑暗，这是一个没有星光的夜晚。附近的草丛里停着几辆黑色的便衣警车，四个穿着尼龙夹克的男人，还有十多个全副武装的国民警卫队的人，特勤局的人穿着马球衫和卡其裤，尽量显得低调。还有两个身份不明的男子在那里，我猜可能是联邦调查局或者中情局的人。沃尔特·潘尼拿着剪贴簿，脖子上系着个口哨，看上去像一名教练在准备着接下来的重大比赛似的。一盏巨大的探照灯为这块场地照明，旁边甚至还有一台银色的小吃车在提供咖啡和甜甜圈。

我拿出一个九厘米乘十二厘米大小的信封，里面装的是要给乔治签字的文件，有转学同意书、银行报表、孩子们夏令营的健康检查表和抵押贷款文件等等。

"这些都是真的？"沃尔特问我。

"大部分是，"我说，"那么，你们的计划是什么？"我问。

"我们需要那台平板电脑还有以色列人。除此之外，你知道得越少，对你越好。"

我注意到有几个人在我的车上装东西，车的引擎盖和后备厢都大开着。

"我会让你带两百磅蜂蜜糖进去，"沃尔特·潘尼说，发"蜂蜜糖"这个单词的时候，他显得面有难色，好像之前对着镜子练习过一样。

这激发了我一瞬间的闪回记忆——文化敏感。"又来了，你们的人都不学习吗？"

"你在说什么啊？"潘尼叫嚣着。

"伊朗门，"我说，"奥利弗·诺思，罗伯特·麦法兰，还有伊朗门事件。他们送去了一本有罗伯特·里根亲笔签名的《圣经》，还有一块做成钥匙形状的巧克力蛋糕，是一个以色列人烘烤的，依旧如此。"

"我还是不知道你在说什么。"潘尼说。

"你或许不知道，但我知道，"我说，"蜂蜜糖的意义是什么？"

"我觉得这对那些人很有吸引力，又是高脂肪，对那些家伙很有好处。而且，这东西可不是政府会轻易分发的，因为有管制，不准提供坚果和种子类的食物。无论是在学校食堂的午餐里、医院里还是老人院里，你都不会吃到这种食物。所以我觉得这些土著鸟也会喜欢。如果这些人喜欢，我们还能给他们提供更多。我们准备了好几吨，不骗你。"

"你觉得我在执行任务的哪个环节可以说'哦，我还有两百磅的中东甜食，还是犹太食物，就在我的后备厢里，你们有兴趣吗'？"

"见机行事。"其中一个身份不明的男子凑上来说。

"还有，为什么有这么多机构参与进来？"

"这是一桩涉及到众多金钱的国际交易，还包含一些被认为是最高机密的信息，而对你弟弟和那些以色列人来说，这些似乎太容易得手了。"沃尔特说。

"你觉得他会不会是个间谍？双重间谍？"

"我认为现在是该闭嘴做好你自己的事的时候，"那个身份不明的男人说，"有一点要注意，当你和你弟弟或者其他那些家伙在一起的时候，一定要确保你和他们之间有一定的空间，你不想连带受伤吧！我们的战士都是全副武装的，子弹都是实验性的小弹头。我们正在研发一种以甘油为基础的产品，带有某种注射性，这样我们就可以按照需要在弹头上添加额外的毒剂了。"

"毒剂？"

"类似神经性毒剂，或是一种生物毒剂，亦或是一种催眠性药物。你没什么可担心的……"

沃尔特·潘尼叙述了一遍事情的经过："这周刚开始的时候，我们投下了一个标记，会发出一个信号，这也是为什么你可以开车进去。我们在你的车里放了个导航系统，会为你引路。我们给操作员也使用了同样的标记。"

我肯定一脸茫然。

"战士，"他说，"你的车已经被我们连线了，里里外外都安置了监听设备。全程都不要跟我们说话。进去后要开两里半的车程，要走一条满是车辙印的路——与其说是路，不如说更像是小径吧。"

事情突然迅速开展起来。我被推回到我的车里，他们把我赶走了。

道路黑暗且幽深，感觉像是驶进了一条看不到任何希望的隧道。车头灯照在前方似乎，只能维持不到半秒的时间，而我甚至都还没反应过来。我只能这样照着导航系统上那微弱的小光点盲开，好几次我被横在地上的树挡住，被迫偏离了轨道，又不得不绕圈再开回来。

等我终于开到了那个地方，我甚至还没来得及关掉导航系统，它自己就灭了。下车之前，我开了两次双闪。

我听见灌木丛中有声音。乔治从路旁跳出来，站在了我的车前灯前。他看上去气色不错，透着一股粗犷的、星期天清晨的红润。

"嗨，乔治，你好吗？"

他走上前来要拥抱我，这举动似乎太不符合他一贯的作风。

"你是在拥抱我呢？还是要把我拍倒在地？"乔治没有回答，"很高兴你收到了生日礼物。"

"信号很糟糕，"乔治说，"要是有云朵覆盖在头顶，我就一点儿信号都没有了。"

"能看吗？"

"慢，非常慢。"

"我能看看吗？我还没亲眼见到过呢。"他拉开夹克衫的拉链，取出平板电脑，感觉那玩意儿是在阳光下闪光。"这真是个美丽的小东西，对吧？"我用手指随意地点了几个应用。

"怎么拍照？"我问。

乔治点了个什东西，孩子们的照片就打开来了，随之一起的还有一些枪支和其他军事用品的图片。

"什么东西？"

"就是些玩意儿，"他说，"记得我们以前玩军事游戏'霍根的英雄'之类的吗？"

"记得。"我说。

"我又找回来了——在这儿也没太多事儿可做。"

"有意思，"我说着，戳了一下他的邮箱，一封用希伯来语写的邮件跳了出来。"没戴眼镜很难看清。"我假装并没有意识到这邮件里的文字是另一种语言。一直到我看到写着阿拉伯数字的导弹装置，以及一些来自以色列的邮件，我才开始理解沃尔特·潘尼告诉我的那些事情。在此之前我一直都不相信，以为那可能只是乔治玩的一些疯狂的游戏，毕竟乔治一直都喜欢成为大人物，做些独断专行的事情，战争游戏就是他童年时的最爱。

"太他妈慢了。"乔治说着，一把从我手里夺过平板电脑，拿在手中晃了晃,就像是在晃一个神奇的画板。

"我肯定他们很快就会出一款较快的,"我说着,从信封袋子里取出需要他签字的文件,"抱歉还要用这些东西打扰你,我一直打不通你律师的电话。"

"我也是,"乔治说,"他都不回我的电邮。"

"你需要我四处帮你打听打听,给你找个新律师吗?"

"也许吧。"乔治说。他用汽车前罩当写字平板,在上面一张接着一张龙飞凤舞地挥写他的名字。

我开始放松警惕了。

"你带了我的内裤吗?"他问。

"带了。"

"很好,"他说,"这里给的玩意儿都是垃圾。政府配给的乔基裤①老是会摩擦大腿,弄得你生疼,都不能跑起来,太他妈约束人了。我可是大球球。"他说。

"嗯,你常常这么说你自己。"

"锅子和盆呢?"他一边签字一边问。

"拿了。你常在这儿煮东西吗?"

"这儿可不是达美乐披萨三十分钟送达区。"

"你都做些什么?"

"芝士酱汁和花生酱,还有很多很多的面粉、黄油、芝士、花生黄油和意面。糖不多了,我们需要更多的糖。你带糖了吗?"

我从口袋里掏出两包喝咖啡用的袋装糖。"就这么多,你要是早说,我就会多带些了⋯⋯"

---

① 男士三角裤

还没说完他就打断我,好像赶时间似的。"烛台呢?"

"我只找到这个,"我将烛台递给他,"这是简的。"

他接过烛台的感觉好像这是最最重要的一个部分。"火柴呢?"

我打开副驾驶座的车门,在里面的贮物箱里翻找,东西都掉了出来。

"把照明弹给我,"乔治说,"我可能用得着。"

"这又不是该死的'不给糖就捣蛋',"我嘟囔着把照明弹以及我打包的路上吃的零食剩下的部分都给了他。乔治从汽车杯座上拔出我喝剩一半的可口可乐,一股脑喝了下去。

"爽!"他说,"这味道,简直是上帝的甘露。我真希望他们在这地方安个可口可乐机。"

"我给你带了份礼物。"我说着,掏出了准备好的饼干罐。乔治立即显得既兴奋又专注。

"这是莉莉安的罐子?"

我兴冲冲地点点头。

"她怎么了?死了?"

"这是借来用的,她很好。"我突然有些恐慌,之前我并没想到这一点,我怎么会拿来莉莉安的饼干罐呢?我只想到莉莉安的饼干会是个很好的诱饵。

我骄傲地打开饼干罐。我复制的一模一样的皱巴巴泛黄的油纸,饼干尽管显得有点苍白,但上面有着丰富的巧克力碎片和核桃仁碎粒。

"多少?"乔治像孩子一样不知所措地看着我问,好像并没有意识到,如果他想要,这一整盒都可以归他。

"两块?"我建议道。

"每个人?"他问。

我耸耸肩,想象中以为是他要两块我也要两块的意思。

"它们是洁食吗?"乔治突然问。这倒是让我有些猝不及防。

"我不知道莉莉安是不是还保持着洁食的习惯。"我说,表现出一脸真诚的迷茫相。

"我想她会的。"乔治说,一脸相信的表情。

他的朋友连尼突然从我背后的树后面跳出来,跳到我身后,吓了我一大跳。"你就是那个白痴啊?"

"这是连尼,"乔治介绍说,"他是我们这个行动的一份子。"

我抱着饼干盒。"你想来一块饼干吗?"我问。

然后他们就突然出现了,他妈的像蜘蛛人一样从天而降,我的饼干盒飞出去。一瞬间,这里到处都是人,他们的红外线护目镜像昆虫的大眼睛般发出小小的红色闪光信号灯。到处都是烟雾,什么也看不清楚。有什么东西顶了一下我的屁股,我整个人被顶得跪倒在地,脸栽进了泥土里,感觉眼睛都要烧起来了。我的周围一片骚动,又突然变得悄无声息。我能看到的是就像白色泡芙一样的模糊物体在上面飘着,然后我意识到,那是乔治的丝绸内裤,在直升机的上升气流中被吹得一鼓一鼓的。隐约中,我看到乔治冲在前面,全速前进,头部在流血。

事态以迅雷不及掩耳之势发生了,又迅速地结束了。

以色列人走了。

我爬进车里,坐在前面的座椅上。"你们弄瞎了我。你们他妈的要把我弄瞎了。"我一边咆哮着一边用手拼命揉搓自己的眼睛。

"你会好的,留在原地不要动,"沃尔特·潘尼空洞的声音对我说,"别再揉你的眼睛了,那只会让情况更糟。"

"留在原地多久?"

"几个小时,或许到明天早上。"

"和这些死人在一起?"

"他们没死,只是在睡觉。"

"你不能把我就这么留在这里。要是他们醒来后生气了怎么办?要是你漏掉了什么人怎么办?要是有人想抢走我的车怎么办?我是公民,我有自己的合法权益!"

我听到有很多人在说话的背景声,有个人好像在说:"玩伴正在变成金枪鱼三明治,想要送回家。我们能派个人去送他吗?"

我开始狂按喇叭。

"等等!"

"你们不准备来接我吗?操你妈!"我说着,又按了下喇叭,"操你妈!操你妈!操你妈!"每骂一句"操你妈"我就按一下喇叭。

"你的麦克风是设在喇叭区域的。如果你不立即停止,我会拔了你的屁股。我们两分钟之内就送个人去你那儿,别再哔哔了!"

我听见直升机迫近的声音,但眼前依然一片漆黑,我的眼睛刺痛,只能模模糊糊地看到他们将一个全副武装的男人降落下来。他拧开一瓶矿泉水,那架势就像是在战争时期能避免让你渴死的疯狂矿泉水广告片似的。战士降落地面,解开身上的安全带,猛地一拉,上面的人松开了他。战士走到驾驶座一边,像黑暗中闪闪发光的巨大昆虫一样,打开了车门,拧开瓶盖,直接喷了水在我脸上。"感觉好点了吗?"他问。

我感觉很难受,艰难地爬出车子,转了一圈,爬到副驾驶座上坐好。

"你只剩下半加仑汽油了?"他发动引擎时说。

"我来的路上好像没有任何加油站。"

他发动汽车,我们开车上了路。"你的方向对吗?"我问,"你怎么还不转弯?"我边说边用衬衫擦我的眼睛,但是这样并不顶用,无论我的眼睛里沾了什么,肯定也沾到了我衬衫上。

"嗨!你的大脑在吃屎吗?"沃尔特·潘尼的声音突然出现在话筒里,"那白痴是对的,你走错方向了。"

"不好意思,"战士说,"我有点路盲。"他赶紧掉转车头,踩上油门。然后,不多久就出现了一声巨大的碰撞声,倒不是因为声音很响,而是因为撞到了什么东西。

"那他妈的是什么东西?"沃尔特·潘尼问。

"我想我撞上了动物。"战士说。

"让我们祈祷只是动物而已吧。"沃尔特说。

"我想我们可以继续前进。"战士说。于是,我们缓慢地爬到了终点。一路上,我发现还有两辆便衣警车,一路护送我们回到部署区。

我爬出车子。有人递给我一瓶眼药水。等我清理了眼睛之后,第一眼就看到我那已经被撞得有明显凹痕的车罩、撕裂了的挡泥板、挡风玻璃上的一道裂痕,还有血迹残留在上面。

沃尔特·潘尼走到我这里来,看了看车,从他的马尼拉文件夹里取出了白色的索赔申请表。"我总是随身带几张这个。这是政府用的索赔表,跟遭遇车祸的表格一样。政府是自带保险的,这张表格适用于一切。但是,有一个问题,"他拿着表格在我面前晃了晃说,"必须是你自主驾驶的时候才有用。你是自己车开出来的吗?"

我一脸茫然地环顾四周。那个战士已经消失不见了。

"你自己开车出了林子吗?"沃尔特又问了一遍。

"显然啊。"我说。

"独自一人?"

"差不多。"我说完,一把夺过沃尔特指间夹着的表格。

"那这张表适用于你的车和你自己。"

"你打我啊。"我并没有特别对谁说。

"这辆车,你自己,全都写在同一张发票上。"沃尔特·潘尼说。

"是擦伤,"一个身份不明的男人说,"我看了回放录像。"

"你长得太像你弟弟了。"一名战士说,就好像这理由足以解释一切似的。

我甚至都没问那些以色列人去哪儿了,但我注意到之前的一辆便衣警车不见了。"可以了吗?我可以回去了吗?"

"可以,"沃尔特说,"别忘了给你的车子加油。"

我被人护送到了高速公路。一路上没什么车,这感觉很诡异。我以每小时八十英里的速度往家的方向飞驰。我本想开得更快,但这破车只要一超过八十英里的时速就会发出扰人的噪声。

我浑身发抖,想打开车里的空调取暖,但一点儿效果也没有。我弯下腰,发现坐垫是潮湿的。我又"咯哒"一声打开了航图灯,发现坐垫上湿漉漉的,是一摊深色的血迹。

外面,天开始微蒙蒙亮了起来。我不知道现在几点了,因为车里的钟停在了三点四十三分。回家之前,我绕了个路,开到当地的一家医院。我在医院的停车场里给里卡多的小姨打电话,说我可能会比原计划晚一点到家,并发现手机上有六条未读信息,都是艾希莉和里卡多发来跟我打招呼、跟我说的笑话以及问我什么时候能回家的信息。

一名保安走到我车窗边。"不能停在这里,"他说,"这里是病人专用的停车位。"他指了指指示牌对我说。

"我的屁股在流血。"我说着下了车。保安把我送到了门诊护士那儿。

"发生了什么事?"护士问。

"我中枪了。"说完我就昏倒在地。醒来的时候,我整个人脸朝下趴在轮床上,屁股露在空气中,有人在对着我的屁股拍照。我无意中听到他们说已经照过医学影像了,很幸运,里面没有发现弹片的痕迹。

"我们准备清理,"医生说,"实在没什么好缝合的。"

"我弄了台新的数码相机,我可以把旧的那台带上。"有人说。

"打算怎么弄?"另一个家伙问。

"不知道,反正比这块垃圾好。"

我的屁股还展示在外面,而他们就在那儿肆无忌惮地聊天。有个男人弯下腰,直接对我说:"我们要在你的屁股上打一些麻醉药,然后给你做清理,"他说,"伤口很深。"

"发生了什么事?"第二个医生弯下腰问我。

"我真的不知道,"我说,"感觉像《激流四勇士》[1]遇上了《闪灵》[2]。"

"需要找个警察来给你做笔录吗?"

"不用,"我说,"这是私事儿。"

此话一说出口,我就看出他们脑子里肯定在想这是某类性行为未遂的结果。

"我们有两个问题要问你,"一名医生弯下腰与我四目直视地说,"你在家里安全吗?有没有人伤害你,或者虐待你?你直接回答就好,无需觉得不好意思……"

"我看起来像不好意思吗?我真的没什么好说的。我真不知道是谁干的。"

于是,他们给了我一张男性虐待投诉热线卡,给我注射了一针抗生素,打了个破伤风针,于是就跟该死的乔治一样,我的手臂肿了起来。等我离开急诊室的时候,已经能感觉到皮肤底下像在形成一个滚烫的橄榄球。

我把车开到洗车的地方,问他们有没有办法能帮我清理座椅,或许可以试试蒸气清洁?"我撞到了一头鹿。"我摇着头说。

"我猜也是,"洗车的男人一脸搞笑的表情看着我,注意到我的裤子上也都是血,"弄到车里了?"

"相当巨大的鹿。"我说。

我一回到家,就看到大门上贴着用彩笔写成的泡沫字母横幅

---

[1] 1972 年上映的美国惊悚电影,入围三项奥斯卡奖,被美国电影学会选入百年百大惊悚电影第 15 位。
[2] 1980 年上映的美国恐怖片,著名导演斯坦利·库布里克导演,经典惊悚电影之一。

"欢迎回家"。艾希莉、里卡多,还有克里斯蒂娜显然一整夜都没怎么睡,此时他们全都关切地看着我。

"发生什么事了?"克里斯蒂娜问。

"你是不是去看爸爸了?爸爸打你了?"艾希莉急切地问。

"你看上去真疯狂。"里卡多说。

"就当是一场冒险吧。"我抱歉地走开,冲了个澡,服下几片泰诺,吃下了超大份的早餐,然后倒头就睡。

"我请了病假,"下午的时候,克里斯蒂娜来看看我怎么样了,顺便告诉我,"我不能把你跟孩子们就这样扔在家里。"

我点点头,脸埋在枕头里又睡了过去。我的手臂肿胀得难受,屁股还在刺痛。

那天晚上,当州警察出现在我家门口,问我一起发生在四十里以外的撞车逃逸事件时,我并不感到意外。警察直言不讳地说:"我妹夫在洗车行工作,他对这些犯罪现场的事情非常着迷……"

"我懂。"我说着,把沃尔特·潘尼的名片递给他。他给沃尔特打去电话,尽管电话铃响了半天沃尔特才接起电话,并对警察解释了这是一场特殊的军事行动,而且确实对车和人都造成了一些损伤,但是总的来说进展顺利,而他也无法透露更多。

"你就像个侦探,非常厉害啊,"警察说完就挂了电话,"我估计跟我妹夫交代这事儿会比较难。"

"我之前真的只是一名大学教授,只是偶尔被他们拖下了水,搞得我焦头烂额。"

"你会来参加婚礼吗?"探视完我的妈妈,她问我。

"你们打算什么时候结婚?"

"很快,"她说,"你干吗老站在那里?"她问我,"你已经在那儿站了一个多小时了,摆着一张可怕的表情,干吗呀?"

"我受伤了,"我说,"现在连坐着都很难受。"

"痔疮?"她问。

"不是,"我说,"婚礼确定了吗?"

"这是什么问题啊?"

"你真的打算嫁给他?"

"这难道不是我问你的问题吗?"

"我想是的,"我说,"但你们俩有什么共同点呢?"

"我们都很老,"她说,"我们都热爱运动。我们喜欢玩接球,他们给我们这些碰碰球,我们喜欢拿这些球扔来扔去。没错,"她说,"我会帮他写卡片,他的眼睛不太好了,几年前玩高尔夫球的时候眼睛受伤了。还有,这几年他脑海里一直会响起铃声。"

"这些就是你喜欢他的原因?"

"我们想搬到一起住。"她说。

"我没问题。还有,我想让你知道,你和你的朋友,我随时都欢迎你们来我家里住。"

"和你住?"她说,"你是个懒汉。当年你搬出我房子的时候,你都不知道我有多开心。我为什么要离开这间高级公寓跑去跟你住,还要给你洗衣服做饭?我在这里高兴得很。"

"婚姻不应该是儿戏。"

"没什么大不了的,"我妈妈一脸漠然地说,"我以前又不是没结过婚。所以,"她说,"我就当你是同意了?"

我跟妈妈说完再见就飞奔到楼下大厅，希望赶在疗养院管理办的人下班之前截住个工作人员。"不好意思打搅一下，关于你们这里院内病人之间联姻的政策，我应该跟谁了解下情况？"结果我得到的是老套的推脱搪塞，很多人都支支吾吾，最终有个人站出来说："我们不喜欢未婚男女同住一室。"

"这是我最不担心的事情了，"我说着说着，心想我妈妈和她未来的老公是否正常，"还有财产问题需要关心。他们应该订一份婚前协议吗？在他们这个年纪，这种事情难道不应该由家庭成员共同决定吗？"

"你有代表权吗？"疗养院里出来一个人问，"你准备好关于她无行动能力的申明了吗？"

"是这样的，你看，我总共只见过这男人两次，他就已经开始叫我'儿子'了。我不知道我究竟该准备做什么。"

"偶尔，"社工插话说，"我们有协助结婚仪式的设备，有鲜花、蛋糕、婚纱，有的人会举办小型典礼，那样似乎就很能达到效果了。我们会告诉新婚夫妇，婚礼上的工作人员并不是州政府认证的人，但是这比官方婚礼的花费少很多。我会让新婚夫妻和他们各自的家庭签署一份发表声明，说明此婚礼并无约束力，如果夫妻双方分手或者任何一方、或双方去世，都没有共有财产的分享权，也没有夫妻共有财产等说法。专职做遗嘱文书工作的助理律师可以帮助完成这件事。"

"听起来很不错，"我说，"然后，你会让他们两个同房居住吗？"

"他们愿意住多久，能住多久，就让他们住多久，"社工说，"同时，您的妈妈现在已经差不多能够行走了。她一直在跳舞。

她可能已经不再是您记忆中的样子了,但是无论现在的她是什么样,她确实恢复得非常好。"

回家的路上,我开车经过卖烤鸡的汽车餐厅处,点了一份烤全鸡外带。那女人将硕大的、烤得通红的鸡从外卖窗口挤出来递给我,而我一直以为这样的窗口只是为甜甜圈和咖啡而设置的。随后递上来的还有一袋饼干和土豆。

快走到车门口的时候,沃尔特·潘尼的声音从语音答录器中传出来:"我收到了你的申请表,支付给你受损车子的赔偿金是三千八百美金。我们应该很快就能处理完这个申请。"

我将装食物的袋子放下来,让他在答录机里继续说。

"别忘了你汽车后备厢里还放着那些蜂蜜糖。我本来打算,如果那个疯子要开车载你出去,这东西可以充当镇流器。不用把它们送回来了,你知道,这些东西一旦出了手,我们就不会再要回来了。我就是想提醒你。那东西不能老放在后备厢里,那地方太热了。还有,你把你的饼干留在营地了,它们的味道真不错。你有什么秘方吗?"

我再也忍不住了,接起电话。"一勺热水。"我说。

"就一勺?"潘尼问。

我打断他的话直奔主题:"乔治呢?"

"乔治老是在抱怨伤口,所以你走之后我们就把他带进来了。你也知道,发生那件事情之后,我们似乎不能把他留在那里了。一旦他感觉好了些,我们就会把他转送到一个更传统的机构里去。"

"我们之前说好的协议呢?"我问。

"什么协议？"沃尔特问。

"就是我们在度假村时在医疗主任的办公室里签署的那份，说乔治永远不会被送进一个常规监狱里的那份？"

"你有那份协议的副本吗？我想我这里应该没有。"

我不知道沃尔特在跟我耍什么花招，但是我借故挂了电话，立即给乔治的律师打电话。

"我们从来都没有副本。"律师说。

那天下午，我又给沃尔特打过去。"所以，如果谁都没有副本，这份协议也就不存在了。"沃尔特说。

"他会在监狱里待多久？"我问。

"五到十五年，"沃尔特·潘尼说，"我们还在商量。"

"没有审判？"

"相信我，这对他是最好的安排。"

"最快的可能，他什么时候能出来？"

"估计要三年。我们还要给他记点功劳。毕竟，要不是他，我们也不可能那么顺利地抓到这帮以色列人。"

那天晚上，我开车去了趟教会，将那些蜂蜜糖放在了教会后面的台阶上，并留了张字条："这些蜂蜜糖都是好的，我把它们放在这里，给社区的人一起享用，因为我一个人吃不完这么多。"

就在我卸载那堆蜂蜜糖的时候，拉比出现了。他正从侧门偷溜出来。当他看到我的时候，显然吓了一跳，就好像我是宗教恐怖分子，在卸载医保塑料爆炸物一样。

"这些只是蜂蜜糖。"我连忙解释说。

"什么？"他说话的语气像个讨厌的老犹太聋子。

"蜂蜜糖。"我尽可能提高嗓音说。

他朝我走近一些。我对他作自我介绍,说我是乔治的哥哥,并谎称:"我最近在做一份兼职工作,他们用蜂蜜糖抵作我一部分的薪水,我想,或许教会里的厨房用得着。"

"我们这儿有个幼儿园,还有为中老年人提供的日托学校。"拉比说。

我觉得我的机会终于来了,拉比终于注意到我了,而我早在一个月之前就拼命打电话希望能够安排这场会面。我要利用好这个机会,好好问问拉比。

"那么,"我说,"您是怎么想的呢?尼克松真的是反犹太分子吗?"我惊讶于自己提出的问题。

"尼克松?"拉比拖长了音说。

我点头。

"你想知道关于尼克松的事?"

"是的。"

"他就是个狗娘养的。他憎恨所有人,除了他自己。那个总让我紧张的人就是基辛格,他永远不会自己挺身而出。他把我们全都出卖了,拖下了水。"

这时,一辆警车开到了停车场。"您还好吗,神父?"警察问。

"很好,谢谢你。"拉比说。

警察看着我的表情就好像他在哪儿看到过我似的。"先生,您怎么现在还不回家呢?"他说,"让神父睡个好觉吧。"一直到我道别之前,他都在我们周围徘徊,然后又跟了我大半趟路才离开。

作为申请成为养父母的一个部分,我预约了精神病专家塔特尔医生。虽然有点奇怪，但我之前从未看过任何精神病医生，所以，我怀着些许恐惧的心情走进了他位于街边某家商店一层的诊所里。他的诊所右边是一家"思慕雪沙冰王"，左边则是一家干洗店，干洗店旁边是一家手机零售店。诊所的窗户上覆了一层宽大的金属制垂直百叶窗，大约是一九七七年的样式。休息等候区很昏暗，矮窄的天花板上还有一层隔音板，墙壁都是燕麦色的。六张固定座椅把整个房间隔成相等大的两块区域。房间里还有一张小小的玻璃桌，上面堆着高高的杂志，看上去岌岌可危。角落里有个垃圾桶，特别小，小到好像故意不想让人发现似的。我坐下来，发现角落里有一盒寂寞的麦圈，不对，是很多，一堆麦圈被塞在角落里，像是被吸尘器推到那儿的。墙上有很多手写的标语，用透明胶带一层层贴得很丑陋。

如需上卫生间，请去隔壁"思慕雪"拿钥匙。
如需停车许可，请主动提出，一小时内免费停车。

精神病医生打开门，叫我进去。"塔特尔。"他伸出手来跟我握手时说。他的手湿湿的，我闻到一股香水混合着洗手液酒精的味道。我立刻瞥见他的桌上摆着一瓶洗手液，是一家医药公司的样品装。塔特尔是个矮瘦的男人，早衰，轻微驼背，头顶还出现一种闪闪的斑点。虽然头发稀少，但由于脑袋周围留了一圈黄色的刘海，所以不太看得出来，而且刘海的长度比普通人的要长一些。他戴一副有角质架的眼镜，眼镜由于他经常抖动鼻子而被越顶越高。他的办公室里也有和外面的休息等候区一样的金属百叶窗，本来应该昏暗的房间，由于停在外面的车子反射的午后阳光而有些晃眼。

"请坐。"塔特尔对我指了指旁边的旧沙发。

越过塔特尔，我看到他办公桌边缘处整齐地摆着一排三个思慕雪的塑料杯，每一杯里的量都少于四分之一。一杯是黄色的，一杯是粉色的，还有一杯是紫色的，分别是芒果味、草莓味和蓝莓味，三个杯子排成一排，像是在做某种化学实验。房间里还放着台半满的老旧五美分口香糖机，里面装着的，看上去像是油乎乎的花生。还有成堆用过的稿纸。空调发出嗡嗡的噪声。

"首先，请允许我先了解一些你的基本信息：姓名，住址和手机号？"

我一一给了他详细的信息。

"工作单位？"

"目前是自由职业。"我第一次说出这种话。

"保险呢？我不接受社保，但每次我们见面后，我会给你一份账单，你可以提交它。第一次会面时长是一个小时，费用是五百美金。接下来的会面是每次四十五分钟，收费是每次两百五十美金。我是精神病学医生，不是社工，也不是心理医生。"他认真地看着我说。我觉得他戴的眼镜应该是放大镜，因为他的眼睛从镜片里看起来好大。"你目前在服用什么药？之前有没有住过院？"

我对他提到了我的中风。

"有没有什么诊断结果是你熟悉的？或者说，他们是怎么对你描述你的状况的？你的指派机构是什么？"

"社会服务部的一个女孩给了我您的名字。"我觉得目前为止他说的这些并不完全在点子上。

"你做过法院要求的药物测试吗？比方说，我是否需要看你尿尿？"

"不需要。"我说。

"很好，"他说，"因为当我看别人尿尿的时候，我就会不自觉地自己也想尿。事实上，我常常会找旁边'思慕雪'的员工来替我看。我拍拍他们的某个员工，让他们跟我进厕所，然后给他们几美金小费，让他们替我看病人尿尿。我真的不喜欢看一个病人尿完尿，然后又听他讲半天他跟他老婆怎样怎样的琐事。另外，我最近恰好发现，厕所里面是有监控的，这样我就不用担心病人会试图用什么东西替换自己的尿之类的事情发生了。但是，我显然跑题了，这并不是关于我，也不是关于'思慕雪'的。那么，我能为你做些什么呢？"他放下手上的写字板，跷起腿，看着我，又皱了皱鼻子，鼻梁上的眼镜又往上提了一点儿。

"我想，我首先要问一下，你一般都给什么样的病人做咨询呢？"

"什么样的人都有，各个领域。有给法院指定的某个陷入麻烦的男孩做咨询；给已婚男人处理他们的愤怒情绪管理问题；还有一些总是幻想自己能够行事有个性的女人们；以及相当多的想死的青少年女孩。你的问题是什么呢？"

"我要申请成为孩子的养父母，需要你的精神病评估证明。"说着我把表格递给他，"你在社会服务部门推荐给我的精神病医师名单之列。"

他接过表格，看了一眼，似乎之前从未见过。

"是对一个有一定学习障碍的、最近刚刚成为孤儿的小男孩的指定处所的安排。"

"你曾被拘捕过吗?"

"没有。"

"你享受色情文化吗?"

"不那么特别享受,"我说,"但有些事情我要提前说一下,"为了提前打好基础,我告诉了他关于乔治的事情。他听得很认真,看上去像是头一次听到的样子——要么他从不看报纸,要么就是他非常善于隐藏自己。

"让他主动攻击……"当我对他坦白自己的家庭危机时,医生说,"所以说,在那之前,在感恩节之前,你一直都过着一种很传统的生活,没有外遇,没有婚姻之外的非正常关系?"

"相当传统而保守。"我说。

"孩子们呢?"他问。

我告诉他我是如何慢慢了解这些孩子的,以及我如何发现他们比我之前以为的有趣得多,还有我是多么地爱他们。我和他分享了我们威廉斯堡之旅的一些细节。

"你现在有性关系伴侣吗?"他问。

"是的,和当地的一个女孩,她有一个很不错的家庭。"我的口吻似乎有点夸耀。

他耸耸肩,好像说,你怎么会知道呢?"好吧,那么,你想要收养的这个男孩里卡多……"

"他是一次车祸的幸存者。孩子们想要帮助他,还有,他的小姨抚养他也很勉强,还有……"

"你为什么觉得自己有资格成为他的养父母呢?"

"问得好。"我说。

他点头。

"我很关心这孩子。我做了很多年的老师,也有充分的时间和精力去关注他需要什么,以及如何给他更好的生活。我对之前发生在他身上的事情深感难过。我希望能帮助他一起走过那段阴影。"

"你送他去学校了吗?"

"每天都去。"

"如果他需要上一所特殊学校怎么办呢?"

"我会为他寻找最好的学校,并会为之争取纳入国家教育系统之下,因为法律规定,每个孩子,无论残疾与否,都有接受教育的权利。而且,以我的收入,我会做我力所能及的事情。"

"你做这些的时候就在期待能顺利收养吗?"

"孩子们想要我收养他。我还不确定他的家庭是否希望我这么做。但是,没错,我做这些的时候确实是在为未来着想。我绝不是拿这事儿当儿戏。"

"那你作为一个自由职业者又能怎么办呢?"他说"自由职业"这个词的时候语速很慢,好像这是个问题。

"多年来我是一名研究尼克松的专家。作为一名尼克松学者,我正在写一本关于他的书。同时我还在和尼克松家族一起做一项特殊的项目。"

"有趣。尼克松什么地方吸引你呢?"

"尼克松就像是来自另一个时代的人,他的作风老派到有点倒退。他很丑,无论他自己知道与否。他是个充满仇恨、自怨自艾、没有安全感、同时又过度自信的人。"

精神病医生点点头。"很不寻常,既有驱动力,同时又很矛盾。"

"我觉得这很吸引人——他的辛苦劳作，他的偏执狂，他的不稳定情绪，甚至他并不适合当美国总统这一点。"

"你为你的书想好了书名了吗？"

"《当我们沉睡时：从美国梦到美国的噩梦——理查德·尼克松、越南战争以及水门事件：心理性熔点》"

"这书名相当长啊。"

"我最近想了很多关于药物的问题，作为美国权力中的美国梦，它加速了美国的衰落。没有刺杀肯尼迪，我们就不会有约翰逊，而没有约翰逊的铺路，也就不会有后来的尼克松。尼克松'成功'的种子根植于失败的那一刻——那场火热的、让人汗如雨下的、发生在电视上的失败辩论，以及他在一九六〇年的落选。放眼看看那一排的总统就不难明白了：他们从一个到另一个，就像是一种心理学上的等差数列，而一切都关乎美国人民那些难以言说的需求、欲望以及冲突。我写作的尼克松是作为那个时代、在那个时刻承载了美国的一切的容器，以及为什么我们会选他作为总统，我们希望他做些什么……"我跑题了。我说得眉飞色舞，上蹿下跳地表达自己的观点，几乎有些忘形了。

"你看上去对这个话题特别有热情，"塔特尔说，"但是你的梦想是什么？你想要为你自己做些什么呢？"

"什么都没有。"我说。

"真的？"塔特尔惊讶地说。

"真的，我无法去想别的事情。"

"这是一种对不想从一个充满欲望的社会获得任何东西的自我惩罚吗？"塔特尔问。

"是吗？"我很怀疑。

"你没有欲望吗?"他提出。

"很有限的欲望。"我说。

"觉得沮丧?"

我耸耸肩。"我想没有。"

"那是什么?"

"满足?满意?"我提出。

"有这种东西吗?"塔特尔医生问。

"您来告诉我。满足这种东西已经灭绝了吗?人必须想要点什么才能活下去吗?一个人就不能渴望点儿非物质的东西吗?"

"对一些更真实、更不容易转瞬即逝的实物产生渴望,要比对那些你靠不住的感觉状态产生渴望要明智得多,"塔特尔说,"你可能现在感觉不错,但一旦发生了些什么,你过不多久就不会感觉这么好了。在你的模式里,没有可靠的支撑,也就是说,你不能说:'好吧,我感觉自己像个垃圾,但至少我有一辆非常不错的车,还有一台大电视机。'"

"为什么不能说:我可能现在觉得很糟糕,但是我之前曾感觉好过,而且我知道我还会再次拥有这种好的感觉。这样不行吗?"

"哦,那样的话,对大多数人来说就要求太高了,相当高。"他说着,靠到自己的椅背上,手指头有节奏地互相敲击。他下意识地瞥了一眼钟,那是早期的电子模型钟,每过去一分钟,就会有数字翻转过去。当我们都安静地不说话的时候,房间里能听得到电子钟发出的粗笨的声音。

"今天我们时间不多了,"他说,"我们可以安排下一次面谈的时间吗?"

"我希望你能帮我填完这张表格,"我朝那张之前递给他的薄荷绿色表格纸点点头说,"这是给社会服务部门的精神病鉴定报告,看我是否适合收养孩子。"

"表格先放在我这儿吧,"他说,"下次谈话结束之前,我应该可以填完它。"

"所以说,要填完这张表格,一共要花七百五十美金喽?"

"这有问题吗?"塔特尔问。

"没有,我只是确认一下。"

塔特尔点点头。"下周同一时间,可以吗?"

白天,如果不用照顾孩子们,不用去看我妈妈,不用在曼哈顿完成尼克松的项目,或者不用坐在乔治的办公桌边写作我的书的话,我就去见阿曼达。

工作之余,我们在停车场里见面。阿曼达会告诉我食品店里发生的新鲜事儿:什么新开设了一栏货架专卖"种族"食物;有更多高热量的食物可以吃了;或者是她们店里那个结账台的小姐称东西的时候手脚不干净。阿曼达就像个谜,而我告诉她我希望能更了解她。

阿曼达不说话了。

当我为我妈妈即将来临的婚礼精心准备时,阿曼达打断我,告诉我:"我对你作为一个人而言真的不太感兴趣。"

这话听起来相当伤人,但是私下里我并不接受,因为我觉得她在对我撒谎。

晚上,我一边给楼上的卫生间重新粉刷,一边开着免提跟纳特说话。

"对你的受戒礼有什么新想法吗？"

"嗯，"他说，"我们把它取消吧！"

"不要受戒礼了？"我问。

"是的，我不想去教会。"他说。

"那在别的地方举办怎么样呢？"我把刷子伸进本杰明·摩尔牌的亚光油漆中，然后在墙壁上大笔一挥。

"比如呢？"

"在家里？"我提议道，"我最近一直在装修房子。"

"她就是在家里被杀死的。"纳特断然拒绝。

"在一家乡村俱乐部？或者在酒店？"我又给刷子上蘸满油漆。

"最最讨厌了，"纳特说，"除此之外，我觉得那个拉比就是个混蛋。"

"好吧，我们应该做些特别的事情。要不然来一场旅行怎么样？"

"比如说去迪斯尼乐园？"纳特问。我这才想起来我是在跟一个十二岁的小孩说话。

"我在想一些更实质性的、更有意义的旅行。"

"我不知道，"纳特说，"我想去的地方……是回到那什维尔。我不知道我还有没有机会再回到那里了。"

"你才十二岁，而你在跟我说你担心自己再也去不了那儿了？"

"别嘲笑我。"他说。

"那么，你想去南非？"

"嗯,想。"

"就去那什维尔吧?还是来一场更大的旅行,比如说去游猎?"

"那很棒。我们带上艾希莉吗?"

"当然。"

"里卡多呢?"

"想带就带啊。"

"棒!"纳特的声音听上去真的很开心。

"行,就这么定了,"我说着,站起来看看我的油漆工程做得怎么样,"我会查查资料做做攻略的。"电话里出现了呼叫转移的哔哔声,我跟纳特说了晚安,转接了另一个电话。

"你妈妈给我妈妈打电话了。"杰森说。

"你就不会先说:'喂,你好吗?'"我一边讲电话一边下楼梯。

"一开始,对话进展得很愉快,直到她邀请我妈妈去参加她的婚礼。我妈妈说:'我已经去过你的婚礼了。你难道不记得了吗?'你妈妈就开始不高兴了。然后你妈妈说:'我当然记得啊,但我说的是我现在的婚礼,我又要结婚了。'说来话长,反正我妈妈觉得你妈妈疯了。"

我的刷子不小心从手上滑落,飞过很多东西之后,落在了厕所里。"她其实挺好的。她在疗养院里遇到了一个人。"我从厕所里捞出刷子,抖了抖,对杰森说。

"你准备让她结婚?"

"我想这大概不全由我来决定吧!"我说到这里,忽然停顿了一下。我想到,或许莉莉安认识她的未婚夫。"嗨,你能问问你妈妈,她认识一个叫鲍伯·高曼的人吗?他们在同一所中学上过学,所以她可能会记得什么。"

"你是说那个鲍伯·高曼,耶特·高曼的小弟弟?"

"或许是。"

"他是个坏孩子。他当年把一条毯子冲到教会的马桶里去了。"

"我想他以前应该是运动健将。"我说,好像冲马桶这种事情也可以被认为是运动能力的体现似的。

"高曼以前打过一两季的职业球赛,然后他以鲍伯·戈尔德的名字做了电台广播员,所以没人知道他曾是犹太人。"

"你是怎么知道这些的?"

"因为当我们的父母坐在一起聊天的时候,我都会认真听。而你和你弟弟则永远忙着掐架。"

我噎住了,有点冷场。

"我们以前总是掐架?"

"你们永远在打架。"

"真的?我都不太记得了。"

里卡多现在每周的工作日住我这里,然后回家过两天,再带更大袋的衣服回来。我的新生活已经形成了一种残酷的规律:早上六点,起床;六点十五分,叫醒艾希莉;六点半,叫醒里卡多,然后给动物们和孩子们喂食早餐;七点四十五,送里卡多去学校;八点四十五,送艾希莉到木偶剧院,她现在在那里工作,排演一出即将上演的《罗密欧与朱丽叶》。然后,如果不是去城里工作的日子,我就会回家,打扫卫生、去超市买杂货、工作,准备在四点半的时候迎接里卡多放学回家。泰茜似乎比我更快地适应了这个规律，并会提前四十五秒准时朝我叫唤，提醒我里卡多的黄色巴士就要到了。巴士到站，那道狭窄的小门打开，里卡多从车上跳下来，径直穿过草坪。他那硕大的背包看起来就像有个人趴在他肩上似的。我们吃了些零食，玩了会儿接球游戏，不多一会儿，出租车就会慢慢驶进车道，艾希莉从车上走下来，乍看之下就像个小大人一样，一边发着信息一边朝房子走过来。在我需要进城里工作的日子里，里卡多就会在学校里留得稍晚一点儿，或者是克里斯蒂娜，或者是她的某个朋友，会去接他放学，然后我们会在六点半左右带他一起去外面吃个披萨。

厨房里堆满了各种各样的工作表，是我为两个孩子设置的激励制项目。里卡多现在还参加了游泳队，同时还是足球俱乐部的一员。我从家庭旧货市场上买来了二手乒乓球桌，摆放在客厅里。我们玩循环赛和混双比赛，这种考验速度和手眼协调能力的运动对提高我们的思维敏锐度都颇有好处。

那个臭名昭著的盒子被藏在律师事务所的地下室里。因为这些资料既未被承认过，也从未有过任何公开记录，所以他们对此保管得异常警惕，时刻带着锁和钥匙。每天在我工作的时候，地下室管理员就会替我打开巨大的地下室大门，从一个架子上取下盒子，把它们和我们的工作电脑放在一起，并用一张金属卡协助我们打印资料，然后我再把这些资料用一个带锁的滚动文件柜推到我自己的办公室里去。

静兰坐在我的办公室里，大声为我朗读那些原稿。我边听她读边给这些稿子做标记。静兰的发音很生硬，但这会促使我听得更加仔细,更加明智而审慎地进行编辑。她会将我改好的稿子重新打出来,再用打印机打印在纸上,然后我再进行下一轮的编辑修改。我很喜欢静兰的声音,这声音使我更努力地去寻找故事中的意义。静兰还为此报了个打字班,她自己非常喜欢。"那些标记几乎像是在写中文字,我是说几乎。"我们已经整理出了十三个完整的故事和二十八个长短不一的片段,有三百五十字的短篇,也有长达一万八千字的随笔。我发现这篇随笔写得非常好,只是有点疑似精神病状态,或者说肯定是受到了什么事情的影响而写成的。这些文字的主题从田园风景(闻一颗柠檬的屁股以判断它是否足够成熟了,还有几乎是用充满浪漫主义的手法描写夏夜里闪电暴风扫过田野的景象)到详细阐述一个男人拥有属于他自己人生的价值:除了他和他家人的生活之外,是否还有别人所不知道的私人生活——"一个让他可以做自己、不用担心让人失望、受到拒绝、只属于自己的私人空间。"

每天,静兰都会回到熟食店里和她父母一起用午餐。几乎每个早晨,他们都要等她回家之后才能重新整理够不着的柜子,因为她就是人肉梯子。我不太想打扰,所以就不再去那家熟食店吃饭了,而是改在两个街区外的另一家店里就餐。但是很快我又有种背叛了他们的感觉,只好又回去熟食店里吃饭。

"我们这儿很干净,我们有卫生所颁发的A级用餐资格,"静兰的妈妈说,"如果你在别的地方吃,可能会吃到寄生虫。"

"我不想打扰你们的家庭时光。"

"你是我们家庭的一员。"她说着,招呼我在柜台后面专属于家人的位置——他们的酸菜桶上就坐,吃着他们从家里带来的、装在各式特百惠密封盒里的食物。"猪肉丸子吃吗？"她用筷子夹起一块圆乎乎的肉丸对我说。

"我妹妹在饺子店里工作，会把她们那儿的剩菜打包回来。"静兰解释说。

我吃了一个肉丸子，吞下去之后才知道它的中文名的意思：猪肉做的丸子。

"好孩子。你吃过甲鱼吗？"她妈妈问我。

"不吃。"我说。

"至今为止你都还没吃过吧？这东西味道好极了，口感像更紧实的肌肉。粥呢？吃过吗？"

"我从没吃过。"

"你会喜欢的，大米粥，像小麦糊糊。"

我点头。

"明虾吃过吗？"她问。

"嗯。"当然了。

"白菜吃过吗？"

"经常吃。"我这样说是希望能够和他们有话题可聊。

"我妹妹在洛杉矶开了家餐馆，我表弟在威彻斯特郡也开了家餐馆，我们就是传说中的美食之家。"她说着，往我碗里盛了更多的米饭。

午饭后，她妈妈又塞给我一条好时巧克力，这很快就成了我们之间的传统。"巧克力能让你精神振奋。"她总是这么说。

回事务所的路上，我经过一家卖办公用品的超市。我从头逛到尾，不禁感叹这里的品种之丰富。我找到了一种透明的彩色便签条，心想我可以用来给尼克松使用的语言和主题做标记，这样就能在保持连贯性的同时又不显得单调乏味了。

提着我从超市买回的办公用品，我像个抱着糖果袋的大人一样走进了电梯，按下十六层的按钮。

"工作很努力啊？"我后面的一个男人跟我说。他站在我左肩膀后面，我只有回头才能看见他。

"你说的没错。"我试图转向他的方向。但我只看到他棒球帽的帽檐。他穿一身蓝色的风衣，黑色的裤子和鞋子，我估摸这个看不到长相的男人应该是在五十岁到七十岁之间，普通白人。

"我说得简短一些。"他保持不变的语调说。电梯里似乎没有人听见他，或者根本不关心。

"你真的一无所知——就像个痴情的小男孩。整件事情比你能够想象得更污糟。首先，乔蒂纳染①指了一切事情。其次，即使是为官方洗白，迪克和雷博佐之间也肯定有一腿。其三，这是常识，刺杀事件发生的那天早晨，尼克松当时正在达拉斯，霍华德·亨特和弗兰克·斯特吉斯也在达拉斯，如果他们同时还是水门的作案者的话，那不就太方便了吗？你看看那些无业游民，或者是特勤局的特工，全在瞎忙活。而且菲利该死的图书馆卡片竟然就在奥斯瓦尔德的钱包里！"他说着说着大笑起来，电梯里的一个女人回过头来看他。他压低声音，窃窃私语："他们都进进出出古巴，扮演着双重角色，还有那些黑手党。查查谁还在那里，没错，这是三杀！"停顿了一下，他继续说，"你知道杰克·鲁比在一九四七

---

① 乔蒂纳即默里·M. 乔蒂纳，总统竞选战略家，助尼克松赢得了加州联邦参议员和副总统竞选。下文中的"迪克"为尼克松绰号；大卫·菲力和李·哈维·奥斯瓦尔德都被指控刺杀肯尼迪；杰克·鲁比杀死了刺杀肯尼迪的李·哈维·奥斯瓦尔德，后被判处死刑。

年的时候化名杰克·鲁本斯坦为尼克松工作过吗？我要说的重点是，小男孩，对于真正的大事，你还什么都不知道呢！"

我不自觉地发出一种声音，夹杂着极度的兴奋和作呕。

"这没什么可笑的。让我说得更清楚一些，"他说话的语气有点耳熟，"这不是关于某一个特定的人，而是关于一群人。没有人是干净的。虾？我们全都是小虾。没人不可以被收买，也没人不会被拖下水。这就像是一场怪诞秀。"他停了一下，继续说，"碧碧叔叔给你的小朱莉买了栋房子作为她的结婚礼物。你以为她是在蒂凡尼注册了那房子吗？我一直在追踪这些事情。我是个历史迷。政府里曾充斥着像我这样的家伙，自以为自己知道些什么，聪明但又不够聪明的狗娘养的家伙。水门事件是一场家庭事件，'一场错误的奇怪的闹剧'。连尼克松自己都这么形容。当你看完剩下的部分时，你就会发现，那全都是炒作出来的，就如尼克松自己说过的：'你揭开了那块结痂，好多罪恶的东西就流出来了，我们只是觉得让这些事情散布出去对谁都没有好处。这关系到古巴人、亨特，还有很多我们拿他们没有办法的偷鸡摸狗的人。'"这个人又停顿了一秒钟，然后又说，这次他以不可思议的相似度模仿理查德·尼克松："'你瞧，问题就在于这会让一切全盘托出，整个猪湾事件。而总统只是觉得，啊哈，不要再深入细节了……不要，不要对他们说谎到毫无底线的极端地步，但只是说这是某种形式错误的喜剧，怪异。不要深入进去了，总统相信这会让整个猪湾事件再度被掀开来的。'"

他停下来，清了清喉咙。"怎么样，你喜欢这些故事吗？"

"我喜欢。"有那么一刻我忘记了压根没人知道这些故事。

"你看到了那篇关于SOB[1]的故事吗？"

我点头。

"那说的就是我，"他眨着眼睛说，电梯门就在这时打开了，他走了出去，"再回去检查一下你的功课吧，祝你好运。"

我继续乘电梯上去，然后又跑下来，去一楼的会客厅问前台的警卫能否让我看一看刚才电梯里的监控录像重播。我从监控录像里看到那男人站在一个死角上，他似乎很清楚自己应该站在哪里。他站的那个位置使你只能看得见他的棒球帽的帽檐，甚至无法从视频中判断他是不是在跟我说话，只能看到我的表情看上去越来越激动。我在四处张望，好像在确认是否有别人听到了我所听到的，并想看看这些话对别人产生了什么影响。

这是某种测试吗？我不想让任何人觉得我紧张兮兮的。但是，从另一方面来说，如果这是一种内部测试的话，那我应该聪明地上报。我问旺达是否可以来一下我的办公室。她过来了，却只站在门口，于是我就这么跟她解释电梯里遇到的那个男人及其棒球帽等等。

"他站在你身后，"她说，"似乎很清楚你是谁，然后告诉你你之前所不知道的事情。"

"没错。"我感动于我们终于达成了某种共识。

"监控视频里什么都没有？"

"只有很模糊的影像。"我说。

旺达点点头。"他在这里进进出出已经很多年了。"她说话的

---

[1] 可以理解为"狗娘养的"缩略词。

时候完全不显惊讶。

"他是谁？一个疯子般的游荡者？"

"差不多是吧，"她说，"以前还有别人呢，但是现在已经没剩多少了，已经不是那个时代了。"

我还是非常介意这事儿。

"世界上到处充斥着这样的人。"旺达说。

我站起来，等待旺达说更多。但她不再说了。

还有多少这样的人、还有多少这样的事情不被人知道？我有一种感觉，一旦有人开始挖掘，信息线不仅会没有止境，而且会在当局的部门与部门之间进行暗桌传递，就好像存在着某个更大的剧本，只有总统和他的人才对其知情。显然，一旦你看到了那个剧本，不仅你自己会永远被改变，而且那些政治党派所编织的信息带也会因此而更加迂回曲折，促成的协议也会更多。实际上，真正的改变几乎是不可能的。

谁写了那个剧本？什么时候写的？有没有人主导这一切？这是一个如此多瘤的网络，以至于无论一个人多么努力地去挖掘，能抓住的也只有一些细枝末节而已。

"一切都还好吗？"当我坐回到我的书桌边时，静兰问我。"你看上去脸色不好。"她说。

"不好意思，你说什么？"

"删除了，"她说，"非常白，像纸一样。"

我点点头。电梯里的那个男人丢下来太多东西，全都是我不想听到的事情。那个人说的不是我的尼克松，不是我想要他成为的那个尼克松。他不是那个作为副总统候选人的年轻的理查德·米尔豪斯·尼克松,那个被指控将竞选基金挪为私用却那在全国直播的电视上露面并确保让人民知晓他个人财力微薄的尼克松。

帕特和我最满意的事情就是,我们所赚的每一毛钱都是靠我们的诚实劳动所得。我应该这么说,帕特没有貂皮大衣,但她拥有值得尊敬的共和党员身份的大衣,而我通常告诉她,不管她穿什么都好看。

而这个人所说的尼克松则比我允许自己所想象的更黑暗,也更险恶。我为自己的天真而沮丧。我在想,如果我允许自己去了解我知道的那些,我还会像现在这样深爱着尼克松吗?我能接受他是那么有缺陷、那么没有决断力的人吗?我能接受他的个性中、信仰中和道德中的巨大分裂吗?有没有哪个政治家在上任之前没有出卖过十次以上自己的灵魂?那个电梯里的神秘男人告诉我的是我不想听到的。而某种程度上来说,我知道这一切都可能是真实的。对一些人来说,这可能会是个转折,但它把我引得更近距离地去看到尼克松更加平常的人性的一面。他显然肯定不是第一个也不是最后一个对实际的行政权力和想象的超级权力之间的界限产生迷茫的人——只不过,他可能是那种会花重金来记录自己的人。

我让静兰翻出那篇"SOB"的故事,想再看一遍。

"SOB"中的一段是这样写的:

"如果人民对正在发生的事情有所了解,他们会震惊,不，不只是震惊，他们会做点什么——而我们所有人最不想要的就是让真相暴露——这对我们所有人都没有好处。"

"狗娘养的！这会害死这个国家。"

"不管你知道什么，或者你以为你知道什么，或者你的熟人以为他知道什么，都要确保他们将失忆，确保那些事情不会被传播得更广。总有办法，让那些事尽可能久地消声匿迹。"

"王八蛋！他以为他是谁啊——查尔顿·赫斯顿[1]，《十诫》[2]？SOB……"

我抬起眼，看到旺达正在大厅里跟马塞尔聊天，马塞尔推着信件篮子在送信。一会儿后，我问马塞尔是否了解旺达。"不太了解，"他说，"只知道她是纳尔逊·曼德拉的孙女，或者是德斯蒙德·图图[3]的孙女，反正是有着类似家世背景的人……"他越说声音越小。"出生在南非，然后被送去英国读书，又来到这里，光她的个人回忆录就卖出了二十五万美金的高价。"他又补充道。

"她为什么在这里工作？"

"她今年秋天去读法学院，"他说，"她放弃了自己的奖学金，全都捐献做慈善了。"

"真的啊？"我说。

---

[1] 查尔顿·赫斯顿(1923–2008)，美国影星，主演过史诗级英雄片《宾虚》，1959年上映。

[2] 《十诫》，查尔顿·赫斯顿和尤·伯连纳主演的电影，讲述摩西的一生，1956年上映。

[3] 南非大主教，1984年获诺贝尔和平奖。

"当然是真的。"马塞尔学我的语调答道,然后就又推着他的车走了。

我利用了她称之为"姐妹们都在为自己这么做"网站上的资料。谢丽尔找了一位派对策划人和一位导游一起来家里讨论关于"南非受戒礼计划"。不管我们说去哪里,谢丽尔总是不断地把"BM"①这个词说得很大声——这让我回想起我妈妈以前常常问我:"你的BM做得好吗?""我现在不能跟你说话,我要做一个BM。""你定期做BM了吗?"……

"我们能换个名字吗?"我求她说,"就直接叫受戒礼不行吗?"

"太长了。"她说。

"那不如就说是'礼',比如,'我们在准备一场礼'。"

"听了不会觉得困惑吗?"

"不会比现在更困惑。"

派对策划人索菲亚带着一盒上面标有"受戒礼"字样的道具出现了。她把道具摊在饭桌上。"我有每一种场合所需要的盒子——圣餐仪式啊,十六岁花季啊,约会啊,宝宝秀啊,领养庆祝啊,家庭团圆,公司野餐等等,我这里有适合每一种场合的道具,从你们的小圆帽到飞行夹克,还有那些印有新郎或者新娘照片的神奇钢笔,还有那种稍一倾斜就会自己脱落的衣服,那些东西现在非常流行。反正,现在的人都喜欢免费的玩意儿。这样其实很不好,你去某人家里吃晚餐,走的时候你会想,我的战利品

---

① 受戒礼的缩写。

袋呢?"

"你怎么会成为了派对策划师?"我好奇地问。

"纯属偶然,"她说,"我妈妈是一位非常优秀的女服务员,她清楚什么时候该在餐桌上摆什么样的花,了解很多种叠餐巾纸的方法。要是你知道有多少人不知道应该用左手拿叉子,你会震惊的,更别说当同时有沙拉叉子和甜点叉子的时候能知道正确礼仪的人了,更是少得可怜……好吧。"她喘了口气,可能是意识到了自己这种说个没完的癖好,"你们的时间范围是?"

"教会原定的时间是七月三日,纳特的实际生日是七月五日。"

她看起来很受挫的样子。

"怎么了?"我问。

"我们太迟了,这简直就像是那种导致加班猝死的案子。"她深呼一口气说,"所以我们现在就开始吧。首先是邀请人。"

"好消息是,我们不需要邀请人。这真的会是一个非常小型的仪式,纳特已经告诉过我,他不要礼物。我们会把礼金捐给村子,帮助他们盖学校。"

索菲亚看着我的眼神就像在看一个白痴。"你准备七月份在南非举办受戒礼——因为不会有人来,所以你要做的就是邀请每一个人。如果你要把筹集的钱都捐给学校,那就更应如此了。邀请他全班同学,还有老师。你有当初来参加葬礼的名单吗?有送家庭假日卡片的名单吗?这家的妻子的亲戚,有没有虽然恨你但仍有可能关心小男孩的人?邀请你能想得到的每一个人——要知道这可是在地球的另一头,还是在夏季里气温最高的月份,他们想想都会退缩,然后婉拒你的邀请,并会送上一份礼物。假设你邀请两百五十个人,即使他们每个人只花五十到一百美金给你送礼物,你也会大赚一笔。当然,我们的邀请费可能会有一点儿高。我们要弄个漂亮的有内衬的信封,还有感谢卡、贴了邮票的信封,七七八八加起来大约每份三美金五十美分的样子,这里面包括某些加急费用。我们就称之为启动资金或者是机会投资吧!我们想要人们打开电脑一读到我们的项目就会感动,然后寄钱过来。我们还会同时印上'感谢您'这样的字样。所有看到这些卡片的人都会知道这孩子很幸运,有一个像你这样的舅舅照顾他。"

这是我第一次因为我的新角色而收到这样的赞美,而我很惊喜,这感觉好极了。

"好吧!"她都没给我多一秒的时间让我沉浸在这份赞美的喜悦之中就继续说,"让我们巧用我们的时间吧!邀请函就采用热熔印刷。在这种情况下,把家族历史都完整地雕刻在上面可能太过了。我强烈建议你不要通过电子邮件去邀请。我们会做一张漂亮的邀请函,让人们觉得他们有义务……'纳特诚邀您,所有的礼物都会捐给一座村庄里的指定学校……'他们可以用信用卡捐款,我会帮你看看该怎么操作。与此同时,你能从纳特那里获得一句引言吗?让他说说为什么邀请大家到这里来以及为什么这个地方对他如此重要。"

"当然可以。"

"写下来,"她指着我面前的一张空白纸说,"这是你的任务清单。'请加入哈里·西尔弗先生,和'——妹妹的名字是什么?"她问。

"艾希莉。"

"'艾希莉·西尔弗,让我们在七月九日,在——那个镇的名字是?"

"那什维尔。"

"那什维尔,多可爱啊,南非。'中午举行受戒礼,接下来是正式的宴会和舞会。'你知道那什维尔在南非的哪个地方吗?"

我摇摇头表示不知道。

"那里最大的城市叫什么?"

"德班。"——我想应该是。

"我们将需要一个宴会负责人、一位拉比和一个乐队,大概还需要一辆冷藏车来把所有这些东西都运到当地去,或许还需要个大帐篷和空调。七月份时那里的气温怎么样?

"我想那时候应该是他们的冬季。"

"我会去查一查的。"她边说边在自己的本子上做记录,"食物方面,你有什么想法?现烤牛肉餐车?定制煎鸡蛋?乐队呢?从大城市引进的犹太人摇滚乐队,唱犹太之歌——你知道,就是那种热门的,加上传统犹太歌曲,配上适合跳舞的节奏,怎么样?还有,我们需要谈谈预算了。我可以在这里帮你畅想一整天,但是我们还不知道你是怎么想的。"

"我在想一些过于——怎么说呢,也未必就是低调,只是利用一下我们可以在那个村子里直接安排的东西。"

"你是说乡村式的?"她说。

"不管我们做什么,我们都应该紧跟上南非村子里的传统,不要搞得太夸张了。"

"那儿有酒店或者是带早餐的家庭旅馆吗?"她问。

"我不知道。"

"你要知道,"她说,"你和我现在正处于不利地位。"

"那是什么意思?"

"我们不知道我们在说的是什么。你曾去过南非吗?"

"没有。"

"我也没有,"她说,"但是我有两个线索。无论何时,当我略感头大的时候,我就会问我自己,这时候琳妮·蒂尔曼会怎么做?"

"谁是琳妮·蒂尔曼?"

她看着我的神情仿佛在说,你连她都不知道?"你知道科林·考伊是如何为奥普拉①工作的吗?"

我还是不知道她在说什么。

"科林是非常棒的派对策划师,他为奥普拉安排了全球活动,但是科林所了解的那些都是跟琳妮·蒂尔曼学的。"

"她也是派对策划师?"

"不是,她是作家,但是她很有远见,她了解人们为什么做他们要做的事,所以科林将琳妮·蒂尔曼的原则应用到自己所做的每一件事上面,这也是他能如此优秀的原因。我在想,或许我可以联系科林,问问他的建议——或者,我想我可以直接打电话给琳妮·蒂尔曼,能得到她的建议会更有帮助。"

我点头,但还是不知道她在说什么。

"让我们继续来谈谈礼物的环节。在过去,我会建议个性化的圆顶小帽,有时候也可以是个性化的苹果音乐播放器,但这东西太贵了,而且现在大多数孩子也都有了。我们这儿有很多雪花球饰品、棒球帽、T恤衫……但是,这次我考虑足球,上面写着'纳特

---

① 奥普拉·温弗莉(1954—),美国演员,制片,主持人,脱口秀女王。

13'的足球。"

"那太棒了!"我在我们的谈话中第一次表达了真诚的兴趣。

她接受了我的热情,继续说:"球衣是天蓝色和白色的,上面用毛毡热压成型的字母写着每个人的名字。他们那里有电吧?单词拼写一样吗?"

"定制足球要多少钱?"

"我们按打买。你是只要球衣还是要球衣、短裤加袜子一整套?如果我们能弄一整套就会很漂亮。要各种尺码的球鞋吗?还有两套裁判用具?或许我们应该弄两种颜色的球衣,一半一半,这样我们就能进行比赛了?"

"最好都弄。"我说。

"女孩们也要?"

"当然,一切都要公平。"

她递给我另一张事项清单,列出下次见面之前我要完成的功课:(1)通讯簿册,最好是电子表格形式。(2)关于服务内容的想法。(3)需不需要她替我找一个拉比?(4)预算。

谢丽尔端着一盘咖啡和饼干过来了,我们简单地吃了些小食。恰逢此时,导游塞西莉到了。索菲亚整理好她的盒子,留给我一支笔和一张便签条,上面有她的信息和标志。

塞西莉准备了幻灯片来展示她准备的三大方案的特色,三大方案依次从最省钱的到最奢华的。"我做了些调查,我们把价钱谈到大约每个人九千美金的往返机票。"

"不需要坐飞机,长途大巴就很好。"我说。

"那就坐长途大巴。我大概可以帮你谈到六千五百美金,如果你的日程和转机次数都有点儿余地的话。"

"有足够的余地。"

"别忘了,"索菲亚临走前说,"时间已经定了——七月九号中午。"

"好,"导游说,"那么,你们打算在村子里待几天?"

"两天?或许三天?"

"那我们就做三天两夜好了。然后就是五大游猎游戏?你知道的——狮子、大象、水牛、美洲豹和犀牛。然后,游戏部分我们可以乘坐热气球、玩蹦极和冲浪。"

"让我们坚持以自然和历史为本,不要蹦极,不要热气球,不要冲浪,"我说,"你一直都想成为一名导游吗?"

"我以前是空姐,"她说,"我在飞机上遇到了现在的丈夫,他是我们飞机上的常客。我们认识的时候他已经结婚了。别的女孩都跟我说:'他不会离开自己的老婆。'但他为我离了婚。他跑回来跟我说:'你一定要让我为你成为一个诚实的人。'"她停了一下,继续说:"那么我想,我们最大的问题是,你想要让这趟旅程有多奢华?"

"我希望它很美好,而不是奢华。我更关心的是安全,而不是铺张。"

"你不想给他们留下深刻的印象吗?"

"我不希望自己像个混蛋,带他们去穷乡僻壤待两天,然后说:'后会无期,宝贝。'然后开车驶向一场奢华的游猎。这和我们的核心愿望不太和谐——毕竟我们是要庆祝一个男孩成长为男人。"

谢丽尔在一旁喜不自禁，对她本人以及她给我找来的资源都很满意。

"你觉得我是你的什么人？"当塞西莉上厕所的时候，我趁机问谢丽尔。

她大笑起来。"他们都知道你是谁，"她说，"他们称你是我的另一个丈夫。我觉得每个人都应该有这样一个人，即使我丈夫也这么认为。我们生活在如此落后的文化里，太刻板了，根本无法生存。"

"那也帮我找艾希莉和里卡多的辅导老师吧，你认识合适的人吗？"

"当然，"她说，"我们主妇之间流传着一份专业名单，清楚地写着谁适合教什么样的孩子哪门功课。"

"有电工吗？"

她看了看我。"我会把电工名单发邮件给你。"

星期天中午，我妈妈就要嫁给鲍伯·戈尔德了。从疗养院的玻璃滑动门打开发出"吸"的一声开始，艾希莉就在用摄像机记录拍摄了，场面就像迎接明星一样，空气都凝结了。她朝左边挪了挪。疗养院前门的活动白板上写着"中午西尔弗嫁给戈尔德"。疗养院的空调坏了，所以这地方总是有一股尿骚味儿。我妈妈坐在她的房间里，她的伴娘陪伴着她，两个身材硕壮的女士堵在门口。"男士免入。"她们说，于是只允许艾希莉带着她的摄像机从她俩之间的缝隙钻进去。里卡多和我在餐厅等待着，这里已经被重新布置了一番，弄得像教堂，会场中间还有一个三层的结婚蛋糕，周围摆放了很多花朵。

"你会送走你妈妈吗?"有人问我,但我不知道她指的是什么。"走红地毯啊?"她又补充道。

"嗯,当然会,没问题。"

一个中年男人跟我打招呼,自我介绍说他是鲍伯·戈尔德的儿子艾力。"关于我的姐姐妹妹们,我很抱歉。"

"我能理解。"

"他跟我妈妈还是婚姻关系,即使她仍在昏迷中。"我点头。"这对我的姐姐们来说很艰难,看到爸爸这么快就释怀了。当爸爸告诉我们,他觉得自己有能力同时爱不止一个女人的时候,她们都很不愿意接受这个现实。"他停顿了一下说,"我们有共同的熟人,"他说,"你姑姑莉莉安的儿子杰森,我们曾经约会过——世界真小!"

"太小了。"我说。

餐厅里开始陆续挤满了一些穿礼拜服的老年人,各种行动能力的人都有:有些是自己走来的,有些是拄着拐棍来的,还有一些则是被人推着轮椅进来的。一辆三轮大篷车被一名助手推进了屋子。

"先吃蛋糕再吃饭。"有人兴奋地喊了一句。

里卡多穿着纳特的一件西装,他壮硕矮胖的身材倒是把这件西装撑起来了。

"你看上去很好,妈妈。"她走进房间的时候,我亲吻着她的脸颊说。

"你怎么晒成棕褐色的了?"妈妈对里卡多说,"而且你比以前矮了,也胖了。"

"奶奶,这是里卡多,不是纳特。里卡多是我们家的新成员。"艾希莉来救场。

"哦,"她说,"很高兴见到你。"

"他是我的小弟弟。"艾希莉补充说。

"欢迎加入这个家庭。"我妈妈心不在焉地说。

"谢谢你,"里卡多说,"祝贺你结婚快乐!"

"里卡多可以当递戒指的男孩吗?"艾希莉问,"他也很想加入婚礼中。"

鲍伯把戒指递给了里卡多,艾希莉手捧着一篮子花瓣。音乐响起,艾希莉最先走上红毯,紧随其后的是里卡多。我挽着妈妈的手臂,领着她走上红毯,与此同时,另一个护士则牵着鲍伯·戈尔德的手臂。

我忽然意识到,这个鲍伯·戈尔德即将成为我的新继父。当他和我妈妈肩并肩站在一起共同面对着辛西娅(曾经是他们的护士,现在是"能源工",答应主持他们的结婚典礼)时,我才渐渐开始意识到这一点。

这场典礼本身令人惊奇地感动,即使它并不具备法律约束力,但它依然记录了我妈妈和鲍伯在压力之下彼此陪伴、互相关心的共同记忆和历史。当妈妈将手中的捧花扔出时,我差一点就要掉下眼泪了。捧花落在了一个只有一条腿的女人的大腿上,她笑了起来。"谁知道会发生呢?"她说。

妈妈和鲍伯一起切了蛋糕,当鲍伯用勺子喂她第一口蛋糕的时候,他的手由于颤抖得太厉害,妈妈不得不握住他的胳膊,帮着他将勺子伸进她的嘴巴里。

我无意中听到两个护工的聊天。

"他搬进她的房间了吗?"

"显然啊,"一个护工说,"他们把各自的床并在了一起。希望这床足够结实,别让他们摔伤大腿。"

婚礼结束之后,观礼人员被引到楼下大厅去享用下午茶点,我们则和这对新婚夫妇告别了。

我们穿得这么正式,也别无他处可去。"你们两个想去什么好一点的地方一起提前吃顿晚餐吗?"我们一起朝车子走去的时候我说。

"可以啊,"艾希莉说,"或者我们也可以回家吃,比方说来一个穿睡衣吃披萨的电视派对?"

我看了看里卡多,他已经坐在后座位上,正给自己扣上安全带。

"我想去尝试下新的地方。"他说。

"那我们进城去,好不好?"

两个孩子都点头。"那倒是会很有新意。"艾希莉说。

我带孩子们去了商场里的"橡树屋",我们点了秀兰·邓波儿饮料和俱乐部三明治,这是几年来我过得最开心的一刻。

"我表哥以前在酒店工作。"里卡多一边舀了一大勺厚厚的芝士蛋糕一边说,"他回家的时候,口袋里会装满巧克力金币。到了晚上,他就把这些巧克力放在床上。你能想象吗?睡觉的时候被子里堆满了巧克力?"

当我告诉纳特,我找到了些可以带去南非的新奇玩意儿,比如迷你太阳能手机充电器的时候,我想我当时的自我感觉太良好了。

"那很好,"他说,"但是他们真正需要的东西是给屋子供暖的太阳能取暖器和太阳能热水器,还有夜里给村子照明的东西。或许下次你能想得更有远见一点。"

"好吧,"我说,"接受你的意见。在那什维尔有没有什么负责人?比方说市长,或者是某位长者?"

"沙哈尔是那里的头头,领头人。他老婆叫诺布赫尔·麦赫毕茜,另外,艾一资和布哈基兹兹尤是他们那儿的主要人物。"

"你怎么和他们联系?"

"通常是写邮件。"

"他们有电子邮箱?"

"他们现在有了。"他说。

"你怎么给他们寄钱呢?"

"很多种方法——通过贝宝①,或者是用爸爸的信用卡,或者直接打到他们的银行账户里。他们还会用手机操作很多银行业务。还有,比方说那什维尔街角的一家熟食店会接收款项,然后支付给他们现金。"

"你给他们寄了多少钱?"

"每个月两百美金。"

"你哪儿来的钱?"

他沉默了片刻。"你真的想知道?"

"我当然想知道。"

"卖东西。"

"卖什么样的东西?"我不安地缓缓吐出来,深怕接下来展开的话题又会让我心里一个咯噔。

---

① PayPal,贝宝,全球最大的在线支付平台。

"学校用品?"纳特说得好像很不肯定的样子。

"纳特,现在你说的这个故事漏洞百出……"

"好吧好吧,也就是,当有孩子需要在学校的商店里买点什么东西的时候……"

"嗯?"

"我就会用我的卡给他买,我的卡是关联在爸爸的信用卡上的,然后那孩子就把现金给我,我再把现金寄到那什维尔去。"

我松了口气。

"没关系的,"纳特说,"他们都觉得这方法很不错呢。他们都很能'与时俱进'。去年秋天我就是这么干的:当有人说要买校队服的时候,我就让他们给那什维尔学校的孩子也买一件。"

"你们学校的老师对你这种做法没有意见?"

"这不是什么值得他们抱怨的事情。反正,是他们把我们带到那里去的嘛……"

我草拟了一封发给村里领头人的电子邮件:"晚上好,我是纳撒尼尔·西尔弗的舅舅,之前听他说了和你们村子的深厚感情。这个七月,我们准备庆祝纳撒尼尔的十三岁生日,这在犹太人的传统信仰中是个很特别的日子,标志着他从此从小男孩变成了男人,而纳撒尼尔非常希望能够在你们村子里举办他的受戒礼。不知道这样是否可行?另外,您能顺便告诉我从美国东海岸到你们村子的最佳路线吗?你最诚挚的,哈里·西尔弗。"

几分钟后我就收到了回信。"飞机到达德班后,我们会安排车去接你们,大概需要一到两个小时的车程,考虑到爆胎的可能。

你们什么时候来?"

"先请接受我诚挚的感谢,"我回信道,"我现在还不知道具体的日期。同时,我们还有一些为派对准备的物品需要提前送到村子里去。你觉得有没有最好的运输方法?"

"先送到德班,我会让我的兄弟去取。"

"你们那儿有网络吗?"

"当然,不然我们现在怎么对话?你有网络电话吗?我们自诩是这里唯一有卫星通讯的村落,某天夜晚那颗卫星从天而降,落在了附近的山上。我们还想着可能是哪儿发生了地震,要么就是外星人。这里的信号很好。我们的手机永远都是四格信号,很好用。"他停顿了一下,大概停了一两分钟。

"村子里有多少人?"我写道。

"我们这儿有一所学校,里面有六十个孩子。我们还有三四十位老人。来吧!我们的孩子可喜欢派对了。你们可以先寄些钱来吗?"

如果这时候追问给了钱之后我们能得到什么,是不是不礼貌?"我需要你开张收据,我的账户现在缺收据。"

"什么是收据?"

"人们用来追踪钱的去向的东西,"我回复道,"我应该先给你多少钱?"我问,"五百美金?"并不是我小气,但我确实不知道这笔钱要花在哪里。

"全村人规模的派对?"他回复我,"我们或许是个穷苦的小村子,但是我们是活在二十一世纪的。"一分钟过去了,这个男人又回复我道:"我能请你帮个忙吗?你能给我们带些布洛芬吗?我们有一些很难治的疼痛症。"

"当然没问题。"我说。

"谢谢你。"

"好的,所以,你想一下再告诉我你的意见:关于派对,以及你觉得这场派对要花多少钱,等等。"

"好的,"他打字说,"我会跟我的兄弟们商量一下再回复你。"

然后我就下线了。我惊讶极了,我竟然在跟地球另一头的陌生人对话——我们这样来来回回地对话,就好像是在跟一位认识多年的老友说话一样。我查了一下时差:七个小时。哇哦!他那里现在是凌晨两点。

星期五晚上,里卡多小姨的好朋友来家里照顾两个孩子,我则出去和谢丽尔及她丈夫爱德一起共进晚餐。

爱德是个健谈又和蔼可亲的人,是那种你愿意与他拍着后背称兄道弟的人。我们在一起无所不谈,除了我和他老婆睡过这件事。

"你是干哪一行的?"

"以前是做学术的,"我说,"现在做一些写作和编辑的工作。"

"哦,是吗?"他说,"你是怎么做的呢?怎么决定写什么?或者,怎么决定插进去什么又删掉什么的呢?"

我耸耸肩。"你得对这个有感觉才行。那么说说你吧,你是做什么的?"

"家族企业——我们做硫化物。"

"那是怎么做的呢?"

于是接下来他对他的工作发表了长篇演讲，结合了科学理念和销售技巧。

"真是很神奇呢。"我说。

"你不必去恭维他，真的……"谢丽尔说。

"我是真的觉得很有意思。"

"这只是我的工作，"他说，"那么，你结婚了吗？有孩子吗？"

"最近离婚了，"我说，"没有孩子。"

"那么，你们两个是怎么认识的呢？"爱德问。

我伸手示意服务生过来。"买单，谢谢！"

我很有条理地梳理索菲亚给我准备的受戒礼事项清单，并艰难地找到了瑞安·韦斯曼——一位正在受训的年轻拉比。他曾经在工作时间出现在我的办公室里跟我讨论"犹太人罪犯"这个话题时递给我名片，现在已经失效了。瑞安·S.韦斯曼，后犹太研究中的赫西雷格研究员。什么是后犹太研究？我在谷歌上输入"赫西雷格研究"，双击。

宾尼和斯坦利·赫西雷格在他们结婚五十周年纪念日之际，庆祝他们终身热爱的学习和他们创造的赫西雷格研究会。他们为儿子亚瑟和亚伯拉罕感到非常骄傲。"他们是双胞胎兄弟，也成为了拉比。"宾尼·赫西雷格说。"谁还会要求更多呢？"斯坦利·赫西雷格说。"我会，"宾尼说，"我就做过。"主题被一张宾尼抱着她第一个孙子的照片打断了。"艾伦·史蒂芬·凯尼格·赫西雷格。我实在太骄傲了。好吧，但是……"

我通过搜索网络上的一些帖子，系统性地找到了瑞安。他为一个叫"拥抱分歧（犹太人真的不能和异教分子做朋友吗？）"的网站点赞，就是这个"赞"让我顺藤摸瓜地找到了他。

"你完成那篇关于犹太人犯罪的论文了吗？"我们最终通过电话进行了交流。

"我放弃了。"他说。

"什么意思？什么叫你放弃了？"

"我不干了，"他说，"我辍学了。"

"但是你出身于拉比家庭，是不能辍学的。"

"你能想象有多难吗？"

"发生什么事了？"

"这些人是那么虚伪，虚伪到让我觉得很沮丧。那些领袖是那么惺惺作态，一切都是信口雌黄。我经历了一场重大的精神危机和家庭危机，然后我问自己——我真的想当一名拉比吗？"

我听到电话背景声音里夹杂着奇怪的鼻息声，还有类似某种动物发情似的叫声。"那是什么声音？"

"是猪，"他说，"我在州北部一个有机农场里工作。我的工作之一就是照料这些猪。你不觉得这很讽刺吗？"

"是有点儿。"

"他们是非常聪明的动物。"他说。

我问他关于受戒礼的一些注意事项：怎样才能让受戒礼是合法的？有没有什么准则？有没有必须念出的具体的祷告词？或者是要做什么才能确定已经正式做了受戒？

"他们不会告诉你，其实什么都不需要，"瑞安说，"当你长到十三岁的时候，你就是一个男子汉了，而典礼只是一种公众姿态而已。到了十三岁,你就有责任和义务去遵守律法的诫命,你就已经被视为集体祷告的成员了。你要对你的错误行为负责任,你甚至是要为此受到惩罚的。通常情况下,接受受戒礼的小男孩会从阶在州的律法中选取一小段来朗读,或者准备一段特别主题的律法。"

我问瑞安愿不愿意考虑作为专业顾问加入我们的旅行。他非常喜欢我们将犹太人的传统仪式搬到一个偏远小山村里去举行的想法,他也很欣赏纳特所做的事情,但是……"我不行,"他说,"我不行。我想去,但是我不能去。这些猪需要我,又或者,我需要这些猪。"

在曼哈顿的办公楼里,趁地下室的看门人替我们去取来盒子的时候,等候在外面的我和旺达聊起了天。

"只是跟你说一声,我今年夏天要有一段时间不在纽约,"我说,"我要带家人去南非玩。"

"祝你们玩得开心。"她说。

"我的手机会开着,以防有紧急情况。"

旺达点头。"什么样的紧急情况呢?比如用错了逗号?"

"我只是说说。这段时间我也会给静兰放个假,让她好抓紧抄写和修订工作。"

"好的。"旺达说。

"有什么旅行建议吗?比如有什么值得去的好地方,或者哪家饭店特别棒?"

"不知道。"她说。

"但,你不是那谁的孙女吗?"

"你是说尼克松在华盛顿的老清洁女工的孙女?"她打断我说,"马塞尔跟所有人说我妈妈为尼克松太太工作。"

"那就奇怪了,"我说了这一句,没再多说,"马塞尔又是什么来历呢?"

"嗯,他要么是纳尔逊·曼德拉的私生子,被送去哈佛读神学博士,但是中途被退学了;要么就是个来自纽约的小毛孩,在《正直公民班》①里说单口相声。"

"我在想,哪个才是真相呢?"说出口的时候我已经知道答案了。

"这是一个开放式问题。"旺达说。

随着日子一天天过去,一切变得紧迫起来。我忙碌着准备护照、机票和野营的健康表单,还有可粘贴的姓名标签。

谢丽尔和我在商场里逛药店,我要为南非之行做物资储备。"我觉得你和爱德相处得挺好的。"她说。

"好得不能再好了。"我说。

"什么意思?"

"我没法想象你俩在一起的样子。你们俩在一起都聊些什么?"

"我们不聊天,所以我才在这里和你一起买洗手液。"谢丽尔一脸不高兴地说。

"你是在为什么特别的事情生气吗?"

"索菲亚爱上你了。"她说,"她整天张口闭口说的都是你和

---

① 美国即兴喜剧组合。

受戒礼,什么如果她不能跟你一起去会多么没意思,她简直不敢相信自己竟然要错过这个机会。"

"我对她没兴趣,"我说,"或许她只是想拥有你有过的东西罢了。女人们不都喜欢这样吗?当她们一起去吃午餐的时候,总喜欢两个人点一样的东西吃。"

"她在追求你,"谢丽尔说,"她丈夫甩了她,找了个新的花瓶妻,是粒子物理学家,还会滑雪。"

"我们之间不可能。"我对谢丽尔发誓。

"因为你已经在和阿曼达发生关系了?"

"因为我对索菲亚根本不感兴趣。"

"你邀请了阿曼达一起去南非吗?"谢丽尔问。

"还没有,"我说,"你这么问是因为你想去吗?"

"我才不去,"她说,"那显得多怪啊。你让我的孩子怎么想?跟他们说我要去南非参加你侄子的受戒礼?他们连你都没见过。"

"我也是这么想的,只是不想说出来而已。反正你知道,对你和你的家人、丈夫和孩子来说,我给你们的是一个开放式邀请……"

"听起来很有趣,就像成年人版的《脱线家族》①。"她说。

"还有,"我像个站在奖堆上的电视游戏节目主持人似的,继续说,"我也非常希望什么时候能有机会见见你的孩子们,那样会让事情更具有真实性。"

"以什么形式介绍给他们呢?像是,你来我们家吃晚餐,我

---

① 20世纪90年代的美国家庭剧情片。

对孩子们说：'这位是你们的爸爸在硫化室里忙的时候跟妈妈一起玩的叔叔？'"

"就介绍我是你的一个朋友好了。"我提议说。

"我会考虑考虑的，"她说，"已婚女人通常是不会有男性朋友。"

"时代变了。"我说。

我正往购物车里堆放旅行装的牙膏和洗发水，而谢丽尔却在一个新的杂货区里想要我"干"她——这叫"抓住就走"。她的想法是，我们应该在商场里的每一家店里来一场性爱历险。我们逛了这个马蹄形建筑大厦的大约四分之一区域，但是我确定这里的店员、保安和其他人都认出我们了。我不知道是因为我们是这里的常客呢——就像那些常过来散步、运动跑圈的老女人一样——还是因为他们偷偷地在某个地方设置了隐形摄像机。

正当我将一次性牙刷放进购物车里的时候，我的手机响了。我故意没接。手机铃声响了四声，断了，随后又响了起来。"是她，"谢丽尔说，"除此之外谁还会连续给你拨两次？你最好接一下。"

"喂？"我接起电话。

"我找不到爸爸了，"阿曼达慌张地说，"他刚才走丢了。"

"你在哪里？"

"外面，在某个该死的购物中心，"她说，"靠近停车场。"

"你妈妈说什么了吗？"

"我要拿沙发套送去干洗店清洗，所以就把他们送去'奶品皇后'店，因为我不想跟他们解释沙发上的排泄物，让他们觉得尴尬……"虽然我并没有开免提，但是从电话里传出的声音足够响亮清晰，以至于谢丽尔和我周围十步以内的人都能听得清清楚楚。

"我妈妈跟我爸爸说,他不能在圣代里加果仁,因为这对他的憩室病不好。他很生气,愤然走开了。我们试过找他,但是他跑得太快,我妈妈跟都跟不上。"

"或许你可以把她放在车里,然后再去找找你爸爸。又或者你看看周围有没有谁能帮你暂时照看着你妈妈。"

"问问她有没有家得宝①,"谢丽尔悄声对我说,"男人都喜欢硬件。"

"你那儿有没有家得宝?"

"有。"她说。

"去那里找找。找穿橙色背心的人,告诉他们你丢了家人。"

等了一会儿,阿曼达说:"穿黄色背心的人在外面。等一下——步话机里好像有人……他们在卖管道的区域看到他了——他正往展示用的厕所设施里尿尿。我现在就去,他看到我了。他正准备朝另一个方向逃跑。他在跑,我爸爸正在逃跑。我得走了。我稍后再给你打电话。"她说完挂了电话。

我跟阿曼达通话的时候,谢丽尔一直往我的购物车里塞东西,直到结账时我才注意到这些东西是什么:灌肠剂、卫生棉条、成人尿布、布基胶带……而她现在正站在某个卖化妆品区域的过道里。

"你觉得这东西怎么样?"谢丽尔发来短信。

我转过头,发现谢丽尔正站在过道的尽头,她撩起衬衣,闪现了一下她的裸胸,胸上还戴着个假睫毛。

我心跳加速——别人看见了吗?

---

① 美国家居建材用品连锁店。

"这是你的吗?"收银台后结账的男人拿起我购物车里一大管润蓓[①]问我。

"不是,"我迅速翻了翻我的购物车,把里面的甘油栓剂取出来,"我的东西只有洗手液和旅行装用品,肯定是有人放错车了。"我一边把鞋垫从车里拿出来放在柜台上一边说。

她又给我发来短信:"不是只有我取笑你哦!"

"你这车里有尿布,还有大罐的镁乳,怎么可能搞错呢?"有人小声说。

"他只是觉得买这些东西不好意思。"另一个人说。

"我没有不好意思,"我说,"我只是在为家庭旅行购买旅行用品。"

保安朝我走过来了。"出什么事儿了?"

"这些人一直说我因为我购物车里的这些东西感到不好意思——但是我坚持这些东西是别人放到我车里的,可就是没人信我。"

"你要不要买这些东西呢?"

"不要,"我说着,举起手来,像在投降一样,"算了吧,我下次再找时间来买吧。"

"你瞧,先生,你只买你需要的东西,别理睬别人的威胁就好了。"

"我没有被威胁。"说这话的时候,我口袋里的手机又在震。

"真是开不起玩笑。"谢丽尔发来短信说。

我只为那些我需要的东西付了钱,保安跟随我一起朝大门走

[①] 人体润滑剂。

去。我离开的时候,门发出了警报声,我只好站在原地。我知道此时谢丽尔肯定正躲在某个地方取笑我。

"走吧。"保安说。

"但是我让警报响了啊。"我说。

"你偷东西了吗?"他问。

"当然没有。"

"那你就走吧。"

我走出去追上谢丽尔,她对我说:"我弄了假睫毛黏胶在我的乳头上,但现在不知道怎么把它弄下来。贴上去之前我没想到乳头是这么敏感。"

"试试卸甲油。"我说。

"试过了,在第三个货架上,所以我才出来晚了。"

"好吧,那么你就只能带着它直到它自行脱落了。"我不为所动地说。

她上前把手伸进我裤子后面的口袋里,掏出了一堆金属条形码传感器。"你自由了。"她说。

"你越来越奇怪了。"我说。

"我承认,"她说,"我嫉妒了。"

"嫉妒什么?"

"嫉妒你,和你那个……叫什么名字?"

"阿曼达。"我说。

"没错。"她说。

星期天,我带里卡多回他小姨家的时候,顺便告诉克里斯蒂娜和他丈夫,我们准备去南非为纳特举办受戒礼。我描述了这趟行程的内容,解释了作为庆祝的一部分我们可能会猎杀动物,可能会煮食山羊,然后那里会有很多人穿着传统的珠绣服装敲打着老旧的鼓,还会披戴着羽毛。我能看得出他们觉得这些都奇怪极了。

克里斯蒂娜摇着头说:"我不知道你们为什么非要跑到那么落后的地方去,明明先进的未来就在你面前。"

"他是历史学家,"里卡多从旁替我解释说,"他活在过去。他整天读的那些书都是在讲那些已经发生的事情。"

姨夫摆弄着里卡多的汽车遥控器,让小汽车加速在地毯上来来回回,还做了几个跳跃。

"里卡多有护照吗?"我问。

"我想没有。"小姨说。

"如果我去查查给他办个护照需要些什么,你会协助吗?"

她点头。

里卡多高兴地在屋子里旋转,跳起了舞。"我要去游猎了,"他说,"去游猎,我要去抓一头大象,一头大象。"

姨夫遥控的小汽车撞上了里卡多的脚——故意的。

"玩得开心点。"他说。

邀请函到了:这些邀请函做得漂亮极了,很实用,很正式。信封看上去很有格调,上面还有蓝色的丝线。我赶紧快递了一张给纳特。

"我收到邀请函了。"他在电话里说,声音听上去好像在哭。

"你不喜欢吗?"我心一沉。

"不是,"他说,"我是说,是的,它们看起来好真实。"

"它们是真的。"我说。

他停止了哭一般的啜泣声。"我有一点惊到了。自从爸爸和妈妈的一切变得很奇怪之后,我就对很多正常的事情放弃希望了。而这些卡片,它们似乎不是真的。"

"所以你的意思是它们还不错喽?"

"它们棒极了。"他说。

"那就行了。那么,你喜欢什么口味的蛋糕呢?"我心里想着,这通电话顺便又处理掉我事项清单上的一些任务了。

"巧克力的。"他说。

"那么《摩西五经》呢?你决定好到时候要读哪一段内容了吗?"

"你懂的,"他说,"我不太熟悉希伯来语。我想写一些我自己的东西……"

"写什么内容?"

"你曾经参加过'火烧人'节吗?"

索菲亚寄出了邀请函,每个地址都是她用漂亮的书法亲手书写的。她给了我一张电子表格,让我追踪所有邀请函的回复结果。当杰森表弟开始给我发邮件时,我就知道已经有人收到这些邀请函了。杰森在邮件里用通篇表达了他对南非的糟糕印象,还附上了一些文章,说撞车是导致南非旅行者死亡的首要原因,以及那些游客如何在南非机场就被人行凶抢劫,还说那里针对白人的暴力事件日趋增多,还有类似埃博拉病毒的疾病,如果在夜晚开车的时候等红灯,就可能会有一群人上来砸烂你的车窗户,抢走你车里的随便什么东西,甚至直接劫持你。

"谢谢你的忠告,"我回信道,"我会重视这些附件里的文字,你将会在精神上与我们同行。"

索菲亚从东方贸易公司和莉莉安弗农目录①上买了一大堆东西,她给村子里的每一个孩子都购买了铅笔、本子和书包。她还打包了好几个大塑料桶,里面装满了球衣、校园文具用品、音乐设备、活页乐谱、卡式录音机,还有录音卡带,上面有所有她想要孩子们学会唱的歌。此外还有魔鬼蛋糕粉、巧克力糖衣、糖屑和蜡烛。

与此同时,在乔治书房的那层楼上,我已经为孩子们打包好了四个大行李箱,里面装满了他们要带上的衣服。每个孩子都有相同的款式,只有尺码和颜色不同。我还带里卡多和艾希莉去医院打了所有需要打的预防针,并安排好纳特在学校里完成疫苗注射。

准备这些的时候,我其实有些担心。我不怀疑村民们对纳特的情感是真诚的,但是,如果没有了金钱支持,他们是不会这么有热情的。但我并不想让纳特扫兴,所以这些我都没跟纳特说过,只是,我很清楚地明白,他们是在利用我们的同情心,不管我们给予他们什么。当然,这也是他们应得的——如果说有哪个种群天生就有权享受这种补偿,就是他们了。

在我和阿曼达之间越来越少的午后约会中,她告诉我,关于那个被杀死的女孩希瑟·瑞恩,还有很多事情是我们不知道的。

---

① 美国零售电商,销售居家用品、儿童用品及时尚产品。

"比如呢？"

"比如，我找到她钱包的时候还发现了一些别的东西。"

"比如什么东西？"我看着她重复了一遍问题。

"体操服、学校里的笔记本之类的东西。"

"你没想过把这些东西还给她的家人吗？"

"没有。"她说。

"为什么？"

"他们有她一辈子的东西，而我就这么一点儿。"她说。

"但是他们是她的家人啊……"

"她就是我。"阿曼达打断我。

"所以，你刚才说还有很多事情是我们不知道的，是指什么呢？"

"她的手机还能打通。"

"我猜她父母还没来得及把号码注销。我相信这不是他们需要做的急事。"

"现在还能收到一些信息……"

"什么样的信息？谁发来的？"

"她最好的朋友发来的语音留言。"

"真的？"我惊讶地问。

阿曼达点点头，把手机递给我。"第一条是她失踪当天发来的，"她说着，按下了语音留言键，并按下免提："你在哪儿？嗨，喂？给我回电话好吗？我是说真的，你为什么最近变得这么奇怪？打电话！我该为你担心吗？如果你在五分钟内还不给我回电话，我就去找亚当……好吧，亚当也不知道你在哪儿。顺便告诉你，你现在已经正式成为失踪人口了……喂！好吧，警察告诉你父母，他们在垃圾箱里找到了你的尸体。你妈妈当场尖叫，呕吐，吐得厨房的地板上到处都是。你爸爸让我和古斯基太太留下来陪你妈妈，他跟警察一起出去了。古斯基太太清理了厨房里的呕吐物。我带你妈妈离开厨房去客厅里坐着。我不知道我该想些什么。我一整夜都和你姐姐待在一起。我们几乎一夜没说话。我一直在想，某一时刻你会突然出现在家里，然后让所有人都知道，这整件事情，什么搜索的警犬啊，人们搭着帐篷四处寻找你啊等等，这些反应都太夸张了。早上五点，你爸爸才从警局回来。他们让他确认尸体是不是你的。你怎么能就这么死了呢？而我现在还在给一个死人打电话，不觉得很诡异吗？我觉得我真的不太相信。我觉得除非你亲口告诉我，否则我真的无法相信你已经死了。你总是告诉我这个告诉我那个，一直以来我都是那么依赖你，你不觉得现在这样太奇怪了吗？我现在要向谁倾诉呢？今天下午我回到家，我父母还不停地问我怎么样，好不好。我当然不好了，但我无法忍受他们这样看着我，就好像我是一条走失了的小狗。我得逃离我的家，而那些记者又都追着我不放。我跑去你家，你的家里简直是一团糟，这也是可以理解的。剩下的我们，就像是余震未了。我在停车场里和亚当见面，他觉得这一切都是他的错，他不该不相信你说的。你根本没有跟那家伙约会，他觉得是他自己搞砸了这一切……"

"还有多少？"我问阿曼达。

"很多呢。"她说。然后我们继续听：

"今天是你的葬礼，你肯定会喜欢。每个人都来了，甚至连克拉派特斯基尼先生也到了，搞得像是总指挥一样。当然，没人鸟他，但是你父母让他宣布从现在开始有一个以你的名字设立的奖学金。你妈妈还邀请我去你的房间看看，问我有没有什么特别的属于你的东西是我想要的。我拿走了那串你在七年级时从商店偷走的手镯。'那是她最喜欢的东西之一。'你妈妈说。'我知道，'我说，'我有一条一模一样的。'然后她把你的蓝色自行车送给了我姐姐。你爸爸简直快崩溃了，他以前就常常会用手把他额头上的头发扫到脑后去，但是现在他已经秃了，所以，看着他不停地将看不见的头发扫到脑后，一遍又一遍，还是蛮诡异的。

"还有，你绝对想不到是谁杀了你：就是那个脸上有肿块的家伙，那个令亚当误以为你跟他约会的男人。他之所以知道那么多你的事情，是因为他有你以前的日记，所以他觉得自己很了解你。现在我老是会梦到他跟踪我。我知道他要跟踪的人是你，但是在梦里，好像我成了他的第二人选。

"你觉得你有没有可能还会回来呢——这样问是不是太奇怪了？

"那边怎么样？那里是一个真实的地方吗？那里有其他人吗？
"想你。"

阿曼达又按了几次快进键。

"对不起，好久没给你打电话。我希望你不要误会，但是，我跟亚当好像在约会了。你不会生气吧？"

"然后就停了，"阿曼达说，"手机被关掉了。"

"她是你的谁啊？"

"我也不知道啊。但就好像是某个我永远都不会成为的人，我觉得和她很亲密。我觉得只要我让手机永远保持有电，这些就不会消失——这些东西会随着时间慢慢自行消失吗？"她问。

"我哪知道。"我有点不太舒服。

我们在杂货店里分手,她要去买点东西,我则要赶回家接里卡多的校车。

"星期五来我家吃晚饭吧,"临走的时候我对她说,"带上你父母一起。"

"你确定?"她问。

"当然,"我说,"六点半,我会准备鱼条和塔特酒的。"

"我会带一块重磅蛋糕来。"她说。

星期五晚上,孩子们帮我一起布置餐桌。我们在桌上铺了漂亮的桌布,还摆上了上好的银器和碟子,所有的餐具都是自简去世之后第一次从碗柜里拿出来。我还买回来新鲜的花朵,教艾希莉和里卡多如何切掉茎部,如何插花。艾希莉做了沙拉,里卡多帮我一起准备鱼条和塔特酒。当阿曼达带着她父母一起到来的时候,孩子们像两个小外交官一样端正地站在门口迎接他们。

"我可以替您脱掉外衣吗?"里卡多礼貌地询问,尽管他们压根没穿外套。

"您想喝点什么吗?"艾希莉站在前廊厅里时就要求为他服务了。

"真是太可爱了。"阿曼达的妈妈玛德琳说。

我感到无比自豪。

"真是盛情款待啊。"阿曼达的妈妈摇着里卡多的手说。

"您的手真柔软,"里卡多说,"就像羽绒一样。"

"谢谢你。"玛德琳说。

准备好了晚餐,我偷偷瞄了一眼客厅,看到玛德琳正坐在地板上和艾希莉一起玩扑克牌,赛斯则兴致勃勃地在跟里卡多解释双陆棋中的细节。

阿曼达一个人坐在沙发上,双手交叉抱胸,噘着嘴,一副不高兴的样子。

我叫大家上桌吃饭。鱼条和塔特酒似乎相当受欢迎。席间不乏一些平淡无味的诗词赞美,玛德琳和赛斯回顾过往,谈论着他们曾经一起经历过的神奇旅行。他们曾在法国的葡萄园间穿梭,在意大利小小地历险,以及他们如何靠搭顺风车穿过都灵附近的重重山脉。

阿曼达则想起那时候她和姐姐被父母丢在家里,和隔壁一位没结过婚又不会照顾孩子的女人待在一起。

里卡多和艾希莉则分享了他们去威廉斯堡的旅行,包括一切比较"色"的细节,这让赛斯大笑不止。

"他总是很喜欢黄段子。"玛德琳小声对我说。

随着这顿愉快的晚餐临近结束,我发现自己越来越喜欢阿曼达的父母,甚至超过了对她的喜欢。

吃完了重磅蛋糕和涂了新鲜奶油的浆果后,艾希莉、里卡多、阿曼达和我开始收拾碗碟,当我们从厨房出来后,发现阿曼达的父母不见了。我瞥见她爸爸的背影,他正在爬楼梯上楼。

"天哪!"阿曼达惊叫起来。

"我去。"我主动说。

她父母正站在主卧里。"能麻烦你给我们端些茶水来吗?"她妈妈问,"我担心我们的行李还没送上来。"

"您对茶有什么要求呢?"我问。

"不要太浓。"她说。

"两块方糖。"他补充说。

"您也需要来一些吗?"

"我不用,但是她总会抱怨茶太浓了、不够甜之类的。你们这儿有小瓶的苏格兰威士忌吗?"

"我当然可以为您找找,"我说完就下楼去了,"他们似乎打算在这儿过夜。"我一边拿出茶壶一边说。

"他们是准备要玩通宵吗?"艾希莉问。

"不确定呢。"我说。

阿曼达冲上楼梯,过了几分钟后又回来了。"他们说他们很高兴我能加入这趟旅行,也很开心他们能够再次旅行,这次的经历提醒他们,原来他们是多么地喜欢尝试新鲜的地方。还有,他们说剩下的时光我可以出去随便活动,晚点儿我们再见。"

我给阿曼达、她妈妈和艾希莉各沏了一杯茶,又倒了杯威士忌,回到了楼上。

"怎么样?"我一下来阿曼达就问我。

"你爸妈上床睡觉了,他们穿了乔治的睡衣。你妈妈还坐在床上读我之前摆在床边的书,戴着我的阅读眼镜。'我找不到我自己的睡衣,'我把茶递给她,她很开心地微笑,'所以我就穿上他的了。'而你爸爸应该在浴室里刷牙,哦,我猜他用的是我的牙刷。"

"让他们穿好衣服立刻下来,我们该回家了。"阿曼达开始闹情绪了。

"他们看起来非常舒服自在。"我说。

"让他们留下来吧。"艾希莉祈求说。

"我没意见。"我说。

"只要不让我和那位女士一起睡就行。"里卡多说。

阿曼达看着我们的表情就好像我们都疯了似的。

"我可以告诉他们,退房时间是明天中午,你可以就这样把他们留在这儿……"

"你是什么意思?留下他们?"阿曼达问。

"他们说特别高兴能回到以前的老房间,两个人睡一张大床,而不是分房睡。"

"他们难道不知道当初是他们自己选择一定要分房的吗?"她恼火地说,好像我刚刚的话是在责备她似的。

"我想说的只不过是,我很欢迎你父母留在这儿过夜。你也可以享受你自己的时光,出去干你的事儿,不用担心他们。"

"一个晚上我也没什么事儿可做。"阿曼达没好气地说。

"我们可以为他们准备早餐,"艾希莉说,"薄饼和鸡蛋。"

"还有培根。"里卡多补充。

"很欢迎你加入我们。"我对阿曼达说。

"我要走了,"她匆忙拿起自己的钱包说,"我要外出一整个晚上。我也不知道我要去做什么。"

第二天大约中午的时候,阿曼达打来电话问他们怎么样了。我告诉她,他们很好,我们一起吃了早餐,他们现在正坐在客厅里阅读。

我越是告诉她我多么喜欢她的父母,她就越少跟我说话。

"他们都快不行了。"她说。

"我们所有人都会有这一天,"我说,"他们还很精神。"

"好!"她说,"既然你跟他们相处得如此愉快,或许我可以出去度个周末，去些什么地方。"

"比如去什么地方呢？"

"我也不知道，去看看我住在费城的姐姐？去波士顿看看我的老朋友们？我可以打包他们的药和一些干净的衣服，然后把他们丢给你。"

"我应该为你不愿意跟我一起出去而感到难过吗？"

"这跟你没关系，"她说话的语气里有一种孩子气的怨恨，"这是我的问题。我几乎什么都没了——我得保护我仅有的。"

总不能说一个长久以来一直照顾着自己年迈父母的人是自私吧！"好吧！"我说，"你自己过得开心点。"

她去了一个周末，然后回来了。我知道她回来过，是因为在我出去的时候，她在我门前留下了一个巨大的塑料袋，里面装满了更多的衣服，还在门把手上挂了重新配方的处方药。她给我家的电话留了语音留言，说她要出去跑几趟腿，去银行啊，干洗店啊。她的声音里充满着一种重生的热情。

她离开，又回来，回来时顺道过来拜访看一看，给我留下了银行卡、她家的钥匙，还有一张写满名字和电话号码的清单，全部都是她父母的医生们。她来了又走，走了又来——然后，又走了，再没回来。

是艾希莉告诉我阿曼达不会再回来了。"她上路了。"艾希莉说。

"她说什么了吗？"

艾希莉摇摇头。"没说太多。"

我给阿曼达在费城的姐姐打电话。"你父母在我这儿，我想让你知道他们很好。"

"你是谁?"

"哈里,你妹妹的朋友。你们的周末过得怎么样?"

"什么意思?"她诧异地问。

"阿曼达不是去找你一起过周末了吗?"

"我已经好几年没见过阿曼达了。这是骚扰电话吗?你是想要从我这儿得到什么吗?如果是的话,我现在就告诉你,混蛋!"

"算了,"我说完,挂了电话,也意识到,很有可能艾希莉是对的——阿曼达走了。

我给谢丽尔发了短信,她半点都不同情我。"我告诉过你,你们不会有什么好结果。"

"我应该报警吗?要是她受伤了或者死了怎么办?"

"她走了,"艾希莉说,"你要想开点儿……"

我陷入了恐慌,拨通阿曼达的手机。我被直接转接到了语音留言。然后我发现原来她在我的手机里留了一条语音留言:

"我让你做了我父母账户的受托人,你有他们的代理权。还有一些文件,我都已经签过字了,只需要你的签字,它们在你桌上的文件夹里。我知道你有很多疑问……要是我觉得你不适合,就不会做出这些事来。这个语音留言从月初开始释放。我成为不了你们中的任何人,也不能成为任何你们想要我成为的人。我需要彻底释放。顺便说一声,别给我姐姐打电话,她完全不管。如果你不想照顾他们了,就把他们送回家,他们自己会照顾好自己的——他们一贯如此。"

"我还以为她会留下来,因为她喜欢我,"那天晚些时候我给谢丽尔发短信,"我以为她会留下来,因为我对她的父母很好,因为我是一个可以依靠的男人,一个好男人。"

"你是,所以她才把她的父母留给你呀。"她说。

"我要取消行程吗?"我问谢丽尔。

"当然不用。"她这么说是因为她非常确信我信任她。

"现在给两个老人买机票已经太晚了,而且我也不知道自己能不能照顾好两个老人和三个孩子——更何况他们也不一定能受得了这样的旅行。"

谢丽尔觉得我疯了。"他们哪儿都不去,"她坚定地说,"他们已经在这儿待了很久,而且等你回来之后,他们也会在这里待下去。"

"好主意。"

我安排了宠物志愿者带上他妹妹一起来,他妹妹是个见习护士。我让他们两人在我不在家的时候帮忙照顾老人和宠物们。

本学年就要结束了。艾希莉给我看了她关于"肥皂剧之死"的反思论文,里面交织了她在木偶剧院排演《罗密欧与朱丽叶》时的感受。论文中,艾希莉写到她在戏剧角色中看到了自己,以及她如何让自己参与到剧中人的生活,并会在情节发展的间歇中思考他们。我很惊讶艾希莉拥有在肥皂剧、莎士比亚和木偶剧中找到共通点的能力。她的观点非常不错。但是,我的专业型人格跳了出来,我在想,有没有人曾跟她讨论过结构?这里面还有很多地方是可以改进的。我如实地跟艾希莉说了自己的想法,然而我的意见对艾希莉来说就像迅猛的狂风暴雨一般,让她瞬间气炸了。她愤愤地走开了,但最终还是接受了我的意见,修改了论文。有时候,她会在半夜里偷偷把论文从我房间的门缝里塞进来。她想做得更好,而这是个好征兆。我假装不介意她那狂风暴雨般多变的情绪，但私下里还是偷偷记下来，下次再去看塔特尔医生的时候，我得咨询他一下：如何正确地关心并管教处于青春期的女孩子。

与此同时，里卡多经常在学校里待到很晚才回来，他要彩排班上演出的一部戏，在里面扮演年轻时的本杰明·富兰克林，这是个永远忙得四脚朝天的人物——他的年鉴，他的各种发明，还有宣言。为了更好地融入角色，里卡多问我他能不能拆掉家里那台旧打字机，并制造一个他自己的印刷机。我窃喜地同意了。勾勾和金色的星星激励着他——里卡多正在以自己的方式朝着他的洋基队之梦前进。

而纳特呢？六月的第二个星期，他们学校就放假了，但纳特被选中参加迷你夏令营，所以要继续留校两星期。今年夏令营的主题是数学，更确切点说是微观经济学。

事实上，尽管生活依旧充满压力，更别提那些不可思议的感觉——这一刻你刚觉得一切都进展顺利，下一刻就一定会有什么事情让你崩溃——尽管如此，我还是很高兴能够看到孩子们成长得越来越好。

随着出发的日子日渐临近，我和村子里的对话变得越来越频繁，我需要给他们带的东西的清单也越来越长。我把箱子里的毛衣和衬衫都拿出来，腾出位置放他们临时需要我带的果冻布丁、十二寸炒锅、充电电池、扑热息痛、巧克力薄饼、酵母粉和维生素C泡腾片。

替里卡多办护照的中介向我多收了两百五十美金，因为里卡多的护照申报需要的解释工作比平常人麻烦得多。

索菲亚联系到了南非村落的领导人沙哈尔,逐一分析我们去那儿之后会发生的事情。我跟她说不用这么焦虑,我们可以留有余地,让事情自然发展。"我喜欢一切都有条不紊地进行,"她坚定地回答说,"我知道在别人看来可能很难理解这种细节管理的意义何在,但是,"她说,"我想让一切都进展顺利。而且我知道,到时候,存在文化差异的不仅是受戒礼本身,还有时间观念和很多偶发因素,所以我希望能做出更明确的规划。"沙哈尔的脸出现在电脑屏幕上。"一切都准备好了吗?"索菲亚问沙哈尔,"有没有什么东西是你需要我在最后一刻塞进箱子里的?"

"我们都准备好了,随时可以出发,"沙哈尔说,"我手上有你给我的指南。"说着,沙哈尔晃了晃手中夹着好几页纸的写字板。

"我们都非常兴奋,"索菲亚告诉沙哈尔,"哈里会给你带去一份影印版的邀请函。"

"你有一位非常能干的妻子。"趁索菲亚不在的时候,沙哈尔跟我说。

"她不是我的妻子,"我说,"是派对策划师。"

"像科林·考伊一样?"他说,"他为奥普拉策划了很多大活动。"

"没错,"我说,"沙哈尔,我很好奇,纳特当初是怎么来到你们村子的?"

"我们建了一所学校,想挽救我们的村子。从此,好事就发生了,"他说,"我们这代人得走出村子去找工作,很多人出去之后就再没回来。我们的村子里人员流失得很严重,人越来越少,于是我就想了这么个主意。既然民主可以带来钱,那么我们可以去申请,然后为学校筹集资金,这样我们就能用这笔钱来救助村子了。所以,第一步,我建了一所小学校,然后我说我们需要钱来建造一所更大的学校,这样附近村子的孩子也可以来我们这儿上学。大多数来我们这儿上学的孩子都只有爷爷奶奶带,而这些爷爷奶奶没法完全照顾他们。更重要的是,有了学校,孩子们就可以受教育了。"

"你上过哪里的学校?"

"我只上过两年小学,但是我知道一些事情。我的家族已经在这里生活了很长时间,我们都是留下来的人。"

"你们很伟大。"我说。

他摇摇头。"我不是伟大,我只是实践主义者。我不想让我的村子死掉。已经不剩下什么了,没有任何理由让任何人留在这里了,除非我们一直坚守于此。也正因为如此,纳特才来到我们中间。'如果你建造了它,他们就会过来。'"他说着说着大笑起来,"我是在说《第三类接触》①里的台词,那是理查德·德莱弗斯建起一座土豆泥山时说的话……"我发现沙哈尔发"土豆"这个单词的音时会把每一个音节都单独发出来,使"土豆"听起来非常美味。

"我想那是《梦幻之地》里的台词,凯文·科斯特纳主演的一部棒球片。在《第三类接触》中,德莱弗斯说:'我猜你们已经注意到爸爸有点儿陌生……'我脱口而出这段台词,连自己都吓了一跳,于是我在心里暗暗记下,找机会要把这部片子重新找来看一

---

① 美国科幻剧情片。

遍,它显然给我造成了很大的影响。"沙哈尔最后用了一句他们的语言说,"旅途平安。"

出发前的晚上,大家都在外面玩威浮球①。纳特和赛斯给里卡多做指导,玛德琳则在一边加油助阵。黄昏时分,出了点故障的照明灯一闪一闪的,除了蚊子多,场面还是颇为庄严的。艾希莉和纳特给予里卡多无条件的拥抱,根本无从判断他们是队友还是竞争对手。他成了他们的小弟弟。他被上帝留给了我们,而我们也一样。

我站在门口的台阶上,和他们稍微拉开点距离,观察着他们,就好像我要悄然离开他们似的。但我不会离开他们。他们只是投入在眼前的游戏中,而我则在思考着我们何时出发,想着护照、现金和行李箱都准备妥当了吗;当他们在想着现在已经是夏天了,天气多么完美的时候,我则在制做意大利面和肉丸作为他们的晚餐。

"跟我们一起玩儿。"里卡多叫我。起初我并没有反应。"一起玩儿!"他大声要求。

"垒在哪儿?"我问。

"杜鹃花是第一垒,映山红是第二垒,路旁的紫丁香是第三垒。"纳特介绍说。

我举起球棒。艾希莉挥拳砸着她的手套,大声叫了句:"朝这边来!"

---

① 改良过的棒球游戏,球上有八个孔,借气体力学使其变化幅度更大。三到五人即可组队玩耍。

衔接上的时候，我和他们的比分是一比二，我试着解读赛斯摇摇晃晃的击球，那空洞的塑料击打着塑料，把球砸到了右边，弹到门前的灯柱上，又蹦蹦哒哒地从黄杨木底下一直滚到了比艾希莉高几英尺的小沙堆上面。艾希莉奋力一击，我直接把球安全地打到了第三垒上。玛德琳接着站起来，触击球，我则溜回家，偷偷用冰块敷了敷我的左膝盖。

第二天下午，来接我们去机场的车早早就到了。这是里卡多生平第一次坐飞机，所以过安检的时候他一头雾水，不但脱掉鞋和袜子，解掉皮带，还清空了所有的口袋。他的口袋里装了一大堆垃圾。进了机场，孩子们都兴高采烈地要买口香糖，里卡多更是对一切都充满了渴望，他想要漫画书、苏打水、巧克力和开心果。他用如此真诚的小眼神看着我，我实在无法拒绝他。"选一个吧。"我只好说。"一人一个吗？"他问。"一个就够了。"我说。

登机后，里卡多坐在我和纳特中间，艾希莉坐在我右边，我们四个就这样肩并肩坐飞机的中间一排，然后手牵着手，像里卡多说的那样"升空"，被遗忘的一切将继续被遗忘，直到我们远走高飞。夜里，我醒来，发现里卡多的头枕着我的胸膛，像个保龄球。

到了约翰内斯堡，塞西莉早就安排了人来照看我们，就像是机场的保姆，开着一辆高尔夫球车来接送我们，还让孩子们轮流按了一遍喇叭，以满足他们的好奇心。最后安全地把我们送到了前往德班的一架较小的飞机上。

到达目的地后，飞机上的人都走空了，我们才下机。我们去提取了自己的行李包，然后看着人们来来去去，有各种各样的人走过来问我们需不需要搭车。

"不,"我说,"我们有人接。"

二十分钟过去了,我只好给沙哈尔打电话。

"没人去?"他惊讶地问,"你开玩笑吧?我待会儿就给你打回去。"他说。几分钟后,我的手机响了。"车子出问题了,我们正在另做计划。我待会儿给你电话详细说。"

我们坐在各自的行李箱上,成了茫茫人海中引人瞩目的白色风景线。我从没想过自己会来到一个如此令我全然无措的地方。

三十分钟后,来了一个男人。"我是马勒李斯,是诺布赫尔的表弟。请跟我来。"我们跟着马勒李斯上了他的厢式轻便车,就是外接一个额外座位的小型皮卡车。孩子们坐在我后面,我和马勒李斯坐在前排。"我是一名园艺工,"他介绍自己说,"所以我的卡车闻起来有一股臭味儿,我今天揽了件大活。"

卡车闻起来并没有那么臭,只有泥土的味道而已。我们一路上都敞开着窗户,我问孩子们吹着风要不要紧。

"没事儿。"他们说,他们很高兴终于下了飞机,离开了机场,"这样很好。"

"现在,"马勒李斯说,"我们要去取包裹。"他看了看地图。大约十分钟之后,我们的车停在了一个叫"埃斯特的厨房"的店门前。马勒李斯跑进去,回来的时候有两个帮手帮他一起提了好几个盒子。他们把盒子放在卡车后面。不大一会我明白过来,这些打包装在干冰里的食物就是我们明天的午餐。那些帮手说着一种我不太熟悉但是听起来很有韵律感、很欢快的语言。

"好了,"马勒李斯说,"现在,我们要好好上路了。"

收音机开着,正在播放混合了摇滚和嘻哈的现代流行音乐,主持人说的是英语,让我感到很舒适。

"你是在那村子里长大的吗?"我不知道在那什维尔,他们怎么称呼那村子。

"不是,"他说,"我们是赫卢赫卢韦①种菠萝的农民。"

我们离开德班的时候,经过一处看上去像贫民窟的地方,到处都是锡顶小屋,居民的住家都是用随便捡来的废木材、钢铁和砖头建造的。男孩们赤脚走在路边。

"我们在往哪个方向走?"我问。

"北边。"马勒李斯回答说。

"天什么时候变黑?"

"冬天,大约五六点之间。"

出了德班,一条路似乎无限延伸下去,看不到尽头。我们的皮卡轮胎一路在高速路上颠簸着,发出嗡嗡的声音。远处的电灯就像二十一世纪的巨人一样立在那里,像地堡一样的小房子点缀在这道风景之上。

"那是什么?"里卡多指着路边的一种动物问。

"狒狒。"马勒李斯调换收音机频道后说,这次收音机里的主持人说的语言应该是祖鲁语。

午后阳光的照耀下,景色一片葱绿,群山起伏。我放下防晒板,从一个小镜子里看坐在后面的孩子们。艾希莉和里卡多已经进入梦乡,风吹拂在他们脸上。纳特则醒着,显得异乎寻常地安静。

"你还好吗?"

---

① 南非夸祖鲁－纳塔尔省北部城镇。

"如果这一切只是幻想怎么办？如果一切已经不是我记忆中的样子怎么办？"他问。

"总会有点儿不一样的，"我对他说，"事情总是会变的，你也变了很多啊。但是不管怎样，总会好的。"

随后，我们陷入了一段长长的沉默。

"到了。"随着我们的车驶进一条辅路，纳特热情洋溢地大叫一声。在不知是什么地方的中间，我们的车停靠在一小排建筑物旁边，纳特跳了下来。

"Ninjani，"①他说着走上去跟每个人打招呼，"Ngikukhumbulile kangaka! 你们都长这么大了啊！"纳特对孩子们说。

"Ninijani。"我也跳下车，并帮助里卡多和艾希莉从后面爬下了车。

"我是沙哈尔，"一位男子对我伸出手来说，他看起来比我想象的年轻很多，"欢迎你们。"

"谢谢你。"我说。

"先带你们去你们的房间，"他说，"然后我们就必须开始了。我们已经比计划的迟到了。"他摇晃着手中索菲亚给他的计划表说。

村子比我想象的要小，与其说是村庄，不如说是大约由十五到二十座房舍组成的部落，房舍之间有泥土小径。沙哈尔带我们去了学校，其他人都跟在我们后面，提着我们的包，远远看着我们，好像在揣测我们是谁，为什么被如此盛情款待。

"这是我们的学校。"沙哈尔不无骄傲地对我说，展现在我们

---

① 此处为当地语言的罗马拼音，下同。

眼前的是一栋低矮的建筑，看上去就像郊区的娱乐中心，"你们就住在这里，因为这里的厕所很好用。"

"谢谢你。"

"我并不是要催你们，但我们必须加快速度，不然我们就会错过日落了。"

我瞥了一眼沙哈尔手上攥着的单子，上面用各种黄色、绿色和粉色着重标记了：

下午4:30 抵达

下午4:35 村子官方欢迎

下午4:40 带一家人参观他们住的地方

下午4:45 洗手洗脸

下午5:00 准备点蜡烛（见附件）

下午5:15 安息日祝福

下午6:00 晚餐

请为全家人提供瓶装饮用水，并鼓励他们饮用。

我没想到一切会被安排得如此井井有条。我们像摇滚明星或者国家首脑一样被盛情款待。

艾希莉从随身背的包里抽出了一条漂亮的裙子，迅速换上。我走进卫生间，洗了洗脸和手。

"这里的生活很简单，"艾希莉说，"我喜欢这样——就像在野外露宿似的。"

"是的，但这里一直都是这样，"我说，"人们每天都为基本的生活而挣扎,这里没有人会为他们要进哪所大学而焦虑。"

"那不是很好嘛?"里卡多问。

"这不一样。"我边说边领着孩子们走到楼下的大厅。

一张桌子上已经摆好了银质的烛台、银质的高脚杯和一条盖着布的白面包。

整座村子的人都在这里了,教室里塞满了人,所有人都盯着纳特。

里卡多和纳特在教室前排的位置上就坐。随着他们开始唱"Lekhah Dodi"①,艾希莉缓缓从过道上走来,披着一件白色蕾丝披肩,头戴相衬的犹太小圆帽。这些装备我以前从未见她穿戴过。

歌曲结束,纳特开始讲话:"谢谢你们邀请我和我的家人来到这里,和你们一起庆祝这特殊的时刻。我们家没有太多的传统习俗,我们不是那种非常宗教化的家庭,所以这些传统基本上都是我们的祖先们制定的。而对我来说,星期五晚间仪式的重要性就是教我懂得停下来,关注彼此,感谢这一周过去了,而我们还在这里,在我们繁忙的生活之中要抽出时间来和我们的家人、我们的子嗣交流相处。总之,我希望你们知道,此刻我是多么开心自己能站在这里。我想向你们介绍我的弟弟里卡多,还有我的妹妹艾希莉,她现在就要去点亮安息日的蜡烛了。"

艾希莉走向前。"在安息日里,我们会念三段祷告:一段是在点亮蜡烛的时候,一段是为了面包,还有一段是为了美酒。今晚,由于我妈妈的缺席,我会代她点亮蜡烛。"

---

① 希伯来语罗马拼写,意为"来吧,我的朋友"。

每个人都凑近到前面，所有的眼睛都盯着艾希莉，好像她将要表演神奇魔术似的。她点亮了蜡烛，然后遮住眼睛，开始背诵：

"Baruch atah Adonai, Eloheinu, melech ha'olam, asher kid' shanu b' mitzvotavv' tzivanu l' hadlik ner shel Shabbat."①

里卡多说："这是对面包的祝福：赞扬你，主，我们的上帝，宇宙之王，将面包带到地球来。"

"还有对美酒的祝福，"纳特说，"Baruch atah Adonai, Eloheinu, melech ha'olam borei p'ri hagafen."

仪式又交给了纳特。"两年前我曾来过这里，而这两年来我也经历了很多事情。我们的习俗是：某位家人突然死亡后，生者要为其哀悼一年。我妈妈被杀死之后的这些日子里，我每星期五晚上都会到学校的教堂里去和她说话。我曾为我的妈妈、为我的家人、为所有人祈祷。尽管这种祈祷并不是我们的传统方式，但我一直都相信，不管是基督教还是犹太教，这样的祈祷一定会起作用：主是我们的牧羊人，我不应……"

当纳特开始朗诵的时候，整个村子的人都加入进来和他一起念（那些记不住全部祈祷词的人手里捏着张字条偷看）。鸡皮疙瘩在我脊梁上下打旋。

"在犹太人的宗教里，有一种特殊的纪念祈祷，我们叫Av Harachamim，而我想邀请艾希莉和里卡多和我一起来做。里卡多也在今年失去了自己的亲人。"接下来，孩子们庄严地用英文朗诵了祷告词。祷告完毕后，纳特说："现在，我们想邀请你们一起来

---

① 犹太教日常祷告语。此处为希伯来语罗马拼写，下同。

尝尝这白面包，啜饮这杯酒——小孩子就用葡萄汁代替酒。"艾希莉和里卡多掰开面包，村里的孩子们每个人都上来要了一小块面包吃。

"像棉花糖。"一个孩子说。里卡多大笑起来，气氛瞬间变得融洽。既然孩子们能够这么轻易地熟络，我们也立即从之前的庄严转变为愉快。

每个成年人都有一小杯酒。"好东西，"一个男人在等待他的第二杯酒时对我说，"Thela iwayini."①

"每人一杯。"纳特说。

"Ubani iugama lakho？"男人问我，但我完全不知所云。

"他想知道你的名字。"纳特替我翻译。

"我的名字叫哈里。"

"Igama lami ngiungu，哈里。"纳特又替我给他翻译。

"哈里，"男人说，"谢谢你的酒。"

"你们什么时候排练了这些？"我问艾希莉和里卡多。

"索菲亚很强势，"里卡多说，"不管她让我做什么，我都得做。"学校的主教室里已经摆好了长长的桌子。"我们接受从你们那儿带来的传统，也保留一些我们自己的。"沙哈尔说着，示意我应该坐在他旁边。村里的女人们端上了一碗又一碗犹太肉汤。我认得这些盘子，是索菲亚挑选的，三氯氰胺塑料盘，估计学校在接下来的几年里都会继续使用这些盘子。桌上还有浸在奶油汁里的鱼、从德班的餐厅里取来的碎肝，还有切成方块形的全熟鸡蛋，就跟姑姥姥莉娜做的一模一样。每个孩子们面前都有一盘意面，上

---

① 此处为当地语言的罗马拼写，下同。

面淋了红色酱汁,还撒了碎芝士。孩子们似乎对在这种地方能吃到如此熟悉的食物感到松了一口气。我很感激索菲亚为我们安排的这一切。

肉汤还是热的,咸的——这是时代的灵丹妙药。犹太丸子丰满圆润,外面是软的,中间是硬的。如果乔治在这里,他肯定又会怪腔怪调地说犹太女人是如此钟爱于给男人吃他们的丸子。不知道是因为一闪之念间想到了乔治,还是因为突然意识到现在外面已经完全黑了,我忽然涌上一阵焦虑感。如果外面还有亮光,我就能看清回去的路,但是现在我们只能在这里留宿一夜,而我也必须向我的这段经历臣服。

"我们有一种传统的炖汤,叫inyama yenkomo,"沙哈尔的话转移了我的注意力,"我妻子做的,你一定要尝一尝。"说着我尝了一口炖汤,肉质纤维明显,酱汁是甜辣味的。起初我并不喜欢这味道,但随着滋味慢慢渗入味蕾,越来越喜欢了。"而这个,"沙哈尔斟满我的酒杯说,"是我们自己做的啤酒,叫tshwala。"

我们吃着东西,有位老师站起来说:"纳撒尼尔,两年前你来这里的时候我还没来,但是我经常听这里的人说起你的慷慨。孩子们为你准备了一首歌。"每个孩子拉出了一个明亮的塑料卡带。Weee-dee de de deee dee de deee dee dee weeamumuawahhhh——音符起起伏伏——wee——ummm mummm awah……

沙哈尔凑过来说:"这是一首古老的南非歌谣。这是索菲亚建议的,我都不知道这歌在你们那儿也那么流行呢!"

"这是一首经典歌谣,"我说完,也跟着一起唱了起来,"……诺达的丛林,狮子今夜睡着了。"

晚餐后是舞蹈时间。有人手提音响放着音乐,还有人在打鼓,大家随着音乐翩翩起舞。最后,村民陆续离开了,纳特想和自己的朋友们一起玩通宵。

"不行,"我说,"明天是你的大日子,现在该上床睡觉了。"

"你必须听爸爸的话,"沙哈尔说。我不确定沙哈尔有没有注意到自己的口误,但是纳特和我都发现了。纳特什么都没说,我却觉得很高兴。

上床睡觉前,我把沙哈尔要我带的东西给他。"这个炒菜锅是干什么用的?"

"这是给我妈妈的一个惊喜,"他说,"在她工作过的大房子里,她曾看到电视里有人用这种锅炒菜,打那之后她就总会不停地提起它。"他拿起炒菜锅,翻转了一下,"怎么把它关上?"

我忍不住大笑起来。"你要把它放在火上或者电磁炉上,它就会自己变热……"

他点头。"那这玩意儿有什么特别呢?"他困惑不解地说。

"我想,特别的是它的形状吧。"我说。

"谢谢你。Lala kahle,"他说,"睡个好觉。"

我们的床像一块木板,上面垫了薄薄一层床垫,还有一堆闻起来像是汗味儿又像是泥土味儿的毯子,反正令人相当不舒服。床上还铺了跟酒店里一样的床单,不知道是从哪儿借来的还是偷来的,好像有人曾告诉他们,美国人需要熨烫得平整的床单和蓬松新鲜的毛巾才会觉得舒适一样。在我们的床头还摆着好几卷未开封的厕纸。我不知道现在是几点,也看不出现在是否午夜,我只知道明天很快就会到来。孩子们几乎一挨着枕头就睡着了。

太阳一升起,我就闻到浓浓的咖啡香气。我起床穿好衣服出了门。围着一个开放式的炉子,三个女人在做鸡蛋煎饼,都是按照索菲亚提供的说明指南在做。里卡多和艾希莉吃了传统的粥,我吃了抹鱼酱的吐司,也尝了点儿其他的东西。早餐供应的还有橘子酱和茶,艾希莉说这是她吃过最好吃的橘子酱。村里的孩子们也来品尝了煎饼和枫糖浆,他们称枫糖浆为"可口良药"。

村子周围,人们已经摆起了装饰物,挂起了蓝白色的彩带。大约十一点半的时候,我们回到自己的房间,换好正式的衣服。我打开道具服,看起来有些滑稽,就好像在穿戏服一样。但是因为里卡多和艾希莉坚持要做,我也只得照办。纳特觉得我们奇怪极了,他只穿了牛仔裤、一件沙哈尔给他的绿黄相间的、南非国家足球队的T恤衫就出门了。

我们来到村子中心,这里有一个圆形的开放式广场。村里的孩子们以一首传统的祖鲁歌开场,我觉得歌曲唱的好像是:"我们的妈妈来了,给我们带来了礼物……"随后,村里的男人们围着纳特,他们身穿各种祖鲁式传统服装——我已经不确定这些东西究竟是他们的传统还是旅游道具。他们将纳特围在中间,精力充沛地跳起了欢乐的舞蹈,和沙哈尔来回对唱着一种歌曲。村民们和纳特先是聚集在一起,片刻之后,又随着他们的一声大吼而突然散开。

沙哈尔将中央舞台交给我。我站在台上,先简单介绍了一下自己,然后谈起了纳特,讲到纳特出生时的故事,当时他爸爸是那么骄傲,视这个孩子为自己生命的延续——而我,也同样将纳特当成我弟弟生命的延续。而由于我和我弟弟的种种复杂关系,也带来了我和这位小伙子之间的密切联系。我继续说,直到那场家庭悲剧发生之后,我才开始真正了解纳特这个人。"是纳特促使我去努力做更好的自己，去期待更多，去努力寻找下一个机遇，而不是逃避或沉沦，"我说，"他的生活环境，很多情况下并不是他自己可以选择的，但是每当我看着纳特、艾希莉还有里卡多，我总是会被他们惊人的意志力折服。这一年中，我所学到的最重要的事情就是，父母的工作是去帮助孩子成为他们本应该成为的人。我不只是纳特的大伯，我还是他的头号粉丝，也感谢他把我带到你们这里。"然后，就好像在介绍演出一样，我说："女士们先生们，让我们有请纳撒尼尔·西尔弗。"

"今天是为了庆祝我的成年礼。在犹太人的传统宗教中，受戒礼，也就是成人礼，发生在十三岁生日的时候，这一天标志着正式从一个小男孩成长为一个男人。今天，在我父母缺席的情况下庆祝我的成年礼，我觉得自己能活下来已经很幸运了。

"两年前我来过这里，那之后我就经常想起你们和这个村子。我一想到经济危机、种族灾难和疾病折磨，就会意识到自己的人生何其幸运。每当我经历困苦的时候，就会想到你们，并觉得我有义务活下去。活下去不只是为了我自己，而是为了其他人。这是两年前你们教会我懂得的——让自己活下去。因此，我又回来了，对你们说声谢谢——是你们给了我生活的勇气。"

纳特还在台上讲话的时候，里卡多靠过来跟我说，等他十三岁的时候，也想来这里举办自己的成人礼，到时候他还要"修整"一下自己的小鸡鸡。

"我觉得保持原有的样子会更好。"我想把注意力放在纳特身上，所以没太在意他的话。

"为什么你和纳特的小鸡鸡比我的更好呢？"

"里卡多,我了解你想说什么,而且我向你保证,这件事可以等我们回家之后再聊,这不是现在就要在南非处理。而且从来就没有什么更好的小鸡鸡这种说法……你注意到南非的那些小男孩和你的小鸡鸡一样了吗?"我想引导他把注意力放在纳特上。

"是啊,"他说,"穷小子都有烂鸡鸡,"他啜嚅道,"我想要一个富人的鸡巴。"说着,他低头看自己大腿。

里卡多的思维方式以及他用的"鸡巴"这个词,让我彻底凌乱了。

最后,纳特读了一首他在学校里自己写的诗歌作为结语,大家都为他鼓掌。

沙哈尔站上台说话。

"纳特和纳特的家人们,你们今天的到来,不仅仅是和我们一起庆祝这一从男孩变成男人的辉煌篇章,也是和我们从朋友变成了家人。你们对我们村子的信心提醒了我们,要相信自己,也要求我们为自己付出更多,因此我们也更加努力。努力工作使我们变得更加强壮。我们曾经很软弱,我们对自己感到悲伤和无力,也曾经历和见过太多艰难困苦的事情。你们的到来就像是一阵新鲜空气,是你们告诉我们,要跳出自身去思考,超前思考。我们为自己的现在感到高兴,我们并不孤单,因为我们拥有一个很大的世界。我们的友谊使我们相信,黑人和白人也可以走到一起,可以成为真正的朋友。长久以来,我们的生活裹挟了一份巨大的重量,而我们将花上很长一段时间来慢慢感受自己的光芒。曾经有人告诉我,有一种陌生人,虽然不认识你,却会非常关心你。我当时并不理解这个意思。直到现在,我在你们身上懂得了。我想谢谢你们。"他停顿了一下,继续说,"你爸爸的朋友索菲亚和我曾经就文化传统问题有过一段深入的谈话。值此成人礼之际,我决定做一些非常美国化的事情,让我们来庆祝独立。因此,我们将举行盛大的汉堡包烤肉免费自助午餐会,还有热狗派对。"

"你们所有人都是免费自助的。"里卡多说。

看到村里的女人们穿来穿去,团团转地沉迷在我们这场非常美国式的梦幻中,我担心着这样是不对的;而与此同时,从他们的表情就能看出,他们爱死了这些美国货,这些美国文化已经很大程度上地成了他们梦想的一部分。索菲亚想得非常周全,什么番茄酱、蛋黄酱、芥末酱、腌黄瓜和氢气球,一样都不少。

午餐过程中纳特问我:"爸爸知道我们在这里吗?"

"我想应该不知道,"我说,"你想让他知道吗?"

纳特耸耸肩,又拿了个热狗吃。

随着午餐接近尾声,村里的孩子们突然都失踪了。我起初还以为他们是去玩儿了,但很快他们穿着蓝白色球衣带着蛋糕又出现了。他们唱着"生日快乐",还淘气地加上了"你看起来像只猴子,你住在一个动物园"这样的歌词。他们大概觉得这样很好玩儿。

纳特切了蛋糕。他凑过来对我说:"我一直以为你是个混蛋,和那些人一样,什么都不会做,不值得相信。但是现在,我觉得你像一个真正的人,很帅!"

每个人都穿着纳特同款T恤衫,大家都在玩足球,甚至连年纪大的女人们也加入了。大家正玩得热烈的时候,沙哈尔对我说:"有个人,我希望你趁今天下午能见一见。这个人对我来说很特殊,他叫朗蒂斯威,是我们这儿的巫医。他就像我兄弟一样。"

"他是做什么的?"

"什么都做一点儿。他给了我一种粉末,涂在脚上止痒。我对泥土过敏。你能想象这有多荒唐吗?生活在这样一个地方,竟然对泥土过敏!"沙哈尔大笑着提起他的裤子,向我展示他穿的鞋子和袜子——高筒白色长袜。

足球游戏还在进行的时候,那位朗蒂斯威来了。他看起来比沙哈尔年长一些。他向我介绍自己:"我想谢谢你带来的供给品。你带来的很多东西都是用来填充我的医药袋的。在二十一世纪这个人们相信一切都能修理的年代里,刚好够用。我已经不是巫医了。我就像个修理工,请叫我美泰先生。"

我哈哈大笑起来。

"如果你仔细想想,这其实没那么好笑。"他说。

我点头。我们一起旁观孩子们踢球。

"你有一个美丽的家庭。"

"谢谢。"我说。

这时候,艾希莉跑过来,让我帮她把头发扎起来。我介绍朗蒂斯威给她认识,她朝他伸出手来要握手。

"你喜欢这趟旅行吗?"他问。

"喜欢,棒极了。"她说。

"我很荣幸。" 朗蒂斯威说着,握住了艾希莉的小手。

"你最喜欢哪个部分?"

她想了一下说:"我喜欢星期五晚上点蜡烛,还有和大家一起唱'Wimoweh'[①]的时候。"

[①] 非洲曲风的歌曲,单词的意为"你是一只狮子"。

"都很不错。"他点点头说。随后他放开她的小手,艾希莉又愉快地奔回去玩了。

"她悲伤了很长一段时间。"巫医说。

"她挺好的。"我说。

巫医看着我,似乎认为我没有在认真听他讲话,问"她在学校里好吗?"

"说起来比较复杂。"我说。

"她很害怕,很担心将发生在自己身上的事。那个胖男孩……"

"里卡多。"我说。

"里卡多需要接受训练,他身上有着过剩的精力。他正在通过吃一些高脂肪的垃圾食物来控制自己,让自己变得缓慢。他应该去练习空手道或者击剑,直到他找回自己。"

"你怎么知道这些?"

"有些事情看一眼就能知道。"他说。

"再跟我多说说。"

"纳特需要变得更柔和一些。他一直在用愤怒推着自己前进,但是这种方式一旦到达某个临界,他会崩溃的。他需要找到一种能给予他营养而不是愤怒的依托。"

我点头,心想这家伙真的很懂。然后他转向我,让我伸出舌头来看一下,然后又凑上来闻了闻我的口气。我猜想我的口气一定充满了热狗和芥末的味道。他点点头,好像在思考,组织语言来表达他所看到的东西。

"你差一点儿就死了,"朗蒂斯威说,"你可能现在觉得自己挺好的,但是在你的内部并没有你以为的那么好。你握着一些犯规的东西,它们需要被释放出来,而你害怕放它们出去。这是长久以来积存下来的,你一直握着它们不放,就像是以此为伴,就像是这样一来你就不会觉得自己是那么孤单了。但是现在你已经有了一个家庭,为了你的健康,你需要放它们出来。"

我点头。我知道他说的是对的。我描述自己经历的能力很有限,还有一些细微之处未加阐明。难道任何人都可以很好地解释自己吗?但至少我觉得自己能做的只是咕哝,希望有人从我说话的语音抑扬顿挫中,或许能理解。我可以托辞这是中风引起的,但那是我的幌子。我怎么能对别人说:我的内心里总是住着一股生锈般的恶心感——那混沌的、苦涩的水——我想那就是我自己的灵魂呢?

"需要放出来的是什么东西?"我问朗蒂斯威。

"那是我该问你的问题,"他说,"是一些让你逃避、不愿面对生活的东西。我很愿意给你一些东西,让你能彻底腾空这些陈旧的东西。我们会从一杯茶开始,喝了这杯茶之后,你会产生非常强烈的梦境。还有风。但是你必须持续喝四天,在你感觉更好之前,你会经历非常难受的过程。"

这个"更好之前"的难受经历并没有让我冲昏了头脑跳起来说,让我们现在就开始吧!反而,我冷静地问:"你所说的风是指什么?"

"来自你肚子里的烟云,"巫医说,"但是不管你有什么感觉,你都要持续不断地喝下去,直到那些烟云停下为止,然后你就会明显感受到精神上的轻松。我们马上就开始,"他说,"我去给你做茶。"巫医说完离开了。

我又全神贯注在孩子们的比赛游戏上。

二十分钟过去了,巫医捧着个大马克杯回来。我喝下了杯子里的茶,有一股浓郁的土腥味儿,就像是把泥炭土和蘑菇混在一起煮过的味道。"这是用什么做的?"我问,故意拖延饮茶的间歇时间。

"我不能告诉你,"巫医说,"因为如果你知道了,那我就得杀了你。"他微笑着说。我注意到他嘴里只有四颗牙齿,前面的四颗,某一边还有很多漏洞。他大笑着:"开玩笑的!"

四十五分钟之后,极度的疲惫感袭来,我毫无招架之力,只得就地躺下。我不知道是因为茶还是受戒礼结束了的关系,但这感觉像是积攒了一辈子的疲惫瞬间爆发了,像是什么东西正在慢慢从我身体里流走的感觉。我强撑着回到屋子里,倒头睡了过去。我的梦境令人很不舒服,那么生动,带有令人难以置信的色彩,似乎是过度饱和的。这梦景如此强烈,以至于我一边做着梦,一边觉得我永远都不可能忘记。然后我醒了,感觉自己像是喝醉了,什么都不记得了——好吧,几乎是什么都不记得了,只隐约记得些奇怪的片段,像是:我在和一群男人开会,坐在一间办公室里,他们说话的时候我才发现,这是上世纪六十年代。我身穿笔挺的西装,那些说话的人都是尼克松的人,我也在为尼克松工作,这些人全都转过脸来看着我,好像在热切地期待着什么。然后有个男人穿着短裤,戴着我妈妈的胸罩,和我爸爸一起在房间里跳舞旋转,我妈妈追着他,不停地用洗碗巾打他,口中念叨着:"快去给我修好空调。"

我起身,摇摇晃晃地出去找孩子们。我不知道自己究竟在这儿睡了多长时间,现在我的偏执焦虑症又发作了。我担心他们故意给我下药,让我睡着,好趁机把孩子们拐走。

还好,我发现每个人都在离我不远的地方好好地待着:纳特坐在台阶上,正和村民们一起修热水器;里卡多在和一群小男孩玩耍;艾希莉则在帮忙做晚餐。大家全然融入一幅健康而充满乡土气息的画面中。

"你在出汗。"艾希莉跑来看着我说。我这才发现自己在睡梦中出汗过多,睡着睡着,整件衣服都被汗水浸湿了。

我点点头,什么也没说,走开了。我返回学校,找到我们住的房间,冲了个澡。巫医在那儿找到我。"怎么样?我的药开始发挥作用了吗?"

我点头。

"你还好吗?"

我又点点头。

晚餐的时候,每个人都在吃面前漂亮的食物,而我的面前只有一碗粥和另一杯茶。这次的茶颜色更绿,像是长满了草。我迅速喝了下去,然后差不多一瞬间就吐了。

"我肯定是对里面的什么东西过敏。"我抱歉地对巫医说。

他摇摇头。"这茶谁喝下去都会吐。"

我看着他,好像在问:那你干吗还拿给人喝?

"如果我告诉你你喝下这个会吐,你还会喝它吗?待会儿我会给你另一杯茶,我保证这次你喝下去绝对不会吐。"

晚餐后是烟花秀。索菲亚雇了个专业烟花团队来表演。孩子们的脸上洋溢着喜悦的表情,即使是年长的人,也很少有人见过这样壮观的烟花表演。巫医这时候又给我端来了一杯新茶,这次的这杯尝起来甜甜的,令人愉悦。我接过一饮而尽,也有一部分原因是我觉得心烦意乱,急切地想要做些事情。

漫天都是爆炸声。有红色的牡丹、蓝色的光环、金黄色穹顶状的垂柳、火红的菊花和蜘蛛，还有各种闪闪发光的其他图像在夜空中燃烧，像雪花，像一捧一捧艳丽的花朵，像宝石，也像射向天际的繁星。我一边看一边想，这景象能让方圆多少公里之外都看得清清楚楚？而这气氛对这场庆典来说有点过了。我忍不住在心里盘算：这么大的场面得花多少钱啊？

随着烟花在空中发出爆裂和破灭的声音，人们吹着口哨，哼着小曲，而我的肚子也在这个时候隆隆作响，上演着来自古老的原始胃胀气而形成的气体——二氧化硫、甲烷和氨。我想象那些被涂成蓝色和绿色的巨大多胆汁云朵像庞大的不规则彩虹肥皂泡泡，缓缓地从我的身体里上升，晃动，扩张，最后爆掉。我并没有像某些人那样把这一场面想象得那么不堪，相反，我对于从我身体里出来的东西感到震惊。从某一点上来说，我觉得它们完美地配合了这场烟火表演。

表演以传统的白色烟花礼收尾，随着山那边传来巨大的回声，烟花降落至地面。白色的烟袅袅散去，每个孩子手中都举着火热的小烟花在空中挥舞。我警惕地看着这场面。

接下来就是吃冰淇淋的时间，各种香草、巧克力和草莓口味的冰淇淋装在巨大的纸板箱中从德班运来，一路上，干冰渲染了夜晚。这里的很多孩子之前从没吃过冰淇淋，所以，仅仅是这样看着孩子和大人们享受地吃着冰淇淋的样子，就觉得神奇而美好。

当我们最后散场各自回去的时候，有孩子抱怨他们简直无法忍受靠近我。我整个人闻起来有一股令人作呕的味道。我默默地把自己的床拉到学校的走廊上，要不是因为怕黑，我肯定直接把床拖到外面去睡了。

第二天早餐之后，我们把索菲亚订购的小礼物——双肩包、铅笔等分发给孩子们。孩子们都很感激，礼貌地接受，并对我们行了屈膝礼，显然之前有人教过他们该怎么做。他们表现得非常温和，还有一点点的脆弱，就好像他们所获得的生活的权利并不稳定似的。一个小男孩送给里卡多一辆锡制的小卡车，是他自己用苏打水罐子做的；女孩们送给艾希莉一条珠子串成的项链和一只小篮子；沙哈尔给了纳特一顶古老的部落头饰，是用动物皮和珠子做成的；随后他又递给我一只小烟草袋子，里面装着个老犀牛角，犀牛角里面满满地盛着能够让勇士无坚不摧的神奇原料。"这里面混合了动物脂肪，擦在手腕上面就可以。这是性功能神药，甚至能让狗勃起。"

"谢谢你。"我说。

朗蒂斯威给了我一个工具包，里面装的是我接下来三天用得着的物品，包括贴上早餐、午餐和晚餐标签的茶，并提醒我喝茶的时候不要吃任何肉类，要多喝水。他还给了我一些茶，让我带回美国喝。"你一回去就喝这个，"他说，"这会帮助你将你仍紧握着的东西放松下来。然后是这个，每天喝一次，连续喝三天。之后，如果有需要，比如你又开始感觉变回了以前的自己，就喝一杯。它们会让你解脱。"临走之前，他又给我端上一杯茶："喝完这杯再上路。"这杯茶有股子邪恶的味道，就像马粪浸泡在啤酒里好多天之后发酵的，味道浓烈，邪恶。我真是费了相当大的劲儿才把这杯东西喝下去。

"我搞不好犯了个错误，"我喝完后，他从我手中接过杯子时说，"我放了些肉桂进去，本以为这样会让味道好一点儿——我不应该放的。"

两辆路虎开到村子里来接我们，从车上下来两名白人男子，他们站在轮胎边上介绍自己是德克·克鲁格和皮耶特·古森，还介绍了两个随同的黑人帮手，卡帕诺和乔赛亚。他们闷声不响地把我们的行李提到车上去。

我们出发了，随着车子慢慢驶远，那个小村子渐渐消失在视线里。我们一直回头看着村子，直到完全看不见为止。我相信那里的每个人仍在朝我们远去的方向招手。孩子们开始哭泣，先是纳特，然后是艾希莉，最后里卡多也哭了，并说："我为什么会哭呢？我很快乐，同时又感到悲伤。"

"就像下雨的时候总会遇见彩虹一样。"艾希莉形容说。

我们曾到过那里，又很快离开了，该如何处理这种陌生感呢？就好像我们还没有做得不够，但我们又能多做些什么呢？这是这个村子的命运，它需要由我们来修补吗？

一路上，我们有好几个钟头都在谈论村子以及我们在那里遇见的人。能够再次来到这里，看到一切都发展得很好，纳特高兴极了。开车的男人也想加入我们的话题，却只能说出诸如"所以你们玩得很开心喽"之类的话。

我们的车行驶了两个小时才来到一个大瀑布前，这里的景色真的只能用壮观来形容。"即使最无动于衷的人也会对这里的景色心动不已，"我们下车时皮耶特说，"如果你们想玩一玩，我们可以在这里来一趟远足。"就在这时候，乔赛亚和卡帕诺从第二辆路虎车后面拿出了登山拐杖、绳索和马具，供孩子们玩耍。

我觉得胃里一阵抽搐，借故逃进了森林。我腹泻了，在一个地方拉完，又转移到另一处继续拉更多，这样不停地拉着。到最后,我只能手拄着树枝,勉强支撑身体不倒下。我的裤子已经脱掉了,围在脖子上,挂在肩头,而我实在是不由自主地在往丛林里喷屎。我的身体拉空了,又一阵抽筋般紧住,又拉空了,又紧住……

"你还好吗?"其中一个向导每隔几分钟就朝我叫一声,"小心不要让什么东西突然跳出来咬了你的屁股。"

"我还好,"我虚脱无力地回应他,不是因为我真的还好,而是除此之外没别的可说。"你们先走,别管我。"我提议道。

"我们带孩子们去走走,一个小时后回到这里,"他们中的一个人说,"车子我不上锁,车里有水,你在那儿拉完了之后一定要喝水。"

等他们回来后,一个个都容光焕发。"太神奇了,我们用绳索拴紧,攀登了神奇的岩石。"里卡多说。

"瀑布实在太美丽了,我能感觉水喷洒在了我的脸上,"艾希莉说,"我还看到了彩虹,你不觉得很神奇吗?因为我今天早晨才说过'彩虹',这会儿就真的见到了……"

"孩子们都非常安全,放心吧。"德克说(后来里卡多每次提起他都叫他"德提克")。

"那儿还有飞索,我们从丛林中飞跃过去了,"纳特又补充道,好像我知道得还不够多似的,"你感觉好些了吗?"

"希望吧。"我说。说实话,我想象不到比眼下更糟糕的情况了。

"肯定是因为你吃了什么东西,"皮耶特说,"祖鲁人做的食物能要了你的命。"

"真的吗?"艾希莉问。

"难说。"皮耶特说。他说话的语气里有一种我非常不喜欢的东西,我叫它"种族歧视"。

下午,我们到达了营地。"正好赶上喝茶时间。"德克说。他们带我们去看晚要住的帐篷,有点像《阿拉伯的劳伦斯》①里的感觉,太夸张了。这里与其说是"房间",不如说更像是帐篷屋,有着巨大的环形门廊,铺着富有东方韵味的地毯,摆着长长的沙发,还有舒服的椅子、老树干做成的搁脚凳、落地台灯,还有一张活动桌,可以在上面写写画画。浴室里,一只硕大的爪形鱼缸直接嵌在灌木丛里。屋子里还有用小碗盛着的用树胶做的蛇,以及给孩子们玩的毛绒玩具。两个黑人服务员给我们端上了茶、柠檬水和饼干(饼干上蘸满了柠檬酱),还有花生酱果冻三明治。我不知道这是他们一贯的生活方式还是索菲亚特地安排好、为我们准备的特殊待遇。

我们休息了一个小时。然后,一名导游过来,和我们谈起黄昏时即将开始的游猎,再次跟我们确认了规则:可以拍照,但是不准大声说话,绝对不要吼叫(因为会导致动物们惊慌逃窜),不可以下车,不可以尝试给动物们喂食,更不准用任何方式吸引近处的动物,无论何时都不可以把手伸出车外。

我一边喝茶,一边担心,万一到时候看到狮子们在享用晚餐,搞得我又会忍不住要"释放自己"了怎么办。我想过取消自己的行程,但是一想到日落之时,让皮耶特和德克两个人带着孩子们去那么危险的地方,我实在放心不下,于是打消了不去的念头。

---

① 以阿拉伯半岛为背景的冒险史诗电影。

休息的时候,我把索菲亚准备的游猎包裹分发给孩子们,还有相机和帽子,每顶帽子上都有一个巨大的金属扣。

德克给我拿来了一种特殊的饮料。"喝下去,你会感觉好很多。"他说。

"这是什么?"

"佳得乐,"他说,"我们一般都会随身带一瓶,给怀孕的妇女准备的。"

我不知道他是不是在嘲笑我。但是喝下这个之后,我确实感觉好多了。

和我们一起乘车去夜游的还有一对从荷兰来的老夫妻。"我这辈子都盼望这一刻的到来。"丈夫说,他的妻子不会说英文,只是附和着点头,"多年前我祖父曾来过这里,回家的时候给我们带了一张大象皮。"

"他杀了一头大象?"里卡多问。

男人骄傲地点点头。我们谁都没再说什么。

"你们应该知道,这是一次摄影之旅,"皮耶特说,"在这里,唯一能使用的工具只有照相机。"

来自阿姆斯特丹的男人冷酷地点点头,好像他希望自己能做的不止如此似的。

"我们知道这个区域有一群狮子:很多母狮子,两头公狮子,还有一些刚出生没几个月的幼狮,"车子放慢了速度,皮耶特低声对我们说,"路对面,我们现在看到的是一些刚出生的狮子的脚印,注意了,这说明它们就在我们附近。"

突然间,黑人指了指外面,我们看到一头公狮子从丛林里钻了出来,后面跟着一头母狮子和一些幼狮。公狮子好像是在追踪着什么,尾巴有些抖。

"我认识这头狮子。"皮耶特说。

狮子慢慢靠近了,我们全都开始对着这些狮子和小幼狮疯狂拍照。然后又有一头母狮出现了,慢慢靠近。我们驱车尾随着它们,结果发现了一个地方,有好几头狮子正在咀嚼着什么,仔细一看,天哪,那是一具已经无法辨认的尸体。

"他们在吃什么?"来自阿姆斯特丹的男人问。

"小羚羊。"皮耶特说。

"这些动物不被圈起来吗?"我问,"会不会突然有一头野狮子窜出来,跑到马路上来呢?"

"不太可能,"皮耶特说,"我们这里的大部分动物都待在狩猎公园或者野生动物园里。你可能会在这附近看到猴子、狒狒或者羚羊,但是你们不太可能会发现大象、狮子、犀牛或者水牛……"

"人们还在狩猎那些动物吗?"

"是的。"皮耶特说。

"在有栅栏的公园里面狩猎,似乎有点可悲。"纳特说。

接下来就没人搭话了,直到里卡多问:"所以说,这就是一个类似室内或者户外动物园的地方喽?"

"差不多。"艾希莉说。

我们发现一头公狮子正在和另一头公狮子吵架,这场面够拍一百张照片了。之后我们就在太阳落山的时候赶回了营地。天空浩瀚无垠,我们还没返回营地,星星就已经全部出来了。我们一路数着星星,指认着星座的名字,回到了夜宿的帐篷里。

为了方便我们休息，帐篷又被重新布置了一番。原本围绕在巨大双人床周围的三张大沙发被挪开，各自摊开形成独立的床，上面铺了清爽的白色床单，还有蓬松的大枕头。每张床上都架起了蚊帐，一切都显得既华丽又不失乡村特色。我们可以自由选择用晚餐的地点：可以和其他客人们一起在外面吃，也可以在我们自己的独立小阳台上用餐。

我们选择了小阳台。每顶帐篷里都有一名配备的"管家"。我们的管家叫邦哈尼，是一个皮肤黝黑的利落的年轻人，浑身散发出一股善良淳朴的气质。当孩子们邀请他坐下来和我们一起分享奶酪焗通心粉的时候，他摇了摇头，礼貌地说："我已经吃过了，你们享用吧，看见你们吃得愉快，我就很开心了。"邦哈尼又给我拿来了一些佳得乐，还有热水供我沏茶。我打开巫医临走前塞给我的工具盒，看到里面一包包的茶，每包上都贴着哪一周哪一天哪一时辰服用的标签。今晚的茶包是深紫色的，紫得有点儿发黑的那种。

"您需要奶油和糖吗？"邦哈尼问我。

"要是你们这儿有蜂蜜的话，就来点儿。"我说。

"在游猎营地里，我们基本上什么都有。"他说，而这是个令人有些不安的事实。

晚餐后，我喝了那包茶，感觉滑滑的，让人很放松。然后趁孩子们都在看电影，我去浴室泡了个澡。洗澡的时候我无意中听到孩子们的谈话。艾希莉对男孩们说，一个女孩要在南非生活是很艰难的，这里的女孩都得不到尊重。男孩们说他们并没有注意到这一点。我很惊讶于艾希莉对这里的印象。"这让人很沮丧，"她对他们说，"女人们要做所有煮饭、清扫的活儿，但是她们在这里却没有任何权利,没有人关心她们。"

"我相信人们会关注到她们的,"我从浴室里出来说,"但是,或许人们都在忙着为种族平等而斗争,所以忽视了妇女的平等权利。"

"基本上,"艾希莉猝然离开她的床说,"女孩子在这里是没有地位的。"

邦哈尼主动提出要给孩子们点篝火,这样她们就能围着火堆烤棉花糖吃。孩子们立即兴奋得眼睛放光了。

孩子们身上涂了防虫剂后,他们就去外面围着篝火玩儿了。我在帐篷里能看到篝火把他们的脸庞映照得通红。

我待在屋子里面,虽然筋疲力尽,但感觉好了很多,几乎可以说是一种很奇怪的兴奋劲儿。我数了数,还剩下九包茶。

里卡多在篝火边睡着了,邦哈尼把他抱进屋里。"要我给他换上睡衣吗?"邦哈尼问我说。

"我自己来就行,谢谢了。"我说。

艾希莉和纳特准备上床睡觉了,邦哈尼问孩子们要不要听睡前故事。

"好的。"他们说。

我们听着邦哈尼的声调像起伏的旋律,讲述着很久很久以前英勇的大象和狮子的故事,像伴着摇篮曲一样渐渐入睡。

一个小时后,里卡多醒来,走到我的床边。"我害怕。"他说着爬到了我床上。过了一会儿,艾希莉又说:"我睡不着。"说着也爬了上来,躺在里卡多旁边。凌晨两点钟,纳特一言不发地爬上来加入我们。我们就像一窝小狗,彼此蜷缩着,发出柔软的鼾声,不知不觉间争夺着枕头和毯子。

这是整个这一年里我睡得最好的一觉。

天刚蒙蒙亮,邦哈尼就已经为我们准备好了早餐。他发现我醒了,就给我端上了一杯茶。等孩子们都醒了,我又喝了很多茶,吃了些原味吐司,然后看着孩子们开心地吃下了很多早餐。吃早餐的时候,我问起邦哈尼的家人。他说他们都很好,而他一直都住在这里。

我们被告知带上泳衣和换洗衣服,一大早就要出门,去开始一场寻找大象之旅。这一次,那对从荷兰来的夫妇坐在另一辆车上,我们单独坐一辆车。途中,别的车里有孩子大概在闹脾气,把毛绒玩具扔出了车外,所有的车都停了下来。德克走近那个小男孩,我本来还担心他要跟他谈谈不要破坏规定之类的话,结果,他只给了小男孩一根棒棒糖就让他安静了下来。与此同时,乔赛亚迅速跳下车,从灌木丛里捡回了孩子的泰迪熊,于是车队又继续前行了。

到了下一站,当其他人都在拍照的时候,我跟德克聊到我们觉得邦哈尼非常温和,有他陪伴,我们都觉得非常舒服。德克告诉我,邦哈尼的爸爸很早就被人杀害了,他的妈妈为了生存不得不沦为妓女,最后得了艾滋病而死。

之后,我们来到了一处风景如画的地方,在一棵硕大无比的大树底下摆上了丰盛的野餐。那儿附近恰好有几架秋千,挂在又粗又长的绳子上,孩子们可以在上面荡来荡去。空气中闻起来有一股非常好闻的泥土混着青草的大自然味道,而"野餐"即意味着有鸡尾酒,有大大的舒服的椅子,还有漂亮的桌子,上面摆放着真正的餐具以及巨大柳条筐里拿出来的多得仿佛无止尽的丰盛食物。吃完午餐，回营地的路上，我们路过一条小河，早已有几个伪装的"帐篷"设置在那里。导游告诉我们可以在这里游泳，这里没有鳄鱼，而且会有人在附近拿着枪替我们放哨，以防万一。孩子们立即换上泳衣，跳进河里。我怕河里有寄生虫之类的东西又会刺激我的消化系统，所以没有参与。

那天晚餐之后，大家谁都没有商量睡哪儿的问题，不约而同地穿好了睡衣跳到我的大床上，一边啜饮着热可可，一边听邦哈尼讲睡前故事。

您想要什么？几个月以前，塔特尔问过我。

我想要的就是这个。不管它是什么，我要的就是这当下的幸福，希望它永远不终结。

第二天早上，趁孩子们都在附近的鳄鱼场参观，我忙着把我们来时带的所有东西和旅途中积攒的所有东西打包装进行李箱里。我突然决定把我们从家里带过来的大部分衣服都留下，只用少量衣服将易碎物品包裹起来装箱——其他的都留在这里。

行李箱里装满了我们这趟旅行的各种纪念品，还有帽子、T恤，都是些这礼拜刚开始时的抢手货，买的时候还很喜欢，但是回去后估计会很少用。

我将不带的衣服装了一大包放在一边，等邦哈尼进来的时候，我问他是否愿意替我保管这些。

"可以，"邦哈尼非常认真严肃地接受了这项任务，"我会保管到你们下次回来再给您。"

"我希望你能用得上这些衣服，"我说，"或者把它送给那些你觉得能用得上的人。我不希望你再还给我。"

"谢谢你,"他说,"我会好好地穿它们。"

临走的时候我给他钱,他还了我一些。"钱太多,对我没好处。如果有人觉得我很有钱,他们就会试图从我这儿偷走。我只能拿这么多。我很高兴能与您和您的家人共度这段美好的时光。"

我想过把他带回美国,他可以去学校上学。我在一张纸上写下了我的名字、地址、手机号码和邮箱地址,然后把那张纸给他。"需要的时候一定要给我打电话,不要犹豫。"我说。

我们拥抱着再见。

"再见了,认识你们很开心。"他说。

在去往德班的路上,我们两次停下来买东西。艾希莉买了幅画,准备挂在她的房间,还买了一些耳环。为了给玛德琳和赛斯带回合适的礼物,她一直在精心挑选,认真上心的程度和当初为挚爱的蕾妮小姐选礼物时是一模一样的。她买了些东西,然后又发现了些别的东西,也买了。一路上,艾希莉和里卡多瞄准各种各样的小店,请司机停下来。店主可能已经察觉到艾希莉能给他们带来生意,都鼓励艾希莉慢慢选,不着急。她也确实如此,瞄准了她认为最完美的礼物——一对深黑色娃娃,相当大,一公一母正好一对,做得完全符合人体解剖学。我告诉她如果她自己想要,那没问题,但是我不认为这是送给阿曼达父母最合适的礼物。

"你错了。"她直截了当地反驳我。于是我只得妥协。我不只是在这里肩负责任的大人,还是掏钱买单的人。算了,随她去吧。"好吧,"我说,"但是只能买一个,这是最后一个完美礼物了。"

"我很清楚自己在做什么，"她说，"我曾经在一部我最喜欢的电视剧里看到过这种娃娃，那之后我就一直在寻找一模一样的，在学校里我们称这是一种'核实'。曾经有一项研究发现，给一些精神错乱的老年人这种仿真娃娃让他们照顾，结果使他们变得更快乐。"她一边说一边把娃娃拿到收银台，"因为这些娃娃令他们感到亲密，感到被人需要。"当店主刚准备刷我的信用卡时，艾希莉在最后一刻又给每只娃娃加了一条小毯子。我什么都没说，默默在账单上签了字。一付完钱，艾希莉就把娃娃拿出了包装盒，给娃娃包裹上毯子，还叫它们是她的"小双胞胎"。

里卡多说他想要一个跟真的一模一样的玩具枪，那种掏出枪来连警察都会误会的玩具。

"绝对不行。"我断然拒绝。

"双胞胎叫什么名字呢？"纳特问。等我们出了那家店，店主在我们身后关上了铁门。

"等等再说。"艾希莉说。

我们又回到了车上继续前行。当我们到达德班郊区时，情况开始有些不对劲儿。司机似乎特别紧张，猛踩油门，加速前进，超过了路上的其他车，而这条路的交通并没有那么紧张。

"发生什么事了吗？"我问。

"他们在我屁股后面。"他紧张不安地说。

"谁在你屁股后面？"

"一辆车。"他说着将车子驶入滚滚车流中，超越了一辆行驶缓慢的卡车。另一辆车正朝我们开过来，还没超过，司机就又把车切回了之前的车道上。快接近红灯的时候，司机放缓了速度，查看了十字路口的车辆，但是并没有停下来。

"嗨!"我说,"我们车上还有孩子。"

"相信我,"他说,"有时候不停会更好。"

我往后瞥了一眼,另一辆车也没有停下。那辆车里有三个男人。很快,那辆车就开到了我们旁边,把我们逼出了主干道。艾希莉发出尖叫声。我们的司机还在奋力前行,把油门直踩到底,滚滚烟尘从我们车后腾起。那辆白色车仍在我们旁边,不让我们回到主干道上来。

"或许我们应该停一下。"我说。

"不行,"司机说,"他们不是善茬。"

就这样僵持了两分钟(或许只有三十秒),然后出现了一声巨响,车子一下子驶到我们右边。司机还在艰难地维持车速。最后我们只得缓缓地停下车,车轮扬起的烟尘包围了我们。

"发生车祸了吗?"里卡多问。

"爆胎了。"司机说。

那辆车就停在我们后面,三个男人下了车朝我们走来。刚一走近,那三个人就开始砸我们的车,把车摇晃得摆来摆去,很吓人。

"是抢劫,"纳特低声说,"给他们钱就好了。"

"我的宝宝,我的宝宝,"艾希莉突然尖叫起来,"我的宝宝不能呼吸了。"

我突然踹开车门,有个男人正好朝这边靠近,于是车门正好砸到了他的脑袋。里卡多、纳特和艾希莉迅速跳出车子,带着他们被裹在毯子里的棕色"宝宝"。

艾希莉在路边,哭得声嘶力竭:"我的宝宝啊,我的宝宝不能呼吸了。"

纳特躬身抱住宝宝，耳朵贴在它们的胸口，嘴巴对着塑料娃娃的嘴部。

纳特大叫："有人会做心肺复苏吗？"

里卡多和我也跪在路边，躬身抱住棕色的男宝宝，而纳特按压女宝宝的胸部，一边压一遍大叫："呼吸，呼吸！"

"他感觉不太好，"里卡多说，"谁有冰块？"

司机还在车上，吓瘫了。

艾希莉的叫声已经从尖叫转变成了一种高分贝的哀号，好像要把所有的痛苦连同简死去的悲伤都一次性号啕出来似的。艾希莉跪在马路边，真正歇斯底里地号啕大哭，哭得我都不知道该先顾谁了。"你们杀了我的宝宝。"她一遍又一遍地号叫着。

那些抢劫的人完全呆住了。他们回到自己的车上，迅速开走了。我们还在原地等候着，直到看见他们彻底远去消失不见了，纳特和我才捡起地上的宝宝，走到艾希莉身边。艾希莉久久不能平复心情，纳特把娃娃给她。"看，"他说，"娃娃都好好的。在这儿，给你，抱好。"他说着把娃娃塞到艾希莉的胳膊里。艾希莉有点儿呼吸困难，她瞪大了眼睛，好像不知道自己身在何处似的。我拿起之前装娃娃的纸袋子。"往这里面呼气。"我说着，把纸袋开口扭成口哨状，放到她唇边。

"太神奇了，"里卡多说，"真吓人。"

我们都点头。当艾希莉终于缓过气来，我们又回到了车里。

我们的司机还站在爆掉的车胎旁边，泪水默默地从他脸颊上滑落。

"有备用轮胎吗？"我问。

他点头。我们很快给车换了胎，继续行驶，心情还处于刚才的不安之中。

"这在这里很常见,"纳特说,"抢劫什么的。有时候他们会抢走车子,有时候他们只是要钱。"

"你们算是非常走运的,"司机说,"有时候他们还会带走有钱的白人。"

"你还好吗?"我问艾希莉。

她点点头,但什么话都没说。

"你刚才做得太了不起了。你怎么会想到这一招的?"

"从电视上学的,"她说,"你现在知道我们屋子里的电视一直开着有什么用了吧?"

"嗯。"我点头。

"反正,我总会看到那些哭泣的女士、妈妈和阿姨,那场景会让我觉得悲伤又害怕。她们会哭泣着站在门口,而记者就会强行推开她们走进去。或者她们会在一些烛光集会上,整个人都匍匐在地上。我不知道,"她说,"那种画面让我觉得揪心。"

"你做得很好。"我说。

"好得能给你颁发奖牌了。"纳特说。

"太令人难以置信了,刚刚发生的,"里卡多说,"我们就这么迅速反应地行动起来了,简直像电影里的超级英雄一样。"他爽朗地大笑起来,"我问谁有冰块的时候,你们觉得我表现得怎么样?"

我脑海中不断重播刚才的画面,越想越后怕。我看着孩子们,他们都很好,似乎没有意识到刚刚发生的事情可能会导致多么严重的后果。我还在想着可能发生的不幸,想着在那一瞬间,为了保护孩子们,我可能什么都做得出来。这是第一次,我意识到我和他们的关系是如此密不可分，如此相依为命。

在机场，我的情绪开始低落。我还在为刚才那场差点儿被绑架的事件而揪心，同时也担心回到家之后的事情。我们要如何维持这种充满可能的希望？要如何维持才能不让这趟旅程带给我们的勇气消失呢？我的内心突然充满了恐惧。我觉得或许这才是我：在远离家乡之外——远离我们家庭的地方都做得这么好，奋勇应对一个比我们强大得多的世界。我们紧密团结在一起，像一个团队般合作，而我担心当我们回到家里之后会发生什么，当所有的赌注和期待都消失之后，一切会朝什么方向发展？

从德班飞往约翰内斯堡的航班非常顺利，在我们准备登上回家的那趟飞机的时候，孩子们仍保持着旅途的兴奋，奔跑着抓紧最后一分钟购买东西，什么辛巴薯片、气泡柠檬水之类的，好像他们永远都不会再来南非似的。约翰内斯堡就像是全人类的中转站，到处都是人。幸运的是，导游这次也安排了人手照顾我们转机，周到地一直把我们送上另一架飞机。

我想到了那栋房子，想到了乔治和简。我知道我太累了，但是这感觉就像我又再度能够看得到、能够感受得到一切了，或者说更像是第一次感受到。突然间，我生命中的一切像是都活了过来，它们全都在那里，承载着残忍的细节，等待着被触碰。这感觉有点不太真实，我无法相信它真的发生过。回想今年年初以来发生的一切，再看看现在，我们几个在等待一架南非飞机，我觉得这一切都让人难以置信。

我想起之前朗蒂斯威跟我说过的，关于释放出那久久住在我内心里的东西的事情，忽然想到我还没有喝今天中午的茶包。等会儿一上飞机我就要问空姐要一杯热水。我想到那位巫医朗蒂斯威，想到之前释放出的那股恶臭，孩子们欢笑的时候，我却痛得满地打滚。"很好，"服完第一剂茶包后的那天早晨，当我告诉巫医我感觉难受得要死掉的时候，他对我说，"感觉难受是好的，这只是盘踞你内在的东西释放的开始……但是你感受到它了，"说着，他愉快地拍着我，"说明你还没有死。"

在机场，我再次感受到了它，胆汁已经上升到我的喉咙，有一股发酵了的树叶混合着动物排泄物的味道。我狠狠将它吞咽下去，一股酸腐的热烧感掉了下去。

"这是谁的孩子？"海关员指着里卡多问。

"我们的。"纳特说。

"我是他们的弟弟。"里卡多自己说。

我取出他小姨的信，交给海关员，他们又叫来另一个海关员过来。他们问我有没有能打国际长途的手机，我说有，就给了他们。他们用我的电话给里卡多的小姨打电话，电话里，克里斯蒂娜向他们确认里卡多并没有被绑架，海关员这才满意地问里卡多在南非玩得开不开心。"你骑大象了吗？"

"没有。"

"从悬崖上跳下来蹦极了吗？"

"没有。"

"那你做了什么？"

"玩足球。"他说。

"很好。"海关员说着，笑了，笑的时候他牙齿上沾着的烟草斑闪露了出来。他把护照还给我们，又给每个孩子一小颗硬糖，正好是他们可以咀嚼的大小，但立即被我没收了。

快要抵达纽约的时候,我们的飞机因暴风雨延迟了降落。我们在机场上空盘旋了好几个小时,最后降落在波士顿加油,再飞回肯尼迪机场。我在洛根的停机坪上给家里的宠物照顾志愿者发短信,告诉他我们的飞机延误了,会比预期的晚点儿到家。他回复的语气有点奇怪:"我们都准备好了,就等你们回来呢,期待着欢迎你们。"这样的信息莫名其妙地让我有些紧张。"一切都还好吗?"我问。"还好。"他发短信回复。哦,不要啊……

飞机终于降落在了纽约。我有一种双脚踏到地面上的如释重负感,我们终于又回到了有大都会队和洋基队的地方,回到了交通拥堵、人群混杂的纽约。

美国的海关员让我打开行李箱。

"你们的衣服呢?"他疑惑地问。

"我把衣服都送掉了。"我说。

"你是在做什么生意吗?"他像是在做智力问答似的,仔细检查了我带回来的所有物品。

"不是,我带三个孩子去旅行,这些都是他们买的旅游纪念品,太多了,所以我们没有地方放衣服了。"

"那你们为什么不再买一个箱子呢?"

"我们不想再多一个箱子。"

"你要抱抱我的宝宝吗?"艾希莉问报关员。

"你知道我们放在教堂停车场回收桶里的那些旧衣服,最后都被人拿到非洲卖了吗?"纳特说,"你以为你是在把自己的旧衣服捐给这个国家有需要的人,但是你的衣服实际上是被卖给了贫困地方的人以牟利。"

"我猜你们这大概是一次教育之旅吧。"海关员讪讪地说完,关上我们的行李箱,推给我们自己拉上拉链。

"也算是一种核实的任务。"艾希莉说。

"我还差点被割了包皮呢,"里卡多说,"我到现在也想这么做,但他说不行。"里卡多指指我,就好像我是个坏人似的。

"TMI。"男人说着,给我们的护照盖了个戳,然后催促我们赶紧走。

"TMI是什么意思?"里卡多问。

"意思是你透露太多私生活了。"纳特说。

我们走出了机场,腾腾热气扑面而来。从一个缺氧的寒冷机场,走到足以当作煎鸡蛋的烤盘般的地面上,这感觉太突兀了。我们立即感觉浑身黏乎乎的,脾气也跟着暴躁起来。

"你们迟到了,"一个穿着皱巴巴衣服的男人举着标语牌走过来跟我们说,牌子上用油性笔潦草地写着"西尔弗"几个字母。

"天气导致延误,"我说,"我们的飞机还中途停下来加了油。"

如今,我们安稳地坐在黑色轿车里,我却有一种在漂浮的不适感,好像与现实脱了节。我发现我怀念坐在老旧路虎上一路颠簸的感觉,孩子们系着为他们精心设计的自制安全带,就像骑在后院火箭船上。

车子停靠在房子边。前门的玫瑰丛已经完全盛开了,一片血红色的海洋。白玫瑰一直爬升到了门前,包裹住窗户。艾希莉捡起一朵粉色玫瑰,放在我的鼻子下面。"这是亚伯拉罕·达比,"她说,"这种花芳香四溢。"

我深吸一口气,浓重的气味直渗入我的肺里。我又做了一次没那么深的吸气,这次感觉好了很多。

"不错。"

里卡多坚持要按门铃,从前门进去。泰茜兴奋地大声吠叫。谢丽尔来给我们开了门,她满面微笑。

这感觉很难形容,但是,一刹那间,我之前所有的恐惧都一散而尽。我还从未有过这种感觉,黑暗被一扫而尽,太阳从云朵里出来了——一切是那么真切,又难以名状。

房子里挂着彩带,还有气球。有一个硕大的巧克力蛋糕,上面用天蓝色的奶油写着"庆祝盛大的成人夜"。

谢丽尔、索菲亚、塞西莉、宠物志愿者和他的姐姐、玛德琳和赛斯,泰茜还有小猫们,还有一些我之前从未见过的人,他们一字排开站在那里欢迎我们。

"房子看起来不一样了。"我欣喜而愉快地说。

"当然了,"谢丽尔说,"我们给这里重新布置过了。厨房、客厅以及餐厅,都重新粉刷了一遍,重新置备了家具,增添了东西,比如让赛斯和玛德琳坐着更舒服的椅子。"跟着谢丽尔参观房间的时候,我的手一直捂在嘴巴上,不住地说:"太难以置信了,我简直无法相信这是真的。"

"你脸上的表情代表这一切都值了。"塞西莉说。

就在昨天,在德班的时候,我还满心恐惧,害怕再回到这座房子里,害怕又沦入了与之前一样的生活轨迹。但是,这一切实在太难以置信了,一个如此美妙的欢迎回家仪式。我人生中第一次感觉自己是团体中的一员。我站在那里,喜悦的泪水难以抑制地流了下来。我举起一杯超大杯的无糖橘子苏打水。"我的心现在觉得满满的。"

桌上摆满了丰盛的食物,有披萨、苏打水,还有甜得牙齿都要被乳化了的蛋糕……富有美国味儿的食物。我简直吃得停不下来。我切了一块,又一块,然后又一块,直到吃得不能再饱了。我又喝了些咖啡,感觉晃晃悠悠,有点晕眩。

"我们差点儿被人抢劫了,"里卡多对大家说,"被几个疯狂的人逼到了路边。"

"艾希莉和里卡多把娃娃假装成他们的宝宝,喊着宝宝受伤了,这才救了我们。"纳特说。

"你怎么会想到那么做?"谢丽尔问。

"学校教过我们。"艾希莉说。

"教过什么?"我问。

"体育课的时候,有一个课程叫自我保护。他们教我们,如果有什么陌生人想接近我们,想把我们带上车,或者企图用任何方式伤害我们的时候,我们可以直击他们的眼球,或者蛋蛋。我们应该表现得像个疯子一样。或者趁机滚到路边任何一辆停着的车子下面去,他们说坏人一般是不会想弯下腰蹲在地上把你从车子下面拉出来的。还有,如果你表现得疯疯癫癫的,就会令他们特别紧张。我还很小的时候,就一直在想,遇到这种事我要怎么办。"

"真有才华。"玛德琳说。

真可怕——我翻来覆去地想。

我泡了一杯巫医临走前给我的茶,这包茶充满了南非大地、泥土和空气的味道。我搅了搅杯子里装茶的棉布小包,我发誓,我真的看到了蓝色、绿色和紫色,就像是浮在杯子里的虚幻彩虹。

过了一会儿,我无意中偷听到谢丽尔和纳特的对话。

"发生在你妈妈身上的事情,也可能会发生在我们任何人身上。"她说。

"我怀疑。"他不相信她的话。

"相信我吧,"她说,"我活得比你长。"

等所有人都走了,我和谢丽尔两个人待在厨房里试图搞清楚新柜子的整理系统时,我问她:"你真的觉得那种事情谁都有可能遇上吗?"

"是的。"她说。

"我不知道该怎么说了……"

"这跟你无关,这是人类行为的问题。你知道当电视上播报某个女人自杀了或者是杀了自己的孩子的时候是什么效果吗?每个人都表现得对这种消息很震惊的样子吧?"

我点头。"我想是的。"

"真正值得震惊的是,"谢丽尔说,"这种事情竟然不是经常发生;真正震惊的是,每个人都在他们孩子出生的第一刻就说自己如何地爱上了这个孩子;真正震惊的是,没有人会坦诚地表示这一切是多么艰难。所以,当某个女人淹死了自己的孩子或者用枪自杀的时候,你觉得我会感到惊讶吗?不,我只觉得很悲伤。我希望人们能够留意到那些女人有多么不容易。我希望那些女人能够为自己求助。但是真正令我震惊的是:我们全都如此孤独。"

她说完停下来,认真地看着我说:"你看上去不太一样了。"

我打了个嗝，混合着披萨、蛋糕和橘子苏打水以及巫医给我的茶的味道。我很惊讶竟然没有蓝绿色的烟从我的嘴里冒出来。

"我想你了，"谢丽尔说，"你知道，我们在一起的时候并不会谈很多事，总是在做爱，做爱。但是我其实一直都在观察你，观察你这一路如何走来。"

"怎么样？"

"你现在是个人了。"

"那我以前是什么？"

"一个微不足道的家伙。"她说。

我把从南非特地为她挑选的礼物给了她，是一个老旧的木质阳具。

"一个人造阴茎？"她看着礼物问。

"这是一种重要的非洲象征物。"

"你是想让我睹物思人吗？"

"不一定。"我说。

"孩子们看到你买这个了吗？"

"没有。"

我躺在沙发上，泰茜在我的脚边趴着，鼻息抵着我的大腿。一只猫待在我后面，另一只则趴在我脖子上。快要睡着的时候，我脑海里想着在村子里醒来时的早餐。

接下来的十几天里，我们都活在一种既不在这里也不在那里的状态中，好像存在于时间和空间之外，在进行自我减压，重新调适。孩子们睡觉，吃饭，看电视。

对我来说，这是一段重新调整自我的时期，使我认识到事情并不总是一成不变的。我不想失去我在这段旅程中获得的开阔感和相信事物总有其他可能性的感觉。对于艾希莉、纳特和里卡多来说,事情可能永远也不会回到他们曾经熟悉的样子了。同样的感受也适用于玛德琳和赛斯。我第一次开始理解:不管多么渴望改变,都必须首先愿意接受挑战,要先允许自己自由下降,去经历挫折。只有这样,才能够坦然地放开过去——换句话说就是,我必须先完成我的书。然后呢?回到学校去?学习宗教、祖鲁文化或者文学?还是成为一名郊区的房地产经纪人?问题是如何度过我当下的人生,而不是还有多少时间要打发。我要去哪里度过我的人生?我人生最好的价值是什么?唯一能制约我的只有:我能做什么样的梦?我会允许自己冒什么样的风险?还有孩子们最真实的现实——为此,我想,为了寻找我自己,我不能停止艰苦跋涉的脚步。但是,如果没有更远大的理想,如果没有想要提高生活品质的认同感,只是为了继续的继续,似乎是没有意义的。

里卡多和纳特只要一有机会就会对人重述一遍我们在南非遭人抢劫的经历,每一次,孩子们都会绘声绘色地描绘当时发生了什么,他们当时在想什么,以及如果那些坏家伙真的动起真格的话他们又会怎么做。里卡多说他会从路边捡起石头砸那些家伙——用石头砸死他们。纳特则会用学过的一些武术来"把他们撂倒"。当问起我会怎么办的时候,我说,我会尝试跟他们谈判,试图说服他们放过我们(仅靠我懂的有限的一点点他们的语言)。男孩们每重述一遍这个故事,就会引发关于这个故事更多的话题。他们以这种方式慢慢解析这件事情,随之也开始渐渐意识到,这事真的太他妈吓人了,我们很可能会被杀掉,很可能会被绑架,也很可能会被威胁而遭受身体上的伤害。实际上,在那种情况下,我们能做的事情是非常有限的。他们越是不断地重温这个故事,就越清楚地知道我们当时实际上是那么无力。而且,当他们说起这个故事的时候,艾希莉从不会提起关于我的只言片语。从某种程度上来说,艾希莉是我们之中最脆弱的一个——她是女孩,是孩子,同时又是我们的女英雄,是我们的骄傲。男孩们对这一部分只字未提,但是我会翻来覆去地想。我想,艾希莉是明白的,所以她当时才会反应过来,坐在路旁尖叫;所以她才会在危难关头用上自己学过的生存训练法则。

非洲之旅似乎成了一段既遥远又永恒存在的记忆,就像隔着一层纱网,而我们就活在这层纱网背后。我一直在喝巫医给我的茶,我觉得它对我很有用。

我忙着煮饭、清扫,还为三个孩子打包了三个装满够用一个月的露营装备的行囊:床单、枕头、喷雾杀虫剂、邮票、文具、衬衫、内衣和泳衣,在这个过程中还与孩子发生了一场"认同危机"。我果然太老了,跟不上他们了,加上外面是热浪般的空气,三个孩子这周末就要离开家,去度过为期一个月的夏令营了。艾希莉和我就离家后的"人际关系"问题深谈了一番。我再次重申,无论如何,她都不可以和任何成年人发生身体上的交流,她不可以和任何比她年长三岁或者比她小三岁的人胡搞在一起,而不管她做什么,都应该遵循"软性的艺术",这是我为她专门发明的词组。我们和塔特尔医生的一位同事共同想出了一个可以让里卡多不再服药却为他添加各种各样元素的计划,我和里卡多就此计划又重温了一遍。对于纳特,我们一起重温了他的暑期阅读计划,同时也就他在学校的"非常信贷业务"进行了交流。

吃晚餐的时候,赛斯用筷子夹起一只西兰花,就好像那是一棵树似的:"这是什么?这是棵常青藤吗?还是棵枫树?搞不清楚我可不会吃。"

"这是西兰花,"艾希莉说,"不是一棵树,是蔬菜。"

"哦,好吧。"赛斯说。

"勇敢尝试一下。"里卡多催促说。

"哦,没错,"他说,"我忘了,我以前是知道西兰花的。事实上,玛德琳以前常常会在上面淋上美味的酱汁给我吃。"

我问玛德琳是否介意我改造了她的食谱。

"才不呢,"她说,"我从来就吃不下那种垃圾。我只是为了孩子们才那么做。"

七月的第三个星期六,艾希莉首先离开家,去度过为期一个月的夏令营。第二天,也就是星期天,我们送男孩们去教堂停车场乘校车,阿曼达就是在那个教堂停车场的垃圾桶里找到了被害女孩希瑟·瑞恩的钱包。我看了一眼角落里的垃圾桶,什么也没说,也真的不知道该对谁说什么。里卡多的小姨克里斯蒂娜也和我们一起来送男孩们,她给里卡多做了一份超大分量的午餐,让他带在车上吃。上车前,我悄悄在里卡多耳边说:"用你的午餐去交朋友,和大家分享吧。"

回家的路上,我们在一座苗圃前停了一下,买了一整箱的植物,有新鲜的玫瑰花、牵牛花和天竺葵,还有圣女果、西葫芦和水萝卜,因为赛斯说他一直很想要一个农场。我们一整个下午都在后院劳作。

"你想阿曼达了吗?"我问玛德琳。

"孩子们都是些难搞的家伙，"玛德琳说，"你有你的想法，他们也有他们的主意。我们之间总有太多的事情互相不了解。"

我们一起为阿曼达种了一丛玫瑰，不久后我就注意到，玛德琳时不时地在对那丛玫瑰说话。

午后，赛斯午睡的时候，玛德琳悄悄告诉我，她以前曾有一个伴侣，"一个非常帅气的邻居，她的丈夫也总是在城里忙工作，一忙就是好长时间。她在很多方面都比赛斯更体贴，更周到……"她说着说着，声音越来越弱，最后留给我自己揣测，她们到底是情人还是只是朋友？

晚餐前我们啜饮了几杯。晚餐吃的是焗芝士三明治，配上一种夏日的西班牙凉菜汤，赛斯常说这种汤就是还没有成熟开化的血腥玛丽。

除此之外，整座房子都沉静在巨大的寂静之中，奇异的空洞。"这周围也安静得太诡异了。"赛斯说。

我们都同意，这里确实太安静了。

那天夜晚，我遇见玛德琳独自坐在一把摇椅上，上衣堆在胸口上方，漏出一只满是皱纹的苍老乳房。艾希莉送给她的一只娃娃则被她抱在怀里，贴着她的乳房。她看上去相当平静，对她自己非常满意而快乐。我什么都没说，只是默默替她盖上了一条毯子。

"她到现在还是很有技巧的。"赛斯说。

"他们要离开多久？"玛德琳拍着手中的婴儿娃娃说。

"一个月。"我说。

星期一一大早，宠物志愿者的姐姐就过来替我照顾赛斯和玛德琳，而我则要去城里工作。

到了夏天，律师事务所的着装要求就显得比较宽松了：卡其裤、泡泡纱西服。男人们穿着短袖衬衫，看上去更像是与笔头打交道的会计，而不是法律界精英。

尼克松的故事已经修改得初具规模。静兰的工作非常努力，每一篇她都誊抄、校对过，又重新校订、誊抄。我最后重新检查一遍，给一些地方作小小的修改，然后返还给静兰，让她在午餐前做好最后的润色。由于很早以前我和朱莉·尼克松·艾森豪威尔的那次对话并没有什么进展，于是我又给她打了一次电话，再次建议她把这些东西发表。经过了一个下午的努力工作，他们决定把这些文章以公司的名义同时发给五六个刊物。鉴于这里的大多数事情的进展都比较迟缓，以及我最初提议时遭到的起初热情之后又冷淡的回应，我很惊讶这一次他们能够这么快就做出决定，并推动事情的进展。

一位同事草拟了一封申明信，宣布这个令人激动的新闻：关于尼克松学术研究领域的一项突破性进展——由R.M.N创作、著名尼克松学者哈里·西尔弗编辑的短篇小说集即将发表。这篇草稿获得了艾森豪威尔太太的批准，那天下午，他们就将那篇"SOB"的故事发送了出去。

那天晚上稍晚的时候，我的电话铃声响了。"我是《纽约客》的大卫·雷姆尼克。"

我停顿片刻，等待对方说更多，好像他的介绍只说了一半："我们给你打电话是关于一项令人激动的写作提案约稿……"

"我希望我这会儿给您打电话没有打扰到您。"结果他说。

我把电话拿到另一个房间，留下玛德琳和赛斯看电视。

"我知道您的弟弟，"雷姆尼克说，"知道得不是很多，但确实有点儿了解。"

"我可不这么认为。"我说。

"好吧，您听我说，"他说，"我们对尼克松的故事很感兴趣，但是在我们继续之前，我需要知道这事是否属实。"

"据我所知道的一切，都属实。"我说，然后我解释了我是如何与尼克松一家联系上以及那些盒子是怎么被发掘的。

"尼克松一共写了多少篇故事？"雷姆尼克问。

"大约十三篇，"我说，然后，突然间，我有些不太确定我所说的这些是否违反了我所签订的保密协议。

"你还在吗？"

"在，"我说，"但我大概要挂了。"

"你对于剩下的其他故事如何定性呢？"雷姆尼克问，"私人的？政治的？与我们以前所熟悉的基调一样？真的都是小说吗？"

我尽可能谨慎地回答了他的问题。但是一回答完，我就感觉自己像是被切片了，同时也很佩服他的提问技巧。挂了电话，我立即给艾森豪威尔太太家打去，想象她坐在老式格局的正统客厅的沙发上，那里是另一个年代褪了色的证明。

"她现在不方便接电话，我可以给您传信吗？"

"是的，我想让她知道我接到了媒体的来电。"

二十分钟后，艾森豪威尔太太给我回电话了。"我希望你别太早考虑这种事，"她说，"我们已经决定收回之前发出的故事了。反应太过热烈，我们决定撤退，再仔细考虑下一步该怎么做。"

"这和我的工作质量有任何关系吗？"我不得不问。

"没有,"她说,"尽管我开始的时候惊讶于你所修改的篇幅长度,但是当我对照着原版仔细查看的时候,我认为你的工作做得很好。只是因为一些家庭问题,我们不确定这样呈现我爸爸作为小说作家的一面,与他惯有的尼克松品牌形象是否符合。"然后是一阵长长的停顿,"你可以想象,关于我们品牌的概念,我之前并没有多想,以前这不过都是关于民主党和共和党的事情。所以,我们要再好好考虑一下,如果我们做出继续执行的决定,会第一个通知你的。谢谢你的热情,我明白你对我爸爸的喜爱有多深。"

我想这可能是我能获得某些见解的最后机会了,于是我说:"如您所知,我一直在写作一本关于您父亲的书。我很好奇,您对他的感觉随着时间的推移曾经改变过吗?您是否曾发现过一些令您感到不舒服的事情?"

"我爸爸是一个非常复杂的人物,他会为他的家庭和他的国家做出他认为最好的事情。你和我永远都不会真正了解他所面临的挑战的深度。谢谢你,"她说,"晚安。"

挂了电话,我给静兰发了一封邮件,让她明天早上九点到我办公室来。

早上七点,有线电视新闻网正在直播新闻,俄勒冈州的一位老人手里拿着一本尼克松的笔记本,声称这是他爷爷在前总统还是一名热爱扑克牌的海军上校时赢来的。笔记的时间是一九四四年,正是尼克松服兵役的时候。电视新闻里,老人朗读了笔记本中的一篇小片段,我立即就认出,这是《美国好人》里的片段。

我一离开家,就感觉有人在监视我。一辆陌生的车子就停在对面街的车道上,车里的司机朝我诡异地点了个头。我发誓我听到了照相机的咔嚓声,前提是他们的照相机没有设为静音。

律师事务所所在的中城区大楼里的电梯几乎在每一层都会停下,送出携带杯装星巴克和圆顶麦芬的员工们。我感觉到身后有人。"太近了,硌到我的骨头了。"他的声音越过我的肩膀传来。就在我挪步打算转身的时候,电梯里突然一片漆黑,紧接着紧急停止不动了。其他的乘客都吓了一跳。

"我们遭到袭击了。"一个女人尖叫道。

"不一定。"一个男人嗫嚅道。

"总会有些小故障,"一个熟悉的声音幽幽地从我肩膀后面传来,"总有些动静比你的作秀要大一点儿。"

"再多说。"我说。

"我还能多说什么?我很失望,"他说,"我的十五分钟就这么浪费给你了。"

电梯缓缓向上倾斜,灯光一闪一闪的,电梯门随即开了。乘客们纷纷朝前涌,奔出去,生怕再出事。

"肯定是出现了动力高峰,"仍留在电梯里的一位老人说,"这种事在上世纪七十年代早期经常发生,我们管它叫'约翰·林赛的大长臂'。"

前方,人们匆匆往逃生楼梯上跑,我在人群中发现了一个身穿蓝色风衣和卡其裤、头戴棒球帽的男人。

当我告诉静兰我们的项目就此结束的时候,她哭了。"刚来您这儿的时候,我什么都不是。我把自己变成了一片空白,为了您能书写您的书。"

"别担心，"我安慰道，"我会为你写一封非常优秀的推荐信。"

她呜咽。

"而且我还会雇你来为我的书做文字处理。"

"我不是为这个哭，"她说，"我的事业会好的，我已经获得了一家排球队的录用，在那里有一个职位，但是我告诉他们我得要先结束这里的工作才能去。我哭是因为，我看得出您对尼克松总统有着非常深的喜爱，尽管他有些行为不怎么样。您工作得很努力，而且您是那么勇敢。因为您，我才对中国的事情了解这么多。因为您，我对我自己国家的了解才会比之前多这么多。我还通过您学习了解了我自己。"

"谢谢你。"我说。

"您觉得发生了什么事？"静兰问。

"害怕吧。"我说。

"或许晚一点儿，"静兰说，"他们还会再次尝试的。不会太可怕。"

"你以前有过这种感受吗？因为某些事情而害怕？"我问。

"没有，"她说，"我不怎么会害怕。但是我爸爸会，他不喜欢老鼠，一只老鼠就能把他吓得不轻。他一看到老鼠就会吓得像个小姑娘似的跳到酸菜桶上。我妈妈只能像只大猫一样去追逐老鼠。我能问您一个问题吗？"

"当然可以。"

"您为什么那么喜欢中国？"

"还从没有人问过我这个问题。这听起来可能会很奇怪，但是我喜欢它那么大。中国拥有从喜马拉雅山到中南海的那种广袤无垠；我还喜欢那里住着如此多的人，喜欢它如此工业化，还有那么深厚的历史。它的古老、它的美丽和神秘，等等。"

"您去过那里吗？"她问。

"没有，"我说，"你去过吗？"

她摇摇头。"我爸妈说他们不想再回到那里。他们很久很久以前在那里待过。他们说当时的生活非常艰难。他们不知道现在那里的亲戚生活得如何，但是他们更喜欢这里的生活。"

我们聊完之后，静兰和我一起与旺达和马塞尔告别，并上交了我们的名牌。再见了办公室，再见了公司，再见了男厕所，再见了电梯。

我们去熟食店吃午餐。我不是很饿，但静兰的妈妈坚持让我留下来吃饭。"在家里吃。"她说。

我从南非带回来一些小饰品，现在正好用来分发给大家当小礼物。我给了静兰和她妈妈一人一条我在机场买的围巾，给了她爸爸一个钱夹。她妈妈塞给我一块好时巧克力，让我带着路上吃。"不要客气，"临走时她对我说，"常来坐坐。"

下午两点，我进家十分钟不到，就换了身衣服，出去给院子里的植物浇水。就在这时，索菲亚的车停在了我家门口。

"计划之外的逗留。"她走上车道时说。我肯定她之前一定在这个街区绕了好几圈，就等着我回家。

"我一直在想你和那场盛大的受戒礼。"她的双手放在大腿上，一种做作的手势。

"比我预料得更好。我真的非常感激。谢谢你。"我说。

"我的荣幸，"她说，"我也通过这次经历对你和纳特还有南非有了更多的了解。蛋糕怎么样？我忘记问了。"

"非常完美。"

"我很高兴，"她说，"我当初还不确定行不行，你知道的，不一样的水质，不一样的海拔高度，连烤箱都不一样！我不知道沙哈尔有没有告诉过你，我还多寄去了四盒做面包的材料，使他们能提前实验一下。"

"你真的想得很周全，还有所有的犹太传统，连我都没想到一切真的会发生。"

她颇感骄傲地笑了。"酒会和球衣，我只做了这些，"她说，"球衣看上去很棒，对吧？"

"棒极了，"我说，"还有那个'狮子今晚睡着了'的歌曲安排得也很神奇。"

索菲亚脸红了，随后她伸出手来，将她的手放在我的手上，那时候我的手恰好正攒成个拳头紧握着水管的水雾喷嘴，被她这么一碰，我的手下意识的一松，喷头从我手里滑落，水花呈大圆圈四射开来，然后在喷头砸到地面的一刹那，又突然停下了。

"你知道，"她好像并没有意识到刚刚喷水龙头的落地表演，继续说，"我们的关系要比平常的客户和策划者的关系更深入。"

我没接话。

"我真的对你很感兴趣。"她说。

"我不行。"

"你没兴趣吗？"她说。

"我已经有在交往的人了。"我边说边往后退了一步。

"我以为她已经跑了。"

我没说话。

"你真把跟已婚女人的外遇当回事儿?"她问。

"是那么回事儿。"

她沉思了片刻,说:"那么我们三位一体怎么样?"

我摇摇头说不。

"一点儿都不行?"

"我不能。"

我们两个就这样在后院子纠缠在一起,像在跳一种奇怪的舞:她朝前一步,我就退后两步;她往右一点,我就往左一些。

"我不相信你。"她说。然后,突然间她就把我扑倒了,我整个人被她按在一把躺椅上面。

我看到玛德琳从厨房的窗户里朝这边看。"赛斯,"她失声尖叫,声音刺耳,"他被打倒了。"

赛斯就像曾经在大学里做过中后卫球员一样,立刻跑出门,走下台阶,朝索菲亚直冲过来,像绞碎机一样从左边横扫而来,用力一撞,把索菲亚从侧面撞飞。

片刻之后,索菲亚站了起来,拂去身上的尘土,看着赛斯。"谢谢你,"她说,"我肯定是被什么东西绊倒了。"随后她又转向我说:"保持联系。"然后就走了。

我给谢丽尔发短信,告诉她之前她说的关于索菲亚的事儿果然是真的。她问我索菲亚有没有建议我们三位一体。"是的,你怎么知道?"我问。

"她先问过我,"谢丽尔回复道,"我说这取决于你,但是她必须先问问你。"停顿了一会儿,她又回复说:"你了解我的,我对一切事情都有兴趣……"

谢丽尔邀请玛德琳、赛斯和我去她家共进晚餐,她说晚餐之后他们一家就要去缅因州过一个月。"后院烧烤，"她发短信来说，"后院烧烤，只有爱德和我的儿子们。"

赛斯和玛德琳很兴奋。"我们已经很久没有被邀请去参加晚餐派对了。"玛德琳说。随后，玛德琳又在我耳边像是要悄悄说话，但又故意说得很大声，说自从赛斯失宠之后，他们俩几乎被所有的社交圈子抛弃了。

"我没失什么宠，"赛斯喃喃道，"我只是偷了些钱而已。这种事情比你想象得平常得多。"

玛德琳和我做了果冻模子，绿色的模子上悬浮了些菠萝块，黄色的上面点缀了中国产的橙子，红色的上面则加了些青葡萄。我之前从没做过果冻，太神奇了。

我们到达谢丽尔家时，发现院子里已经弥漫着厚厚的烟雾，还有烤肉发出的浓郁香气。

三个男孩，泰德、布拉德、莱德正在给他们的爸爸打下手，爱德正在一个看上去像火坑又像古老的文物式茅坑的东西处徘徊。

"我们自己建的烟囱。"爱德欢迎我们时说。

"这东西建在后院合法吗？"我问。

他点点头。"屋主有这个权利。"他说。

"我希望你的邻居都不是素食主义者。"

"我从小就是吃烤肉长大的，"爱德说，"我爸爸以前经常带我出去打猎，我们会把杀死的猎物穿在身上——家禽啊，鹿肉啊，等等。"他说到这儿，拍了拍我的后背。"我很想念和伙伴一起打猎的时光，"他说，"我的儿子们估计是不太可能了，或许什么时候我们可以一起去打猎？"

"或许吧。"我嘴上这么说，心里很清楚，和自己情人的丈夫一起去打猎绝对不是个好主意。

我们坐下来一起吃晚餐。玛德琳和赛斯各坐在我两边，泰德、布拉德和莱德则坐在野餐桌的另一边，他们庞大的身躯和鲁莽的举止好几次差点让桌子失了平衡。男孩们把盛着土豆沙拉、凉拌卷心菜和玉米面包的碗递过来，这时候，爱德打开了烟囱，我们所有人都被熏得险些窒息。

"这全都是你们自己做的？"

爱德和谢丽尔同时点头。"我们喜欢自己动手做东西。"

食物都很美味，令人快乐无比，几近天堂般的享受。当谢丽尔离开餐桌去清理餐盘的时候，我对爱德说："我简直不知道你是怎么做到的。""我是个幸运的男人，哈尔。"他说，还给我取了个新的别称——哈尔。

"谢丽尔和我，我们彼此拥有，有好也有坏。人生苦短，何必事事都要苛求呢？我没有什么硬性的准则，快乐就好，享受就行。"

我无法判断爱德究竟是天才还是白痴。

谢丽尔用盘子端着我们做的果冻出来了，她端着盘子走起路来就像个肥婆娘似的，一摇一晃的。男孩们则提了一大桶家庭自制的薄荷冰淇淋出来了。

我们再次大快朵颐，一切都非常完美，直到赛斯吃了他的第三份食物。吃完之后我们才想起来，他有严重的乳糖不耐受症，于是我们立即飞快冲回了家。

尽管夏日的温度已经高达华氏九十多度，玛德琳和赛斯却总是觉得冷。他们无论在屋里还是屋外都穿着羊毛衫。我从地下室里取出旧纱窗安上了，屋里也从不开空调。我们过得就像是很久以前的夏日生活：白天，热气在屋子里堆积，泰茜躺在前厅的瓷砖上喘着粗气；下午，时有狂风暴雨；到了夜晚，会听到有虫子轻敲纱窗发出的幽怨声息。

临近七月末，一切都变得漫长起来，且在热气蒸腾中显得呆滞而迟缓。玛德琳和赛斯缩回到只属于往昔的世界里。他们徐缓而幽然的叙述有一种别样的美，话里处处是修饰、涂改的痕迹，布满了紧锁的大门——门后锁着的都是被遗忘的经年往事。

我带他们去公园，那里有个露天舞池，人们在那儿举办音乐会。看着他们在草坪上翩然地舞着，仿佛回到了他们三十年前的岁月。

"你们的婚姻维持了这么长时间，秘诀是什么？"一天早晨，我问玛德琳。

"我们不会把自己的感受强加给对方，"她说，"我的一个女性朋友称这叫做'舞步回旋'。"

"跳舞吗？"

"说的是求爱。当你求爱的时候，你呈现了最好的自己。但是然后呢？示爱太过频繁，就会渐渐演变、渐渐展现出最糟糕的自己。你凭什么要求那个和你生活在一起的人，每天早晨一醒来就看到最糟糕的你呢？"

有一天，赛斯正在对从南非带回来的玩偶生气，他朝着娃娃大发脾气，对它说："回到你的盒子里去，然后滚蛋。在这里根本就没有你的未来。你无所事事地待在那里干吗？以为总会有好事降临到你头上吗？没用的，白痴。我不想再在这儿看到你了。"

"那不是你的宝宝，"玛德琳说着，一把从他手中抢过塑料婴儿,"是我的。"

"我的,"赛斯冒出了惊人的占有欲,一把将宝宝抢了回来。

正当我想着是否要干涉一下以免他们打起来的时候,他们又立马和解了。

"好吧,"赛斯生气地说,瞪大眼睛看着宝宝,"我会再给你一次机会的,但是,别再搞砸了。"从那之后,赛斯无论走到哪儿总是把婴儿夹在一条胳膊下面,像是夹着个足球似的。他真的是走哪儿都会带着宝宝,还称婴儿是他的"棕色兄弟",有时候甚至称之为"我老婆"。

我给自己下达的任务是,在孩子们回家之前写完我的书。我在阁楼里一张老旧的桌子上安置了我的工作电脑,环绕在我周围的是鼓风机,发出带风的白色噪音。我用从花园里找来的岩石压着我的稿纸。我发现这种气温对人相当有鼓舞作用,整个人就像是置身搏击健身房一样。我脱得浑身上下只剩一条运动短裤。打字的时候,汩汩的汗水像小溪一样从我脸上淌下,还有我自己身上散发出的快要被烤熟了的肉的味道,这一切都促使我更卖力地工作,因为无论我有没有准备好没有,这本书都必须尽快完成。

我用刀片将贴在阁楼顶上的一幅旧画刮掉,戳开屋檐上一扇小小的窗户。窗玻璃是有波纹的那种,被彩虹折射的光线浸染的风景使得一切都比原来显得更好看了些。我小心翼翼地站起来,生怕一不小心头就撞到了横梁。阁楼里堆积着一些年代久远的东西:二战时的制服,旧的泰迪熊,还有一张古老的婴儿床。我拂去上面的灰尘,拿到下面给玛德琳。她立即将婴儿床设在自己的床边,为小宝宝建了个温床。

就在我刻苦钻研着我过去十五年里积累的所有文件时，一句"当你们睡觉的时候"对我而言有了新的意义，我发现我以前写的东西全都带有一种保守的语气，哼哼唧唧的，立了论又撤销，反反复复。是时候将这些障碍全部扯掉了，全都滚蛋吧！迪克·尼克松是那个时代的美国男人，他沉浸在一种苦涩的假想中，觉得其他所有人都能够轻而易举地得到想要的一切。尼克松是当下、过去和未来的完美风暴：他是正直的，同时也是欺诈的；他有着道德上的优越感，同时也自恃甚高；他是一种药，这药曾经和现在都是我们的美国梦；这药使我们想要获得更多，想要拥有别人也拥有的东西，使我们想要获得一切。

我总结了一下，上世纪七十年代的公共意见法庭是资产阶级性质的，其本质就是对人不宽恕。一旦在这里决定了一名政治家的命运，那么其在全球历史中的社会等级也便被确定了，鲜有机会翻身。我在想的是，这种情况，现今是否会有所不同？如果尼克松坦白承认自己的过错（这当然完全没有可能性），并将自己的行为、自己的失败归咎于从小在尼克松家族成长的一种家庭创伤的话，他会得到人们的谅解并免除被责备吗？还是说，历史上重要人物的沉浮都是一场既定的游戏？

就在我的书逐渐接近尾声的时候，我突然想到克莱尔。我想象克莱尔看到我现在的样子……她会为我感动吗？没办法，我只好停下来，仔细想想这个问题。然后我明白，我所做的一切不会对她有任何意义了。我的幻想又转移到我之前的系主任本·舒瓦兹身上，他曾认为我永远都不会完成这本书了——那么他现在又会作何感想呢？想着想着，我突然打了个嗝，气味熏得人难以忍受，是巫医的茶！这是最后的痛苦了，恶臭从我嘴巴里喷出来。这些思绪是通向往昔的杂念之径,我需要像打嗝将它们排出体内。

八月中旬的一天,我给塔特尔医生打了个电话,他竟然接了电话。

"你怎么还在?"我问,"我还以为所有的精神病医生八月份都去度假了呢?"

"我是逆行者,"他说,"我七月份就出去过了。八月份,我会没日没夜地为我的疯子们工作,代替我那些喜欢韦尔弗利特①的同行。"

我们约了时间见面。他的办公室非常冷。桌子边缘,就是上次放着一排思慕雪杯子的地方,现在放的是一排唐纳滋的咖啡杯。"他们开了家汽车餐厅。"他说。

"我的书快写完了,"我说,"但是我觉得我好像在等待着什么发生,某种安慰,或者说是慰藉感。"

"你对你的作品满意吗?"

"我希望有人能看看。"

"你的灵感来源是谁?你的缪斯?"他问。

"理查德·米尔豪斯·尼克松。"我说。

"你希望他会对你说什么话?"

"'谢谢你'?"我哀怨地说,"'这世界需要更多像你这样的男人,西尔弗,你是个好人。'"

"你曾将尼克松当做爸爸,从这个角度去看待他吗?"

我停顿了好一会儿才说:"我不排除这个可能性。"

---

① 美国马萨诸塞州旅游胜地。

"你为什么不直接回答'是的'？"塔特尔说，"这个问题对你有什么特别的意义吗？"

我眼睛盯着地面，出了一身冷汗，不敢直视塔特尔的眼睛。

"这对你有什么意义？"塔特尔又问了一遍。

"我爱他，但是我觉得他做错了。"我终于憋出这么一句话。

"你在你的书里这么写了吗？"

"写得不多。"

"为什么不呢？"

"乔治是个偏执的跋扈者，他看不出什么才是对他好的。不管我做什么，他都将我视作他的敌人。"我终于脱口而出，之后是一段非常长的沉默。

"那么尼克松呢？"塔特尔问。

"我不确定尼克松在精神上能否承担接受自己做错的事实，他是那种极度需要别人认为他很不错的类型。"

"你觉得你的书写得好吗？"

"有时候我觉得它堪称卓越，里面不仅有对尼克松的令人振奋的探讨，还有关于那一整个时代的讨论。但有时候，我想我的这本书或许只是文化的毛团，是经年日久之后必将会被咳出来的一团废物。"

"在还活着的人中，谁的意见对你起到了重要作用？"

"雷姆尼克？"我试验性地说。不知是什么原因，自从那次电话之后，我就一直关注雷姆尼克。

"你真的写完了吗？"

"差不多了。我在等待某些事情的发生。"

"等待某些事情发生？比如呢？"

我没有回答。

"难道不应该取决于你吗?"塔特尔提议道,"是你让一些事情发生?"

之后,会谈剩下的时间里,我们都只是坐在那里,沉默着。走之前,塔特尔递给我一张折起来的、薄荷绿色的文件。我一脸茫然。

"纽约社会服务部门的官方精神评估表。"塔特尔提醒说。

"哦,对,谢谢你。"

"我很欢迎和你进一步合作,"塔特尔说,"如果你想预约,随时告诉我。"

离开塔特尔的办公室,我顺道去看望妈妈。在疗养院的停车场里,他们用宽厚的雪松木甲板搭了一个巨大的地上游泳池,还有遮阳伞、椅子以及一条长长的无障碍专用斜坡,从前门一直延伸到游泳池的边缘,方便老人们轻松地滑进泳池,"咻"地一声就入水了。"我还要!"一个男人不过瘾地大叫,"我还要再来一次,这简直就像在康尼岛[①]上一样。"

我在一把遮阳伞底下发现了我妈妈。她正穿着黑白圆点的泳衣,戴着杰姬[②]太阳镜,坐在那里,啜饮着手中用塑料平底杯装着的冰茶。

"妈妈,"我说,"你看上去像年轻了十岁。"

"我一直都很喜欢待在海边。"她说。

"你的丈夫去哪儿了?"我问。

---

① 美国最早的大型游乐城,位于纽约布洛克伦区半岛。
② 杰奎琳·肯尼迪的昵称。

我环顾四周,发现这里所有的男人和女人都穿着相同款式不同花色的衣服,基本上只有男人版和女人版的区别。所有人在一起看起来真像是一场盛大的老年马戏表演。

"大甩卖得来的,"一名护工告诉我说,"全价买一件,其他不管买多少件都可以半价。所以我们给他们每人买了一件。"

一个男人大喊着"杰罗尼莫[①]"跳了下去。

"别忘了,"救生员在岸边大喊,"不许推搡,不许泼水,不许在池子里大小便。"

"你过得怎么样?"我问我妈妈。

"很好,"她回答说,"我们去了一个有很多龙虾的地方踏青,那里还有很多雏鸟,全都是可以逮来吃的。我自己吃得不多,但鲍伯觉得很划算。你呢,你最近去哪儿了?"

"南非。"我说。

她用奇怪的眼神看着我。

"纳特的学校之前组织去过那里一次,他还想再去一次,所以我们决定在那里举办他的成人礼。"

"而你竟然没有邀请你的妈妈参加?"

"我请了,"我说,"你送了一张RSVP[②]卡来,上面用类似意地绪语的文字写了一些刻薄话。"

"我有权表达我的意见。"她说。

"你觉得那是'意见'吗?"我说,"我们对此有别的形容……"

"什么?"

[①] 一说是美国印第安人阿柏切族首领。
[②] 意为"请回复"。

"种族主义?"

"嘘!"她说,"别说这么大声,有人会听见的。"我们于是安静了片刻。

"我不明白。"她说。

"什么?"

"你为什么那么喜欢竞争呢?你为什么就是要胜过每一个人呢?婚礼要在皮尔举办(那是乔治的婚礼,不是我的),假期派对非要在四季酒店举办(那也是乔治的),就不能弄一个正常的成人礼、办一个友好的姐妹午餐宴吗?就像我们曾为你做的一样?"

"事实上,"我没提乔治,"我的成人礼是和所罗门·伯恩斯坦合办的。"

"因为那对你爸爸的生意很有好处,他为此还得到了好几个新客户呢!"

"也有不少人为此而食物中毒了。"

"没人被毒死啊。"她说。

接下来的几分钟,我们什么都没说。我看到鲍伯在池子里套着个游泳圈,正和另一个女人交谈。

"那么,"我朝着鲍伯努努嘴说,"你们的蜜月就这么结束了?"

"刚开始呢。"我妈妈说。

索菲亚打来电话说想见见我,一起喝杯咖啡什么的。"我们需要谈谈。"

"单独的?"我紧张地问。我以为上次的会面应该是我们的最后一面了。

"我不准备给你压力,"她说,"我想跟你梳理一下整个事件以及费用问题,另外让你知道目前的账目。还有,我们还从未谈过我的收费吧。"

"好的。"我说。我们约了时间,在当地一家餐厅里会面。

"我希望你不会生气,"她说,"我为你和孩子们的这次旅行做了一个网页。我把网页挂了出去,这样陌生人既可以看到你和纳特做的事情,他们也可以捐款。沙哈尔曾经跟我说过一些事情,说有一些陌生人,一些谁也不认识的人,他们会关心我们。我觉得这很有趣。"

我点点头。

"神奇的是,有一百多个人捐了款,数目从十美金到五百美金不等,人们不求回报地做出了奉献。"

"现在成人礼账户里一共有多少钱?"我问。

"到昨晚为止,礼物金额一共是两万七千三百八十九美金八十美分。我想纳特可能要为这笔钱交税了。我没想到会有这么多。另外,我们本可以成立某种非营利组织。你想从这笔钱里面扣除开支吗?"她问。

"不,"我说,"我会单独为成人礼付账的。不管我们收到多少礼物,都与费用无关。"

"这是一笔不小的数目,我是想说,我们要一次性全部捐出去吗?我在想接下来会发生什么。"

"等纳特从夏令营回来,我再和他商量看看。"

"好的,"她说,"那么,关于我的费用……"

我在想,她终于要来宰我一刀了。这才是她约我出来的主要原因吧……我才不会屈服呢!现在,看看她要怎么宰我吧!我绷紧了神经。

"通常我的收费在三千五百美金到五千美金之间,但是,这个项目里,我想把我的一部分费用捐出来。所以,给我一千五百美金就好了。你觉得行吗?"

我惊讶得脸都红了。"你真好……真的很慷慨。"我为自己前一刻的想法羞愧。

"我之前说过,很享受和你一起做事,那不是开玩笑。这对我来说意义重大。"她说。

"谢谢你。"我说。

现在,她又向我抛出那种表情了。

"拜托,"我请求道,"你答应过的。"

"你总不能怪女人太努力地勾引你吧?"她微笑着说。

每星期五晚上,我都会带玛德琳和赛斯去外面吃中餐。那家中餐馆的老板高先生和高太太请我帮他们看看附近有没有合适的房子出租,他们每天往返于布鲁克林和纽约,路远且不便,有点力不从心。

我忽然想到——我可以把赛斯和玛德琳的房子租给他们,租金至少能抵消房子的维修费。星期六上午,我带高先生和高太太去看房子。

"这正是我们梦想中的房子啊,"高太太止不住地赞叹说,"简直让人难以置信地美好。"我从高太太的语气中听出,这房子曾让我觉得不安的装饰深得她的欢心。对她来说,这里就像是一座美国梦博物馆。

"我们住不起这个地方。"高先生对妻子说。

"你住得起,"我说,"我们可以商量。"我问他能承受的费用是多少,并且这个费用是否包含房子里的家具用品。最后,我把房子连同所有家具以每个月不到一百美金租给了他们。

"你太不会杀价了。"高先生说。

高太太打了他一下。"你为什么总是那么小气?"她用手指戳着他说,"不要毁了我理想中的房子。"然后,高太太转向我说:"谢谢你,我们真的非常感激。"

"我希望你们在这儿住得愉快。"

八月的天像蒸笼,热得令人无法呼吸。每天下午,大约五点半到六点之间,都会来一场暴风雨。伴随着暴风雨而来的往往是停电。我买了备用的手电筒、电池和蜡烛,尽可能确保在五点前做好晚餐,以防万一。

"阿曼达是怎么死的?"某天下午,当乌云迅速聚拢、第一声低沉的雷鸣声从附近传来的时候,玛德琳问我。

"阿曼达?"我吓了一跳,重复道。

玛德琳点点头。"她是怎么死的?我一直在想这些失去了妈妈的孩子,我们一定要好好照顾他们。"

我才意识到她是把阿曼达和简混成一个人了。

"比较突然。"我说,"她的头出了些意外。"

"她以前总是说自己头疼。"玛德琳说。

"应该是突发事件。"我说。

"我们还有一个孩子,"她说,"还是个小婴儿的时候就过世了。阿曼达和她姐姐应该不记得她了,那时候她们都还小。"

"我想她们记得,"我柔声说,心里想到阿曼达对希瑟·瑞恩产生的莫名情感。

"有可能,"她说,"她们肯定知道出了些事儿。阿曼达后来一直给我制做康复卡。"

尼克松的短篇故事被发出又撤回的事情被媒体曝光,使我受到了不少文学经纪的关注。我开始和富兰克林·弗内斯建立联系,他是来自某个老牌政治家族的研究员,现在自己开了一家中等规模的文学经纪公司,对美国历史和政治人物方面的作品特别感兴趣。"我们想代表那些极端派——中心立派令我害怕,"富兰克林·弗内斯写道,"中间派写不出来什么好东西——行动派都是极端派。"弗内斯同意代理我的书,并许诺收到终稿就申报选题。

八月的某个星期三,早上五点三十七分——我之所以会准确地记住这个时间,是因为,那台特殊的钟在那一刻永远地停止了。一道闪电击倒了屋子旁边的枫树,用一种神力,硬生生将枫树劈开了。枫树裂开后,它的一半仍以与之前半个世纪里一样的姿势屹立在地面上,另一半则倒在了房子上,一节粗壮的枝叶直接从曾是乔治书房的墙壁上戳了进来。乍一看,这屋子挺像座植物园。

除了震荡和冲击,还有一股烧焦的味道促使我一咕噜从狭窄的小床上爬起来,冲出厨房旁的用人房。我从水池下面抓出灭火器,握在手中,开始疯狂地搜寻屋子。直到我在乔治的书房里发现了那棵树,才明白发生了什么事。我健步如飞地冲上楼梯,发现玛德琳正双臂环绕着赛斯保护他。此时,赛斯则笔直地坐在床上尖叫着:"爸爸的枪走火了。"

"噩梦而已。"玛德琳一边拍着丈夫的背一边说。我匆忙回到大厅，拉下通往阁楼的梯子爬了上去。

我的笔记本电脑还在阁楼的桌上，本来应该处于休眠状态的屏幕上已经不再浮现我们在南非旅行时拍的照片了，而是一闪一闪的，突突的——最后黑屏。

电脑电源线插口附近的墙壁已经黑了，发出一阵急剧的响声，糟糕或是更糟。木板上已经有一道熏黑的电子指纹印了。

还好没着火。

泰茜在阁楼底下发出呻吟。玛德琳和赛斯则穿着睡衣站在下方，抬头看着我的方向："我们需要报警吗？"

难道我一直等的就是这个？

这本书已经写完了。无需追求完美，就这么结束了。或者更确切地说，被雷劈了。

电脑上的文稿并非我保存的唯一档案，在其他地方还有数个版本的备份，包括完整的。有三个备份在我的闪存里，其中一个闪存被我装进文物储藏罐，埋在了后院里。文物储藏罐是我之前在五金店买的防火盒。另外还有一份，我以邮件发送到了富兰克林·弗内斯的工作邮箱。

换做以前，我可能会因为失去了上一次备份好的修改而歇斯底里一番，或者会对此耿耿于怀'对着电脑黑屏震惊'哑口无言。但奇怪的是，我现在感觉很释然，好像这么长时间以来，某种随身的东西汽化了一样，像一片巨大的烟云从我身体里四散开来。除了接受一切就此结束之外，我无需做任何事情。结束了。

我自由了。我感到莫名的狂喜。

然后，我突然发现，这本书就是巫医说过的那些我一直紧抓不放的脏东西、那些我一直视为伴侣而在意的东西吗？它就是一直住在我内心里面需要释放出来的东西吗？就是它吗？

孩子们即将从夏令营回来之前，我收到了一封来自简以前所住医院的信，信上贴了一张便签条，写着："这封信是两周前收到的，抱歉我拖延了寄信的时间，因为我当时正在休假。如果附件里的内容对你来说没有兴趣，也不要感到有压力。但是如果你想要做出回应，我很高兴作为一个秘密的送信人替你们传递信息。希望你夏天愉快。祝好。"落款处是简以前的主治医生的名字。

您好，我叫艾孚瑞，写这封信是为了感谢您赐我生命的礼物。我住在俄亥俄州，曾经是一名需要心肺移植的病人。在找到合适的捐赠之前，我真的等了很久。那时候，我根本不知道我能够活那么久，甚至能提笔给您写这封信。由于您悲痛的失去，我收到了最惊人的礼物：第二次生命的机会。而我想要感谢您和您的家人。我希望您知道您挚爱的人的心肺捐给了我，这能让你们得到一些安慰。因为这场心肺移植，我获得了巨大的力量。我现在已经能够自由呼吸，可以走路，也可以爬楼梯了。我可以回到学校，完成我没有修完的学分，而我一直都希望自己可以继续学业，将来成为一名社会工作者或是一名诗人。还有一个好消息，我已经订婚了，马上就要结婚。多年以来，我一直都在和一个好男人相爱，但是我一直都无法接受他的求婚，直到我知道我们有机会共度漫长人生，我才答应。就在最近,我们还去加利福尼亚旅行了一趟。这很神奇,不是吗?无论如何,给您写这封信,有一部分的原因是,如果您能接受的话,我很想当面谢谢您。我知道这对您来说是件很艰难的事情,但是这是我的愿望。我希望能够看到您所赠与我的机会和愉快也能够令您在处理痛失挚爱的心情时获得些许的安慰。期待您的回信。

艾孚瑞

我读完这封信,情不自禁地哭了出来。我为艾孚瑞而哭,为简而哭,为艾希莉、纳特和里卡多而哭。我为每一个人而哭。哭着哭着,我又停了下来。因为赛斯和玛德琳正在等我带他们去什么地方,泰茜在等着它的午餐,孩子们这几天就要结束夏令营回家了,还有很多事情等着我去做。我把信放到一边。

孩子们回来了,变得更强壮,也更有自信了。里卡多回来的时候,身上佩戴着游泳、箭术和划船比赛的奖牌。他的皮肤被晒成了浅棕色,瘦了,也高了。他学会了高尔夫球的挥球动作和网球的发球动作。现在,他已经不再服药了,而是用一种特殊的饮食方方替代,饮食中添加了更多的氨基酸和一些鱼肝油。他说这东西尝起来有种融化的冰淇淋的味道。我试了一次,差点吐了。艾希莉的胸部发育得很明显,四个礼拜前她离开的时候还没有。她现在是一个有趣的合体,一部分像女孩,一部分像女人,还在痛苦的自我意识中挣扎。纳特的上嘴唇上浮现了一片明显的深色绒毛,声音变得更低沉了。孩子们带回来了关于友谊和冒险的各种故事以及孩子们之间的秘密语言。南非旅行的热度贯穿了他们的夏令营时光。这一次，我在孩子们身上看到的不只是成长，还有一种新的思考：一切皆有可能。

里卡多送了我一个他自己亲手制做的钱包，是把皮革缝在一起制成的。钱包正面还手工缝上了我名字的大写字母。艾希莉做了一个像电视机一样的陈列柜，屏幕上有她妈妈的手绘肖像。纳特把从营地周围林子里找到的东西都带了回来——一只松鼠骷髅，一条蛇皮，还有喂老鹰的一打饲料球。他把那些饲料球敲碎，告诉我们如何从中判断老鹰吃了些什么。

离学校开学还有两个星期。我召集孩子们，告诉他们关于艾孚瑞的事情。

"你们想去见见她吗？"

"想。"他们确定无疑地说。

"那么，"艾希莉急切地想得到进一步的确认，"她会像一个新妈妈吗？"

"不会。"我说。

"继母呢？"她还不死心。

"不太可能。"

"一个移植的妈妈呢？"

"我们只要知道她是一个来自俄亥俄州的女人就可以了，不行吗？"纳特说，"她和我们并没有关联。"

"但她有妈妈的心脏和肺，你不觉得这会改变很多吗？我是说，现在她比任何人更像妈妈，除了我们。"

纳特耸耸肩。"你知道吗，艾希莉？你想要她成为任何人都行。"

"谢谢。"艾希莉说。

对孩子们解释完之后,我又试着对赛斯和玛德琳解释。他们不太明白,最多只能理解这个叫艾孚瑞的女人被赠予了曾经属于简的某些宝贵东西。

赛斯看起来有些紧张地说:"我只是卖保险的,"他重复道,"我不处理技术上的问题。当他们死了以后,通常是不会回来的。这不止是房地产方面的问题吧?"

"她只是来跟我们道声谢谢。"我说。

"我妈妈为什么没把她的器官捐掉呢?"那天晚上,里卡多私下里问我,"这是只有白种有钱人才能做的事情吗?"

"不是,"我说,"任何人都可以做,但是你必须事先就有计划,而且你必须死于一种能够完好保存器官的方式,这样器官捐赠才可行。"

"什么是'可行'?"

"你妈妈死于一场车祸,简死在医院里。在医院里,他们可以给她的身体持续提供氧气,确保她的器官维持健康状态,然后他们也能够尽可能迅速地转移器官。"

"必须死了才能捐出器官吗?"里卡多问。

"通常是,"我说,"也有一些器官,你本来就有两个,比方说你的肾,那样的话,你即使活着也可以捐出去一个。"

"我想捐出一个器官。"里卡多说。

我点头。"这倒是个可爱的主意,"我说,"但是要等到你长大成人。你现在什么器官都不能捐。"

"好吧,"他说,"但是等我长大了,我就要全部捐出去。"

星期六中午,我们去城里的汉堡包酒吧见艾孚瑞和她的未婚夫。这里是乔治以前很喜欢来的地方,因为店里知道他常来,所以总是给他留好一个特殊的位置,坐在那个位置上,他可以同时看到两边的电视机。我一直都很讨厌这里,因为它看上去就是那种可悲的丈夫为了躲避回家而去的地方,哪怕只是躲避一个小时也好,他们把自己舒服地浸泡在其他混蛋和啤酒中间。

艾孚瑞和她的未婚夫马克已经先到了。我们走过去的时候,看到他们正在紧张地戳着面前的薄荷糖。

她身材矮小,留一头短发,有点像珍·茜宝或者是米亚·法罗①。

"你一定是艾孚瑞吧。"我走近说。

"哇哦,"她说,"你们人不少啊。"

"我是艾希莉。"艾希莉伸出手来介绍说。

"纳特。"纳特有些犹豫地打招呼,挥了挥手。

"里卡多。"他上前去和艾孚瑞和马克都握了手。

我介绍了赛斯和玛德琳,并建议我们另找一张大桌子坐下。

"这里感觉不错,"她说,"很熟悉的感觉,我几乎有种曾来过这里的感觉。"

"这是一家汉堡店,"马克说,"基本上每家都差不多。"

"我喜欢这家。"艾孚瑞说。

服务生为我们点餐,艾孚瑞要了一份牛肉全熟的汉堡包,艾希莉立即说这是她妈妈以前最喜欢的。艾孚瑞微笑了。

"那么,你们怎么会需要做移植?这个问题可以问吗?"纳

---

① 珍·茜宝(1938—1979)和米亚·法罗(1945—),都是美国女演员。

特说,"我是说,如果你们觉得这个问题太私人了,不回答也不要紧。"

"没事儿,"艾孚瑞说,"我有先天性心脏病。等我进入青春期,状况就变得更糟糕了。到了夏天我都不能出门,因为我不可以流汗;我不能做任何运动,不能吃有盐的东西,还要服用很多很多的利尿剂、速尿、地高辛,还有含铁和维生素的药。猝死永远威胁我。早晨离开家的时候,我总是想着我还能不能回得来。也就是在那个时候,我开始写诗,"她说,"我用写诗的方式来处理我对死亡的焦虑。我甚至还为今天来这里写了一首诗。"

我们点的饮料上来了。里卡多将塞在吸管里的小纸团吹到桌对面马克面前,这行为打破了桌上暂时的沉默。

"说到移植,"纳特继续问,"他们曾给你别的选择吗?比方说你可以选择这个女人的,或者选择那个男人的,或者……"

她摇着头。"等待器官的名单很长很长。除了等,没有别的办法。医生还要考虑到配对问题、是否会有排斥反应,等等。有意思的是,女人往往和男人的心脏不太合。"

"你们两个是在哪儿遇见的?"艾希莉看着马克问。

"在心脏病科的等候室里,"马克说,"我当时在陪我祖母看病。"

"又提醒了我,你们和我们到底是什么关系?"玛德琳这时候插进来问。

"没有关系。"纳特坚定地回答。

"那么,俄亥俄州感觉怎么样?"我试着打破尴尬局面,或许只有我注意到了这种尴尬。

"很好,"她说,"非常好。我刚刚才意识到,这是我第一次带着我的新心脏离开那个州。"

"他们跟你说过任何关于她的事吗?"纳特问。

"没有,"她说,"一切都是绝对保密的,这是件大事儿,有些人真的不想知道。有什么是你们想要告诉我的吗?"

我们点的汉堡包上来了。

"我妈妈会为你感到高兴的。她喜欢帮助别人,她是个非常慷慨的人。"纳特的声音里充满了感情。

当艾孚瑞说要去一下洗手间的时候,艾希莉也和她同去了。不久后,艾希莉告诉我,艾孚瑞给她看了刀疤,贯穿她的身体中央,就像一条拉链。

马克一个人被留在桌上,他告诉我们今天能来见我们,艾孚瑞特别感激。"移植手术之后,她度过了一段特别艰难的时期,她在某些地方跟从前有很大的不同,但我又说不出是哪里不同了。她有时候会做噩梦,会有一些很黑暗的思想。"

"这是个大手术。"我说。

"死了的话会更糟糕。"他说。之后我们就无话可说了。

"我只是真的非常想跟你们说声谢谢。"艾孚瑞从卫生间回来后说。她没有再坐下,这是那种"真的觉得吃饱了、这顿饭就结束了"的情况。

赛斯把他的汉堡裹起来塞进夹克口袋里。里卡多看到了,也跟着把自己的炸华夫饼塞进了口袋。离开的时候,艾希莉问艾孚瑞和马克愿不愿意来我们家里坐坐。纳特的表情看起来很不爽。

"当然可以,"艾孚瑞说,"拜访一下无妨。"

我开车在前面领路,马克的车尾随在我后面上了山。我们一起朝我家开去。我从后视镜里瞥了一眼纳特。"你还好吗,小伙子?"我问。

"不好,"纳特直白地回答,"我一点也不好。"

我们的车停在车道上,纳特第一个从车里出来,钻进房子里去了。前门敞开着,像通向屋子的洞口,一个张开的伤口。

马克和艾孚瑞的车停靠在马路牙子上,泰茜从里面跑出来,站在草丛边缘朝这边吠叫。

"她不喜欢有人来吗?"艾孚瑞问。

"她非常友好,只是她不能跨过线。"玛德琳解释说。

"线?"马克好奇地问,下意识地绕过车子,转到艾孚瑞这边的车门。

"看不见的篱笆。"我说。

艾孚瑞从车里出来。她站在那里,仰头看着房子,但是,突然,她的身体晃了一晃,好像站不稳的样子,又坐回了车里。"哦哦哦,哦哦哦哦。"

"怎么了?"马克问。

"泰茜,"我大声恳求道,"别叫了。"

"我的头。"艾孚瑞说。

"你碰到头了吗?"我问。

"没有,"她说,"就是突然疼痛。"

"你经常头疼吗?"

"没有,"艾孚瑞说,似乎对我的问题有些恼火,"这不像是头痛,像是被什么东西敲到了脑袋,打了我一下。哦,我感觉很不好,我真的感觉很不好。"

"等一下。"艾希莉说着,奔进房子里去取什么东西。

"是这座房子吗?"艾孚瑞问。

"这是他们住的地方。"马克说。

"没错。"我说。我已经很清楚她是怎么回事儿了。

"我想我的脑袋疼是因为这个地方是曾经的事发现场。"艾孚瑞说。

"像是一种延续。"马克说。我听得出他对于自己的未婚妻已经不是他曾熟悉的那个人这一想法非常在意。

"这是真的,"我说,希望能消除他们两人的疑虑,"简的心知道……"我告诉他们关于大脑细胞记忆的事情,并跟他们重述了之前新闻里的故事:有个女孩得到了一个被谋杀的十岁受害者的心脏,"受移植者开始出现非常可怕的梦魇,最终他们把警察请了过来,女孩的梦境精确地提供了解决谋杀案的线索。"

"我想我们应该走了。"马克说。

艾希莉从屋子里跑了出来,手里拿着一个包好的礼物给艾孚瑞。"这是我为我妈妈做的东西,我想把它给你。"

"谢谢你。"艾孚瑞说,显然,她的头疼变得越来越剧烈了。

马克发动汽车,全速行驶。车子朝前倾斜,我们全都往后退了退。

"我得走了,亲爱的,"她对艾希莉说,"保持联络……"

"我不太清楚她到底要什么。"玛德琳看着车子慢慢驶远。

"我永远都不想再见到她,"等我们都回到屋子后,纳特说,"这太奇怪了,像是在看奈特·沙马兰[①]的电影预告片一样。"

---

① 奈特·沙马兰(1970–),美国导演,生于印度,在美国长大,代表作为《灵异第六感》。

纳特半夜里起来。我听见他的脚步声,在客厅拦住他。"怎么了?"他没回答。"你是在梦游吗?"

他摇摇头,一屁股坐在客厅的沙发上面。"她为什么要来?感觉就像她要我们告诉她'拿走妈妈的心脏,这没关系的'似的。就好像我们很抱歉她会有这些感觉。就像是我们本应该让她好过一些。如果我们不好呢?如果这一切都不是没有关系呢?为什么当这一切发生的时候,没有一个人、有那么一分钟会替我或艾希莉考虑考虑呢?"他不停地倾诉着,我没有打断他。我看着他,聆听着他,时不时拍拍他的背。他来回摇晃着身子,爆发式地倾泄出所有这些感受,把他曾有过的每一个感觉都倾倒了出来,在某些时刻还会哭出来,或者瞪大眼睛,大喊大叫。艾希莉和里卡多被引得站在楼梯上,问是否出事了。

"是的,"我说,"纳特现在非常伤心,但他会好的。"事实上,我也不太确定。他现在是在发泄,把这么长时间以来他努力想要压制的东西一股脑地倾倒了出来。

泰茜和我们一起待在客厅里,它对纳特起到了某些安慰作用。不知从什么时候开始,我们谈起了南非之旅,似乎通过重温我们的冒险来让纳特平静下来。我告诉他索菲亚为我们的旅行做了个网页,她从我邮给她的照片和内容里精挑细选了一些,贴在了网页上。有故事,有照片,于是很多陌生人都来看了这个网页,并捐了款。我告诉纳特,目前这个账户里已经有接近三万美金的捐款了。

"你只是编这个来骗我、让我感觉好受些吧?"

"纳特,现在是凌晨一点半。我为什么要骗你?"

我带他去他爸爸的电脑前,给他看我说的网页以及网上的留言,看到人们对一个那么小的孩子努力为这个社会的改变所采取的行动纷纷评论点赞。

"这些钱是真的吗?我们真的能用吗?"

"是的,"我说,"钱都存在银行账户里,账户是以你的名字开的。"

"明天我能给索菲亚打电话谢谢她吗?我不知道她为我们做了这么多事儿。我是说,这真的令人惊喜,一个从这些事中得不到什么回报的人却能够如此支持我们。"

"是的,"我说,"这很不一般。"

"我们应该找时间和沙哈尔聊聊,看看能拿这些钱来做些什么事,"纳特说,"我能现在就给他发邮件吗?"

"当然。"我说。

说完他就忙着给沙哈尔写邮件。

"不如我们先试着去睡一会儿觉怎么样?"我建议。他点头。"嗨,"我说,"我对今天的事很抱歉,要是我知道会让你如此难过,就不会提议去见她了。"

"我也没想到会这样。"纳特说。

我跟着他下楼,从大厅穿过,走到他房间。"你会给我讲故事吗?"他问。

"当然可以。"我说。他从装满他小时候读的书的书架上面抽出一本书,然后蜷进床上。我就这样给他读书,好像他还是个小男孩。读着读着,里卡多醒了,也一起来听我讲故事。读完后,我分别吻了吻纳特和里卡多的额头,跟他们道晚安。

"我需要担心她吗?"我正要走出房间时,纳特问我。

"不需要。"我说。

第二天早晨,我看到沙哈尔给我们回复了好几次邮件,不断问我们在不在,表示任何时间他都愿意跟我们聊聊。他想知道他们能收到多少钱,以及这笔钱何时能送达他们那里。

我们约定了个村会议,通过网络电话进行。我让纳特告诉他们关于网页和捐款的事情。

"多少钱?"沙哈尔迫不及待地通过网络电话问。

纳特巧妙地避开了直接回答。"不少,"他说,"足够你们有所作为。"

然而很快,这场会议谈话就变成了关于他们想要什么的愿望清单。从南非那头,我们听说村子里应该有一辆车或者一辆巴士,可以往返于大城市之间。

"巴士是出去的路,"纳特说,"我们想些能够引进来的方法,一些能够让村子里的生活变得更好的主意。"

"有线电视和一台真正的大电视机?"一名南非人建议道。

"我在想的是,类似挖一口好井这样的事情。"纳特说,他的声音变得越来越激烈,也越来越悲伤。

"那样做的代价太高了。"沙哈尔说。

"确实,"纳特说,"这是一生仅有一次的机会。"

对话还在继续,南非那头持续不断地提出他们想买的东西,从电吉他到摩托车和电冰箱。

"够了!"纳特终于忍不住说,"你们正在变得越来越像我们——你们不会为你们的村子着想,不会为你们的父母、你们的孩子以及你们的未来去考虑。你们一心只想着什么漂亮的车子或是超大的电视机。"

我们全都沉默了。

"这孩子说得没错。"巫医说。

"这事儿我们不要在今晚解决,"我打圆场说,"不妨都回去想想,晚点儿再谈。"

"我觉得很可怕,"我们下线后,纳特说,"我制造了一个怪兽。"

"你没有制造。"我说。

"好吧,是我喂出了一个怪兽。"纳特说完,自己都觉得自己很讨厌。

"没人能避免。这是人的本性,每一代人都渴望得到更多。人们往往会把成就和其他类型的进步混淆在一起。每个人衡量成功的尺度是不一样的。"

"也就是说,谁的玩具最多谁就赢了吗?"里卡多说。

"你不是必须要把钱给他们。"我提议道。

"这是他们的钱,"纳特说,"这是给我让我转交给他们的钱。不管我们用这笔钱做什么,都必须是为了这个村子和村子的未来——食物、住房、保障供水质量等。"

"我很佩服你能这么快走出来。"我说。

"我必须走出来,"纳特说,"是我让这一切开始的。"

"可你也不能责怪他们。他们虽然来自另一个国家,但是他们和我们一样生活在同一个世界里。"

周末劳动日,我们全都忙着为开学打包行李,购置学习用品。

接下来的星期二,我们和纳特一起踏上了返回学校的朝圣之旅。纳特似乎很喜欢借此机会带着赛斯和里卡多去他熟悉的地方来一次旅行,而里卡多则问我将来他能不能也在这样的学校里上学。"可以啊,"我说,"只要你想。"

我们帮纳特布置好了他的寝室,赛斯给了他二十美金"私房钱",然后我们就留下纳特,返家了。第二天,艾希莉和里卡多开始去离家不远的一所公立学校读书。到了周末,玛德琳和赛斯也报名了一个每星期三天的高级培训课程。

连我妈妈也置身于她的秋季计划之中,通知我说她和她丈夫准备回学校去上课。他们在OLLI报了名,这是一家致力于终身学习的机构,他们打算学习政治学和广播剧。

似乎并没有人注意到我是唯一一个没回学校的人。现在,我正式成了无业游民。这感觉颇令人不安,而我也只能把每个人都安排、照顾得妥妥当当,借以缓解我自己的压力。

这栋房子里如今充满了生活的气息,总有人来来去去,忙忙碌碌。里卡多有了毛绒青蛙和小乌龟玩具,他把它们当成自己的宠物。他还报了个教打鼓的班,学习打鼓。艾希莉又捡起了她的钢琴课。周末,家里经常会有一些活动,比如"跳叶子",赛斯和里卡多特别喜欢把很多很多树叶堆成一堆,然后要么跳上去,要么从树叶堆上走过去,还会不停地重复,他们觉得这样有意思极了。我们借来了高先生的小型货车,带着一家人远足去看叶子,或是去摘苹果和南瓜。这些活动对大家都很有好处,而且大多数活动都不复杂——除了有一次赛斯在玉米迷宫里整整失踪了二十分钟。

我去找穆迪讨论家里的现金流问题,他似乎觉得这根本不是个问题。"家就像个小国家,"他说,"这就是个生态系统,有起有伏。你把赛斯和玛德琳的房子租出去,就有一笔租金进账,还有他们的社保支票和投资收益,这笔钱可以保障他们的生活。至于艾希莉和里卡多，你的职能就像是人肉提款机，但是有简的人寿保险和乔治的赔偿金以及他们之前的投资，还有从艾希莉之前学校得到的一笔补偿金——总体来看，你还是绰绰有余的。"

我尝试着量入为出。我们的收入毕竟有限，但是我有乔治衣柜里所有的衣服，所以不用考虑置装。还有，当我的保险账户用光了，我还有自由职业者健康保障。而且，我的花销本来就不多。

我在专用笔记本上记录家里所有的财务收支，每个孩子都有一本，赛斯和玛德琳共用一本。还有一本是家务收支，另有一本是我自己的。我仔细地记录每一笔开销，以及开销的支出源。这不仅让我有事可做，还使我免于承担被人指责管理不善，长久以来，这份担忧一直在我心头挥之不去。

赛斯的身体越来越虚弱，人也变得越来越健忘，有时候连基本的"自制"都很困难。于是我带他去看医生，而医生检查完后只说了一句，"你已经得到你要的了，不能期待更多。我们谁都不可能永远维持。"

我请医生到检查室外面借一步说话。我们让赛斯独自留在桌前，他面色苍白，没有毛的长腿上几近蓝色，青筋暴露，就像是一只被拔了毛的小鸡。

"你说那话是什么意思？什么叫'我们都不可能永远维持'？"一出门我就问医生。医生耸耸肩。"你多大了？"我问他。

"三十七。"他说。

"你的胆子可真大，说出这种话来。"我对他说。

"你想要什么？"他问，"止痛药还是安定？直接跟我说就行。"他跟我扯皮。

"我想要的是你能有一点同情心。我想要的是你能给予一些理解。你能想象穿着那样的袍子坐在那里离他的寿衣一步之遥还要担心自己究竟怎么样了的心情吗?"

"好吧。"他说。我们返回诊断室,那位年轻的医生跳到检查台上,坐在赛斯身边说:"你能听到我说话吗?"

"不需要吼,"赛斯说,"我是老了,但我没瞎。我能看到你的嘴唇在动。"

"你现在状况很好,"医生说,"你只要多出去走走,多做些运动,多散散步,就会更好。继续好好过,享受生活。"然后他从检查台上跳下来,递给我两张处方单子:一份是针对赛斯的胆固醇的抑制素,另一份是针对前列腺的坦洛新,还开了点儿安定,以解焦虑之需。他朝我眨了下眼,走了。

艾希莉还想进一步接触犹太传统文化,她求我给她弄到赎罪日①的票。由于我之前拒绝为乔治和简所属的教会充会员费,于是现在我只能在网上从一个"黄牛"那儿买票。这种"买票"去参加一年一度宗教活动的行为实在令我困扰。我知道,对很多犹太人来说,赎罪日是他们一年一度参观教会的活动,也是犹太人集会筹集年度资金的时候。但是,这种感觉就是不太好。

我和某些家伙约在一个隐蔽的拐角处进行交易。我付了他们六百美金现金,得到两张在斯卡戴尔一家比较保守的教会里做赎罪日服务的"会员"票。

艾希莉非常兴奋,她强烈要求我们早点儿到那儿,抢占好位

---

① 犹太历的新年。

置。我们坐在那里等了好几个小时,终于等到仪式开始,集体忏悔罪行。我和所有人站在那里,手按在胸前,忏悔"我以前曾犯下的罪过"。至少有二十四宗罪:背叛、有恶意、唆使他人犯罪、吃不该吃的东西、恶语待人、嘲笑他人、鄙视、堕落、难以控制地逾越、远离上帝……在拉比陈述这些没完没了的罪行时,我和其他人一起拍打着胸膛。我感到很内疚。我的内疚远比我以为自己需要内疚的更多。

"我们真的很坏,"艾希莉在我耳边小声说,"听听我们做的这一切,我们造成的所有困扰和伤害……"

我清醒了一点儿,严肃地对她说:"我们是人,艾希莉。我们忏悔是因为尽管我们已经竭尽全力,还是会不断对他人、对我们自己造成各种各样的伤害。所以我们才会每年都在这里请求对于所有我们造成的伤害获原谅,所以我们才每年把自己呈现在上帝面前,请求原谅。"

艾希莉开始哭泣。"太可怕了。"她边哭边说。

"哪里可怕?"我问。

"作为人。"

我很意外地接到了来自纽约社会服务部门的来电,他们想针对我悬而未决的收养申请安排一次家访。"之前有一个预约取消了,所以社工可以明天过来,或者你也可以预约十二月二十三日……"

"明天就好,"我说,"几点?"

"上午九点到下午五点之间的任何时候都行。"她说。

"能缩短时间范围吗?"我问。

"不行。"电话里的女人说。

"好吧,那就这样。"

第二天下午两点,社工开着一辆没有任何标志的车停在了我家门前。泰茜汪汪叫起来。

"我不喜欢狗。"我打开门迎接,那女人一见到我就说。

"你介意我让狗去别的房间待着吗?"

"谢谢。"女人说。

我给泰茜拴上狗链子,让玛德琳牵着别放手。我则陪同社工以及她手上抱着的一厚沓文件一起在家里到处看。

"所以,那个小男孩已经住在这里了?"她问。

"从春天开始就住在这里了,"我说,"也是他小姨的请求。"

"他睡在哪里?"社工问。

我带她进了纳特的房间,给他看里面的双层床。里卡多睡在下铺,床上堆了很多毛绒玩具。"他喜欢这些小动物。"我指着里卡多的青蛙和乌龟说。

"他怎么上学?"

"他和艾希莉,我侄女,一起走路去学校。"

"你完成宣传培训课了吗?"

"还没。我已经报了名,几周内就会开课。现在课程名额全满了。"

"你想过收养一个孩子对整个家庭的影响吗?"

"是的,"我说,"我们全家人都很激动。事实上,这本来就是孩子们的主意。"

"你的教育方针是什么?"

"严格,灵活。"

"我看到你跟你父母住在一起。"她说。

我点头,没有多说什么。

"院子里有个小屋是干吗用的?"

"哦,那是个临时建筑,"我说,"算是秋季庆典的产物。"

"男孩可不能睡那里。"她语气很硬地说。

我点头。"那是当然,绝对不能。"

"你的申请表里提到你有一只猫?"两只小猫从她身边穿过时,她问。

"那只猫生了只小猫咪。"我说着,领社工去参观其他房间。

"家里住了几个孩子?"社工问。

"三个。"我说。

"别忘了我们的两个棕色小宝宝,"玛德琳大声说,"总共是五个。"

社工明显对"棕色小宝宝"这个词很不喜欢。

"它们是双胞胎。"赛斯也跟着叫嚷道,声音越过他正在收看的高尔夫对抗赛。

"宝宝们是从南非带回来的洋娃娃,"我解释道,"娃娃对老人很有好处,他们把它们当真宝宝带在身边。"

社工点点头,一副不感兴趣的样子。"如果你的申请被批准了,董事会和护理部就会支付你一些费用,你会收到一份服装津贴。除此之外你还可以请求一些特殊补贴,比如课外项目费、辅导费、冬大衣置装费,还有宗教活动用的服装。但是,鉴于我们的预算一向比较紧张,建议你尽量别申请。为避免儿童劳役嫌疑,请千万不要让孩子做任何煮饭、洗衣服之类的事,可能会构成'雇佣工'嫌疑。"说完她给了我一些文件让我签字,然后带着文件走了。

"我希望你不是准备雇佣这个女人在这儿工作,"玛德琳后来对我说,"泰茜和我都觉得她有点儿盛气凌人。"

阿曼达打来电话的时候,我正在逛A&P。我环顾四周,想着她或许也在这里,正从成堆的面包袋缝隙间偷偷观察我,从海量的橙子后面偷窥我。我现在经常来这里,因为我们的日常用品消耗得比以前快了不少,毕竟有老老少少好几口人等着我喂饱。

"你在哪里?"我问。

她不想回答。

"你还好吗?"

"我很好,你呢?"

她这种完全随意的来电让我措手不及。"很好,"我说,"有意思的是,我现在正在A&P里,他们更改了这儿的布局,设置了一条新的通道,就像蜿蜒曲折的乡间小道似的。这里本就应布置得让购物更放松,更自然一些。"

她沉默了很长时间,才问:"还有别的事吗?"

"我的书写完了。"我主动说,省略了被闪电袭击那部分,"你的爸妈都很好,孩子们也都去上学了。你最近过得怎么样?"

"很难说。"她说。

我发现我们的谈话令我相当受挫。曾经,她的这种暧昧不清令我着迷,永远都不可能知道她真正在想什么。但是现在,这令我颇为光火。

"我能问你一个问题吗?"我停顿了一下说,"如果发生了什么事,你想知道吗?"

"不,"她斩钉截铁地说,"我真的不想。我喜欢不知道,只靠想象。一旦知道了什么,事情就不一样了,我可能会做出一些不一样的事情。我不想有这种负担。"

"好吧,"我说,"帮我一个忙……"

"什么?"她问。

"别再打这个电话了,"我犹豫了一下,继续说,"这并不全是你的事情,阿曼达,并不表示你可以把你的父母就这么丢给一个完全陌生的人,就像我是你的衣帽暂存处,好像你什么时候想要了就可以来取,然后时不时地确认一下东西安然无恙。不是这样的,阿曼达。"

我听到电话背景里有翻纸张的刷刷声。"两件事情,"她没有理会我刚才说的,自顾自地继续说,"每年,我父母都会去西点军校玩军事演习游戏,他们有季票。他们提过这个吗?"

"没有,"我说,"闻所未闻。"

"还有,他们的结婚纪念日是九月二十五日,今年是四十五周年纪念。"

她一边说着这些,我一边在逛乳制品区,往我的购物车里放入给里卡多的低脂牛奶、给赛斯的无乳糖牛奶、给艾希莉的豆奶以及给玛德琳的麦斯威尔国际速溶薄荷摩卡和拿铁咖啡,她说自己对这种咖啡简直"上瘾"。我在购物通道上来来回回拿起面包、饼干、纸巾等物品堆满购物车的时候,阿曼达还在持续不断地向我提供照顾她父母的细节,例如打扫房子的烟囱、确保建有防风窗,等等。她说这些的口气就像是在下载信息,让每一则信息像秋天的落叶一样乘着微风缓慢落地。又这么过了几分钟,我说:"阿曼达,算了吧,你不必再为这些琐事操心了。这都是些琐事,无关紧要。你说的这一切都是。"

"这是关乎生活的琐事,"她说,"我已经把它们全都写下来了,会把它们完整传送给你。"

"这些都是你给我的操作指南,不是什么你需要传达的东西。我要走了,"我说完就准备挂电话了,"保重。"

开车回家的路上,我内心充满了难以抑制的恐惧感——我是不是说得太过分了?她会不会报复我?我想象阿曼达半夜里蹑手蹑脚地窜进我们的房子,把她的父母带下楼,重新"收回"他们。我想象自己很有前瞻性地把大家都召集起来一起躲在地下室里,就像是电影里演的某种保护证人的行动。赛斯和玛德琳现在是我的,我需要他们,孩子们也需要他们。我承受不了失去他们的后果。

赛斯跟我说他需要我的帮助。"我们得走一趟,回到我以前住的老房子里去,我忘了些东西在那儿。"

"没问题,"我说,"不管是什么,我相信高太太都会给你带来的。"

"不行,我们要自己去,只有你和我,就今晚,带上铲子。"他说。

"真的吗?"我好奇地问。

"真的。"

我事先给高太太和高先生打了电话,告诉他们我们会做一次意外的拜访,并让他们假装没看到我们。晚上天一黑,我们就带着两把铲子,还有我从五金店里淘来的两个头戴式手电筒出发了。

赛斯从老房子的地下室门口朝外走了十步，又朝左走了三步，然后挖了起来。"有大约十八英尺深。"他说。

"我来，我比较壮。"他看着我挖了两分钟，然后在我一步之外，又开始挖另一个洞。

"还有一个？"我问。

"有七八个。"他说。

我继续挖着，直到听到铲子撞击金属发出的声音。

"找到了。"赛斯激动地叫起来。

我们跪在地上，开始用手挖。拂去上面的灰尘后，结果发现是一个五十口径①的军用弹药盒。我突然一阵恐慌。

"你把一盒弹药埋在房子底下？会爆炸的那种？这可能会很危险，你知道吗？我们可能会被炸飞。"

"这不是炸药，是现钞。我装在弹药盒里是因为这些盒子是防水的。要不然你以为为什么我从来都想不到安装地下自动洒水装置？那玩意可能会毁了我的退休计划。"他得意地笑了。

"赛斯，你是说你在这里埋了七八个装满现钞的盒子？"

他开心地点点头。"没错，我才不相信那些市场机构呢！所以我把我的钱都存起来了，这边一点，那边一点，经年日久。"

"这些不是你偷的钱吧？"

"不是，"他摇着头说，"我早就把那笔钱还回去了。这些都是我的。"

"你确定，赛斯？"

"确定无疑，"他说，"继续挖。"

---

① 指直径50厘米。

于是我又继续挖了起来。挖了好几个小时,我们一共找到了六个盒子。

"真奇怪,"赛斯说,"我本来还发誓说有很多呢。"

我耸耸肩。我已经快要累残废了,脑袋嗡嗡作响,觉得自己随时随地会再犯一次中风。"够了,赛斯。不管是什么,都已经够了。"

他点头。"每个盒子里有一万美金。"他说。

"六万美金?"

"我是卖保险的,儿子,而且我超擅长做这个。在上世纪五十年代晚期到六十年代早期,干保险可是肥差。那时候每个人都觉得我们会打败一个帝国……我一直都很谨慎,每一笔红利,每一点蝇头小利,我都好好地储存起来。你瞧,"我们挖完后,赛斯对我说,"我知道,照顾我和玛德琳得花不少钱。而且,圣诞节就要到了,我想为孩子们做些什么,或许给他们买些美国储蓄债券什么的。还有,好吧,说实话吧,我一直都想得到一套莱昂内尔火车和铁路模型。不管我活到多少岁,每年圣诞节,我走下楼梯的时候都希望能看到它在那里。你知道吗?今年就能实现了,因为我要为我自己买!你要跟我一起去,"他说,"我们要去纽约,然后给我选一套。"他想了一下说,"那么,你觉得这些够买那种火车吗?"

"能,赛斯,我想你已经得到了。"

我们一起把挖的洞填上,然后又计划下次再来修补被我们损坏的草坪。"别让他们注意到,"赛斯悄悄说——这当然是不可能的,因为在这几个小时里,高先生一家一直都从后面的窗户偷看我们。我们挖出深绿色的铁皮盒的时候,他们一定在纳闷我们在搞什么。

"我本该在出发之前就跟你说，"赛斯说，"我肯定你会保守秘密，今晚的事情只有你知我知。"

"绝不泄露一个字。"我说。

我收到一封信，没有邮戳，没有回信地址，信的内容工工整整地用打字机打在漂亮的蓝色信纸上面。

富兰克林·弗内斯把你的稿子拿给我看了，他希望我作为一个非公开的事实调查员对这本书稿发表一些观点。我把这些稿子连同你之前写的东西看完之后，就想给你写一封信，聊以表达对你的祝贺。我很高兴，也很惊讶地看到，你一直坚信的梦想能够并存于你对人心的希冀中，你希望即便这个人的行为引得人们觉得他很坏，但是他的心也并非如此黑暗。历史的烟雾从未真正散去，有很多事情，我们永远无法知道真相。我只想说，很长时间以来，这已经不是由人组成的政府了。这是一个公司，一个跨国公司——是一个由中华人民共和国带给你的自由之土、勇士之家。历史的力量被远远低估了，这就好像物理学家曾描述万有引力是一种很微弱的力量——重塑历史的形象可以是一件简单得令人惊讶的事情。而我们，你和我，再一次站在了时代精神的前沿和核心位置，而那些混杂了事实和你希望为虚构的东西，亦香亦臭，它们就像是在一个古老的焦油坑里不断蒸腾而向上冒出的泡沫。尽管我们着迷于自己阴谋式思考的精确性——是的，没错，我们曾一直都是对的，连我们年轻时候的分身也沉迷于此。你发现了吗？现在已经有超过八十五万人受雇于最高机密的安检机构。没有人知道每个人在做什么，即便是那些当权者。那些本应该了解这一切的人，也不可能了解全部。在这样的情况下，他们完全有可能孵化一到十个计划，然后这个计划通过某种方式进行，需要花上好几年才会被人慢慢发现。而即便发现了，我们也找不到涉嫌其中的某一带头人。这是一种新的恐怖主义，按下这场恐怖战争按钮的人，恰恰是那些仅仅做好自己本职工作的人，他们并不知道自己所做事情的缘由和结果，也不可能想到任何一个行动会与其他事件产生关联。有一种动物叫雄蜂，我们先来看看这种动物的定义：一种无刺的公蜂，亦称"没有能力的人"——是最具有危险性的物种。你的耳边出现一种奇怪的嗡嗡声，它已经不再是一只卑微的蜜蜂，而是一只假虫，但它可能会突然涌入你的房子，停留在你客厅的桌子上，或者直接飞进你的耳朵，下达指令。有时候只需要一个电脑按键，它就能炸了你和你的房子，而你却永远也不知道为什么。他们就在我们中间，而我们却永远也无法知道他们究竟是谁，或者究竟发生了什么。这一切要比我们任何人能够想象得更严重。从那场大事件发生（美国政治的内爆，我们黑暗年代的就职典礼）至今已经四十九年了，而这就是我们要去的地方。你应该能够想象，我正在写一本我自己的书，似乎我们有一些思考是相同的——我们背着沉重的包裹，在没有太晚之前，我们应该卸下肩上的包裹，跳出我们的盒子。总之，我要说的就是：祝贺你！书写得很好。世界需要更多像你这样的人，西尔弗。

这封信我读了好几遍，止不住地心花怒放。这就是我想听到的，它证实了我的感受，打消了我的疑虑，也确定了我的心愿，写这本书绝不是为了好玩儿。我猜这封信来自我在律师事务所里的"朋友"——那个在电梯里遇到的男人。但是，他是谁呢？我应该知道吗？会是某个耳熟能详的名字吗？我把信塞入口袋，想着，稍后我还会去挖掘信息，或许这里面还藏着些什么。用一种说法来表达，一个词组，就是，似曾耳闻。

沃尔特·潘尼打来电话，说乔治又被转移了。"他的肚子出了毛病，所以我们把他送去了一个护理条件更好的地方。我可以把地址和探视信息给你，要见他还需再等会儿。"

"那场事故至今仍令我记忆犹新。"我说。

"你收到支票了吗？"潘尼问，好像这笔钱能弥补一切。

"收到了，谢谢。"

沃尔特给了我监狱的信息。"从你住的地方到那儿大约一个小时左右，从那儿能俯瞰哈德逊①。"

第二天我就开车去乔治所在的地方。从外面看起来，这里充满了田园风，建筑物坐落在像是一座古老城堡或堡垒所在之处。停车场里有月度优秀员工的专属停车位，人名用红色马克笔写在白色正方形框内标示。我把车慢慢驶入的时候，正好瞄了一眼最右边的一座老房子，就像是看到了一个幽灵：我看见一名矮小精悍的男人穿着件旧灯芯绒夹克衫从老房子的前门走出来，朝一辆

---

① 位于纽约州的一条河流。

古老的旅行车走去,我当时想,这肯定是约翰·契弗①的鬼魂跑出来兜风了。

尽管从外面看,这里有着田园般的风景,里面却像个大熔炉,一走进去就有种汗津津、黏嗒嗒的感觉,空气中散发着一股难闻的味道。我通过了金属检测器,走进休息室。警卫将戴着镣铐的乔治领到了探视区,我们通过厚厚的树脂玻璃上的一个钻孔说话,这个钻孔里应该积存了之前每一个犯人及其家属的唾沫。

"你怎么样?"我问。

"我能怎么样?"

"那是场意外。"我说。

"我又没问你的意见。"乔治说。

"你看起来很糟糕。沃尔特跟我说你之前进医院了?"

"我有直肠炎,还得了淋病。"

"你在里面出了什么事儿?"

"我得开拓我自己的路,"他摇着头,一脸苦涩的表情说,"这地方没什么好的,我的牙齿都快烂掉了。以前我每年清洗四次牙,现在,我的口气一天到晚就像屎一样。你出卖了我。你放弃了我。还有什么——莉莉安的巧克力薄饼食谱?"

"你在说什么啊?"

"你利用了我喜欢甜食的牙齿,你用那些饼干利用了我。"

"他们早就已经知道你的事了,乔治,"我说,"我只是被他们利用而已,我就像个人盾。我是牺牲自己来保护你。我没有别的能击败他们的选择,"我说,"他们简直要了我的蛋。"

---

① 约翰·契弗 (1812–1982),美国小说家,被称为"美国郊外的契诃夫"。

"你压根就没有蛋。"乔治说。

"漂亮,乔治。"

我们隔壁探视间里狱友突然癫痫发作,倒在地上。

"我的玫瑰花怎么样了?"警卫赶来清理现场并带走病了的犯人后,乔治问我。

"它们长了黑点。今晚要是不下雨,我会给它们浇水的。"我趁还有时间赶紧说。

感恩节之前的星期二,纳特从学校回来了,还带回了他的一位好朋友,叫乔希。第二天,我们借了高先生的小货车,带着一大家子人前往纽约城。赛斯、里卡多、纳特、乔希和我朝着莱昂内尔店前进,与此同时,艾希莉和玛德琳则计划先去做做头发,之后再享用午餐。整座城里到处是人,我觉得自己像个游客,到哪儿都被挤撞。

在莱昂内尔店内,店伙计花了好一会儿功夫才搞明白我们的火车究竟是给谁买的,他一明白过来,也就欣然了。七百美金一整套火车模型,外加一大堆备用零件。买完后,我们离开了店,每个小男孩手里都拎着很沉的包。我带男孩们去吃冰淇淋,才发现原来纳特之前从未吃过香蕉船。我点了两份香蕉船,这时候赛斯怒视着我:"这是我的大日子,让我们一人一份吧!"

于是我只得照做。

吃完冰淇淋,我们就去找艾希莉和玛德琳集合。他们不仅做了头发,连手指头和脚趾头都修过了。

"最后一站。"就在我们一个个钻进小货车的时候,赛斯说。他对我指了指自然历史博物馆侧边的八十一街。

"我不太确定我能把车开得离那里多近,游行队伍开始之前,他们关闭了很多街道。"

"我只求你尽力。"赛斯说。

我把车停在距离博物馆两条街外的停车场,然后,我们一群人就像小鸭子跟着母鸭子一样,尾随在赛斯身后,无意中撞上了一群和我们一样的人群,于是到处回荡着"不好意思,让一让,请让一让"的声音。到了八十一街和中央公园西大道拐角处的路障,赛斯对那里的警察耳语了些什么,随之又掏出钱包里的驾驶证。我瞄了一眼玛德琳,她似乎很清楚赛斯要做什么,满脸微笑。

"当然。"警察说完,打开了路障,让我们一行人进入。

赛斯笑了,似乎对自己颇为满意。我们现在位于街上"被选中"的步行者之列,梅西百货的游行花车已经被搁置在街道中间,还是充了气的。"贝蒂小姐穿了一条长到屁股的长筒袜。"赛斯兴奋地指出。

"贝蒂娃娃。"里卡多大声嚷嚷。

"我们是怎么到这里的?"纳特问。

"我到现在还藏着一两张卡,在袖子里。"赛斯说。

"我们以前就住在这个街区,"玛德琳说,"住了很多很多年。阳光灿烂的日子里,我们的两个小女儿就在中央公园里玩耍,要是遇上冷天或者雨天,他们就会去自然历史博物馆里看那些西洋景。"

"真棒。"纳特说。

"这些游行的人跟我童年时的记忆一样,"赛斯说,"当米奇老鼠第一次横空出世的时候,当艾索尔·摩曼①在这里唱歌的时候,我也在这里。"

"我都不知道这些呢。"当我们在街上来回走着的时候,我说道。孩子们对那些巨型彩车惊叹不已,贝蒂娃娃、青蛙科密特、怪物史莱克,还有超人,全都鼓得跟活的一样。在鲜亮得近乎绚丽的白色灯光下,穿着特卫强套装的工人在忙活着。巨大的气球被用网、沙袋和绳子支撑住。我不禁注意到,在博物馆的另一边也有很多彩车,从观众视角来看,有一条巨长的绳子迂回在街区上。

"这是我见过最棒的场面了。"里卡多激动万分,"谢谢你。"

这很神奇,几乎不可思议,而这也就是我们常说的那种好的忧郁——因为太美好,所以也会有点儿悲伤。我们在街区转悠着,直至天变黑变冷,我们的脚也走疼了。

开车回家的路上,他们全都在车里睡着了,我是唯一醒着的。车子开上亨利·哈德逊公园大道,朝锯木厂方向驶去,我看到路边有一只浣熊在黑夜里瞪着发亮的眼睛看着我。外面开始下雪了,先是细小的雪片,然后是胖乎乎的雪花,大小就跟莉莉安姑妈家台灯下的小桌垫一样。我打开窗户,雪花吹进车里,拂在每个人的脸上,好像给他们擦上了一种神奇的粉。

感恩节到了,一年过去了,这一年漫长得像过了一辈子。桌子已经布置好了。艾希莉和玛德琳自己做了个聚宝盆工艺品,秋

---

① 艾索尔·摩曼(1908—1984),20世纪百老汇音乐剧著名演员。

季的赏金就这样洒在新换的桌布上面：葫芦、小南瓜，等等。如果你足够仔细，会看到我和艾希莉从威廉斯堡买回来的带金属扣的朝圣鞋里面盛满了圆滚滚的、红色绿色的葡萄。

感恩节的早晨，我一大早就起来，将馅饼皮铺在罐子里。我朝厨房外眺望，越过那棵枫树留下的木桩（枫树后来被我们一番又砍又劈，露出了树根，它的木头屑铺撒在花园里的每一处，感觉就像是葬礼的灰尘散落着纪念一样）。我发现四头鹿蹑手蹑脚地穿过了院子，一头鹿爸爸，后面跟着鹿妈妈和两只鹿宝宝。当它们弯下腰品尝花园里的东西时，尾巴都在抽动。我忍不住微笑了。之前我在这附近看到的唯一的一头鹿还是躺在路边的一只血淋淋的鹿的尸体。玛德琳穿着拖鞋走过来，她看到我在盯着什么看，于是也凑过来看。随后她倾身越过水池，重重地敲击了一下玻璃，大叫道："嗨！这里可不是食品店。"鹿爸爸的耳朵抽动了一下，尾巴高高翘起，估计是收到了它们在此不受欢迎的讯号，很快离开了。

玛德琳问我有没有注意到赛斯穿着睡衣坐在客厅的地板上直勾勾地盯着他的模型铁路玩具。

"他看上去很快乐。"我说。

"是啊。"玛德琳承认，看到他现在终于得到了这套火车，她也很高兴。她本来以为他撑不到圣诞节。

"医生说他的身体状况很好。"我说。

"他就要走了，"她说，"身体的零零碎碎都在剥落。但是他不会太痛苦的，我们都应该如此幸运。"

孩子们穿着睡衣，一边看电视里播放的彩车游行现场，一边帮赛斯布置他的火车。纳特的朋友乔希有阅读障碍症，他总叫纳特为"安特"。纳特解释说，当乔希发短信的时候，他会把"Nate（纳特）"拼写成"Ante（安特）"，这绰号真差劲。我最初怀疑他们俩之间不止是朋友关系，但这个猜疑很快被打消了，因为纳特吃早餐的时候告诉我，乔希不是普通的学生，明年，等乔希真正变成"詹妮"后，他就会转学到一个男女同校的学校里读书，这样就不会有人再强调和纠结变性人的问题了。

"你们是怎么变成朋友的？"我问。

"我们都是编织，"纳特说。然后，纳特帮我一起将重达整整二十八磅、被填满食材的火鸡塞进烤箱里。"我给我爸爸写信了，"纳特说，"好吧，我早就开始写这封信了，但是这封信越写越长，最后长达八十页。我把信给我的指导老师看，但他说这已经不是一封信了，而是一篇回忆录。他希望我能继续写下去。我现在就开始写回忆录是不是太早了点儿？"他问。

这问题很难有确切的答案。

在制做"假日潘趣酒"和寻找一个可以盛放火鸡的大盘子的过程中，我一直跟谢丽尔来回发送着短信。我邀请她和她的家人来我家做客，但是感恩节在爱德的世界里是一件大事儿，这一天，他的姐姐会做饭，谢丽尔和爱德提前一个礼拜就开始服用波立维[1]和立普妥[2]了。"把火鸡放进烤箱之前别忘了先在火鸡开洞的地方塞一颗柠檬。"谢丽尔发来短信说。

---

[1] 抗凝血药物。
[2] 降血脂药。

"太晚了。"

"永远不晚,"她回复道,"还有,在火鸡表面变成棕色之前,先在上面盖一层铝箔,这样就可以让火鸡在三十分钟内都保持这种棕黄色,还能使它的皮保持香脆。"

"有人用真正的南瓜做南瓜派吗?"我问。

"没有。"她回复道。

高先生和高太太来了,带来热腾腾的火鸡鸭,是他们刚在店里烤好直接带过来的。

"我不知道烤火鸡鸭是什么样的,但是我喜欢这味道。"玛德琳欢迎他们说。

"我们也不知道,"高太太说,"我们从电视上看到的,听他们说,这是非常美国化的食物,于是我们就在网上订了一个。"

里卡多的小姨和姨夫也来了,带来了巨大的"甜土豆和棉花糖火锅"。里卡多来了一长段打鼓表演,是他最近才学会的,以此表达对他们的欢迎。

静兰和她的父母们刚乘火车从纽约赶来,带来了一大捧鲜花,还给孩子们带了幸运如愿骨。"你们知道一只火鸡里只有一个如愿骨,对吧?"静兰的妈妈说,"好吧,现在你们想要多少就有多少,分享更多的幸运吧!我们这一周都在卖这个,非常受欢迎。"

每来一位新客人,房里就开始一轮新介绍。这中间,艾希莉穿着她从威廉斯堡买回来的裙子,配上她的披肩,头上戴着成人礼时索菲亚给她的小帽子,优雅地从楼梯上缓缓走下来。艾希莉已经变得越来越朝宗教靠拢,她自己给自己的定义是"正统派"。我接受这个概念作为短语的意思:一个诚信的青少年的身份认同。这给了她慰藉,而我希望这是她趋于自我健康认知的一部分。

"我想点亮星期二晚上的蜡烛,做祷告。"艾希莉说。

"星期二晚上没有蜡烛哦。"我说。

"但莉莉安姑姑和杰森哥哥从未看过我做祷告呢。"

"我明白,但今天是感恩节,这一天属于我们的基督教同胞。你愿意做饭前祷告吗?"

"让赛斯或里卡多做吧,我想在餐桌上说话。"

"说什么?"

"我要去准备一下。"她说完就转身上楼去了。

"好吧。"我说。

杰森和莉莉安带来了名品饼干罐,里面装满了饼干。

"我教会了杰森怎么做这些饼干。"莉莉安骄傲地说。

"昨晚我们一起做的,"杰森说,"现在我们想要吃多少饼干就可以吃多少。"

"你是说,你不再需要我了吗?你想要的只是我的饼干食谱而已吗?"

"妈妈,我是说我很高兴你能够信任我,将你的秘密配方教给我。"杰森讨好地说。

莉莉安环顾了四周。"你妈妈去哪儿了?我还以为她肯定会在这儿呢。我很期待我们的重修于好。"

"她和鲍伯去朋友家过节了。"我说。

"那很奇怪,你不觉得吗?你亲自做感恩节大餐,你妈妈却不到场?"

我没有提到我对可能发生的事情的焦虑，或者说，我该如何对我妈妈和鲍伯介绍玛德琳和赛斯呢？他们对彼此来说又算是什么呢？他们会不会为了抢占地盘而打起来呢？

　　"好吧，是这样的，鲍伯的孩子们只邀请了鲍伯，没有邀请我妈妈去他们家共度感恩节，他们都觉得很受伤。"我解释道，"当然，我邀请了他们两个一起来，但是，就像我妈妈说的，'我不想让家庭的复杂事务给鲍伯增加负担，他已经受够了。我们要去和朋友们一起过节。在某个地方，有一些早起的人，有小型货车带我们到那儿去。我们会玩得很愉快'。"

　　一起坐下来用餐之前，我们在客厅里拍了好多组照片。几乎人手一台相机或手机，于是我们轮流，有些是家人，有些是朋友，互相合照。

　　"这不应该是我们的圣诞节卡片吗？"玛德琳问赛斯。

　　"那些中国人是怎么回事儿？"上桌之前，我听到莉莉安在问杰森，"我以为他离婚了。"她说着在自己的位子上坐下。"他是在开什么寄宿房子的业务吗？"她嗫嚅道，"这真像是一场奇异秀，随便什么人，都集中到了一起。"

　　我坐在桌子的主位上，能看得到所有人的脸。我想到了沙哈尔和他今天早晨发给我的邮件："当道路变窄的时候，排在你后面的人仍有行驶的权利。"

　　我在想乔治和他的直肠炎，想着离这里往北一小时车程的监狱会为犯人们提供什么样的感恩节晚餐。我在想谢丽尔和她的家人。我在想阿曼达，想着她现在还在这个国家还是已经远走他乡。

还有希瑟·瑞恩的父母,他们要如何度过第一个没有她的感恩节。还有沃尔特·潘尼,估计他要驾驶很长一段路赶回家吃晚餐。

保持,我深呼一口气对自己说,保持现在这样,活在当下。我又深深地呼了一口气。我想到巫医和他的茶,即便已经过去了好几个月,打饱嗝的时候,那种味道仍会存留。

我低头看长长的桌子。我看到年轻人和老人们在交谈,互相传递着盛有填馅火鸡等可口美味的盘子,桌子上荡漾着四季如春的暖意。里卡多把草莓酱递给我,"这是我和艾希莉一起做的,"他一脸骄傲地说,"我们挤啊挤啊,挤了好多柠檬。"

赛斯一边传递着船形调味肉汁盘一边说:"从来没有人会嫌肉汁太多。"

我看着纳特和艾希莉,想起去年感恩节,他们俩蜷在各自的椅子里,像是某种无脊椎肉团一样。他们手上拿着电子产品,眼睛一刻不停地紧盯着那小小的电子屏幕,唯一会动的只有他们的手指头。我记得当时看着他们呆滞地坐在那里时,我真的是满脸不屑,他们根本不会在意厨房里的妈妈多么劳累,而他们的爸爸却在桌上对客人发表冗长而无趣的讲话,我就像看一群无可救药的人一样看着他们。而现在呢?纳特会挨个儿问客人们有没有什么需要:"每个人都有他们需要的东西了吗?"艾希莉则会问莉莉安:"需要我帮您拿点儿什么吗?"

客厅里,电视机开着,又在放电影《无敌大猩猩》。我让纳特去把电视机关掉,他照做了。我审视当前的状况,很欣慰。此时此刻,我真正感觉到一种心满意足的喜悦。事实上,我注意到在这样的场合里,除了喋喋不休的谈话,没有其他了,空气中飘浮着融洽的善意。

现在是感恩节,而我并不害怕会有别的鞋子掉下,事实上我甚至没穿鞋子①。不紧张、不担心有什么事情会突然爆发或泄露或出了偏差。我留意到了这种没有焦虑的感觉。而在过去,如果我的生活缺乏了焦虑,那会直接导致我的恐慌。但是现在,我只是留意到它,并随它去,然后让一切继续。

我俯视着桌子,想着我所认识的每一个人,每一个"你好"和"再见"都像一场秋日的微风轻扫我的脸庞,而我是多孔的、无黏浊的存在,让它们从容而过。

"祷告?"赛斯提到。

我们都扭过头来表示聆听。

"Itadakimasu②,"纳特用日语说,"我谦卑地接受。"

"我们的慈父,为这一天,为这些食物,我们感谢你。"里卡多的小姨说。

"轮到我了,"小姨还没说完,艾希莉就迫不及待地站了起来说,"嗯,就好像是,我们真的兜了个疯狂的圈子,"她说,"但是,我今年夏天读了一本书,我想在这里和你们一起分享。"艾希莉开始读她打印在纸条上的内容:

我想到的不是那所有的苦难,而是能够活下来的荣耀。我想到田野里去,到大自然去,走到阳光下,出去寻找存在于你自己和上帝的幸福。想想那些一次又一次能释放出自我的美丽,即使没有你,也要快乐。

---

① 鞋子在此处指意外之灾。
② 日语意为"我开动了",一般在吃饭前说。

"非常美,"赛斯说,"这是惠特曼写的吗?还是朗费罗?"

"是安妮·弗兰克[①]。"艾希莉说。

赛斯等了一会儿,才举起他的杯子。"现在,我想感谢你,感谢你们所有人。对我和玛德琳来说,这一年过得非常好,很高兴我们又回到了自己的家。我都不知道我们之前为什么要离开这里。La-hoolum[②]!"

玛德琳倾过头来,在赛斯的耳边大声说:"感恩节是美国人的节日,不是犹太人的节日。"

莉莉安侧过身,指着玛德琳和赛斯问杰森:"那些人是谁?"

杰森耸耸肩:"不知道。"

"我竟不知道克莱尔的父母是高加索人。"莉莉安说。

"或许克莱尔是被领养的。"杰森说。

"克莱尔去哪儿了?"莉莉安问,"他们杀了简,是不是也把克莱尔杀了?"

我们大吃大喝,狼吞虎咽,用食物填塞自己,贪婪地吞噬桌上的一切。盘子轮番传递了一轮又一轮。克里斯蒂娜小姨的棉花糖神奇得令人上瘾,我忍不住吃了第三份之后,她告诉我秘方是重蛋黄酱。我又吃了第四份,并且肚子里还装了太多的火鸡。我们一直吃着吃着,直到完全饱了,还在不停地吃着,吃到我们都觉得胃痛难受了,吃到我们都已经受不了了,也不能停下,因为这就是新的美国传统。

[①]《安妮日记》作者,该书是第二次世界大战期间纳粹残害犹太人的著名见证。
[②] 疑为北印度语的罗马字母拼写。

"我不喜欢吃甜土豆，但是我吃了两份。"艾希莉正在努力把自己从桌子边推开。

"吃三份就更完美了。"玛德琳说。

餐后甜点之前，我们小小休息了一会儿。孩子们像训练有素的团队一样收拾桌上的残局。

高太太、静兰和她妈妈都坚持要帮忙一起收拾。高太太带来了特百惠盒子——"这是给你的礼物，"她说，"我爱死这东西了。你扣上它们的时候会蹦跶一声。"

我吃得实在太饱了，以至于动都不能动，只得躺在客厅的沙发上。我躺在那儿，想着乔治在吃压缩的火鸡，冰冻蔓越莓片上还残留着罐头盖子的圆形印子，还有成块状的肉汁以及成胶状的白面包填料。我又想：监狱里有南瓜派吗？如果有的话，味道会好吗？

孩子们在外面和里卡多的姨夫以及赛斯一起在前院子的草坪上踢足球。当球在大家脚下传递的时候，又掀起一轮惊喜的欢乐声。

人们谈论着那场早早来临的雪和寒冷的雨。

这是警告发生后的整整第三百六十五天，这是简在厨房按住我、我和我的手指头深陷在火鸡空洞的身体里、我们发生了那湿润润油乎乎的吻之后的整整第三百六十五天。

一整年就这样过去了。每当想起简，我的心里还是会涌起一股热流。我发现每到这时我就会有了感觉了。

愿我们可以被原谅。这是一句祈愿，也是一句咒语。

愿我们可以被原谅。

（终）